《高等学校文学教材研究》编辑委员会

本卷主编： 杜晓勤

副 主 编： 宋亚云　程苏东

主编助理： 邹　瑾

委　　员：（按姓氏拼音排序）

曹文轩（北京大学）	陈剑澜（中国人民大学）
陈平原（北京大学）	陈晓明（北京大学）
陈引驰（复旦大学）	迟宝东（高等教育出版社）
董　晓（南京大学）	董秀芳（北京大学）
杜桂萍（北京师范大学）	杜晓勤（北京大学）
杜泽逊（山东大学）	冯国栋（浙江大学）
傅　刚（北京大学）	郭　锐（北京大学）
贺桂梅（北京大学）	胡可先（浙江大学）
胡亚敏（华中师范大学）	华学诚（北京语言大学）
黄德宽（清华大学）	蒋述卓（暨南大学）
孔江平（北京大学）	李　浩（西北大学）
李守奎（清华大学）	李无未（厦门大学）
李锡龙（南开大学）	刘　利（北京师范大学）
刘玉才（北京大学）	刘　钊（复旦大学）
马银琴（清华大学）	马自力（深圳大学）
彭玉平（中山大学）	钱志熙（北京大学）
沈立岩（南开大学）	苏仲乐（陕西师范大学）
孙　郁（中国人民大学）	孙玉文（北京大学）

涂险峰（武汉大学）　　　　汪维辉（浙江大学）
王立军（北京师范大学）　　文贵良（华东师范大学）
吴晓东（北京大学）　　　　夏红卫（北京大学出版社）
徐兴无（南京大学）　　　　姚喜双（中国传媒大学）
于　亭（武汉大学）　　　　张福贵（吉林大学）
张新科（陕西师范大学）　　钟进文（中央民族大学）
周兴陆（北京大学）　　　　朱　刚（复旦大学）
朱国华（华东师范大学）　　朱于国（人民教育出版社）

目 录

《高等学校文学教材研究》发刊辞（杜晓勤） …………………… 1

北京大学"高等学校文学、政治学国家教材建设重点
　　研究基地揭牌仪式"举行（新闻稿） ………………………… 3

高等学校文学国家教材建设重点研究基地文学教材
　　建设与研究论坛（会议记录） ………………………………… 5

高等学校文学教材基地文学教材建设与研究论坛开幕式 ………… 7
　　杜晓勤 ………………………………………………………… 7
　　贺桂梅 ………………………………………………………… 8
　　夏红卫 ………………………………………………………… 10
　　曹文轩 ………………………………………………………… 12
　　姚喜双 ………………………………………………………… 15

专家主旨发言 ………………………………………………………… 19
　　张福贵 ………………………………………………………… 20
　　李守奎 ………………………………………………………… 22
　　杜桂萍 ………………………………………………………… 25
　　朱　刚 ………………………………………………………… 27

论坛一　文学教材建设与研究 ……………………………………… 31
　　反本质主义的设想（朱国华） ……………………………… 33
　　论文学教育以及文学教材的中国话语（曹文轩） ………… 36
　　古代文学教材的继承性与创新性（李浩） ………………… 41
　　文学类教材建设的问题与思考（涂险峰） ………………… 44
　　文学史观与当代文学史教材编撰（张均） ………………… 46
　　新时期文学史教材的专题化（刘尊举） …………………… 48

第一场点评（陈剑澜） …… 51
教材建设的持久性与时代性：久久为功和与时俱进
　（胡亚敏） …… 55
文学教材的专与通（彭玉平） …… 58
高校文学教材建设的困境与出路（文贵良） …… 61
从《文论十笺》看文学教材的古今结合（童岭） …… 63
文学理论教材的更新（周兴陆） …… 65
提升高校文学教材的学术专业性，促进文学知识的
　更新与普及（马昕） …… 68
两岸合编国文系列教材的建设与推广（颜桂堤） …… 70
第二场点评（涂险峰） …… 73

论坛二　语言学和文献学教材建设与研究 …… 77
关于古代汉语教材的几点思考（汪维辉） …… 79
尺寸教材，悠悠国事
　——当前高校教材建设面临的任务与思考探索（迟宝东） …… 82
关于古代汉语教学与教材的思考（朱冠明） …… 87
深化教育评价改革，助力教材建设管理（柯西钢） …… 91
如何增强语言学教材的可读性（宋作艳） …… 94
第一场点评（周广干） …… 97
撰写教材《文献学概要》的几点体会（杜泽逊） …… 103
中文学科教材体系的建构（王立军） …… 107
有声语言和口传文化（孔江平） …… 110
浙江大学古典文献研究生教材建设情况汇报（冯国栋） …… 113
古典文献学的知识结构（刘玉才） …… 115
中山大学古文字学系列教材简介（范常喜） …… 118
第二场点评（真大成） …… 122

论坛三　新形态教材建设及其他研究 …… 125
如何加强文学教材立德树人的功能（马银琴） …… 127
文学教材需要怎样的新形态（沈立岩） …… 130

关于新形态教材的几点思考（赵彤）………………………… 132
传统中文学科数字教材建设的机遇与挑战（裴亮）………… 135
复旦大学中国文学批评史教材编写及其传承创新
　　（罗剑波）…………………………………………………… 140
文科通识课新形态教材编写的问题与思考
　　——以"汉字文化解密"课程为例（王洪涌）………… 142
第一场点评（马世年）………………………………………… 147
教材与学科建设（朱刚）……………………………………… 153
基于拔尖学生培养的中国语言文学教材建设（胡可先）…… 154
教材建设与管理的思考（马东瑶）…………………………… 158
关于教材的稳定性（董晓）…………………………………… 160
中国语言文学拔尖计划教材建设的设想与展望（罗鹭）…… 162
汉语言文字学课程群课本编写之汉字文化圈理论意识
　　（李无未）…………………………………………………… 165
大学中国古代文学史教材应该更加重视文体学内容
　　（吕双伟）…………………………………………………… 177
第二场点评（宋亚云）………………………………………… 180

国家教材建设重点研究基地 2023 年度教育部规划项目
重点项目"中国语言文学学科教材历史、现状及对策
研究"开题会暨文学教材研究高端论坛（会议记录）……… 183
论坛一　语言文字教材研究 ………………………………… 185
　报告人　王立军 …………………………………………… 187
　报告人　董秀芳 …………………………………………… 190
　报告人　汪　锋 …………………………………………… 194
　报告人　宋作艳 …………………………………………… 197
　评议人　华学诚 …………………………………………… 200
　主持人　吴振武 …………………………………………… 204
论坛二　近现代文学教材研究 ……………………………… 209

报告人　刘福春 ………………………………………… 211
　　报告人　陆　胤 ………………………………………… 213
　　报告人　丛治辰 ………………………………………… 217
　　评议人　张丽华 ………………………………………… 220
　　主持人　傅其林 ………………………………………… 222

论坛三　古代文学与文献学教材研究（一） ……………… 225
　　报告人　钱志熙 ………………………………………… 227
　　报告人　康　震 ………………………………………… 233
　　报告人　赵敏俐 ………………………………………… 235
　　报告人　叶　晔 ………………………………………… 239
　　评议人　左东岭 ………………………………………… 242

论坛四　古代文学与文献学教材研究（二） ……………… 245
　　报告人　徐兴无 ………………………………………… 247
　　报告人　廖可斌 ………………………………………… 250
　　报告人　杨海峥 ………………………………………… 255
　　报告人　王　锷 ………………………………………… 260
　　评议人　杜泽逊 ………………………………………… 263
　　主持人　李　浩 ………………………………………… 264

"中国语言文学学科教材历史、现状及对策研究"开题会暨
　文学教材研究高端论坛会议总结（宋亚云） …………… 265

《高等学校文学教材研究》发刊辞

教材建设乃国家事权，既是党和国家意志的体现，也是学科建设和人才培养的基础。《教育强国建设规划纲要（2024—2035年）》更提出，要深入总结新时代伟大实践，推出"中国系列"原创教材，打造自主教材体系。

北京大学高等学校文学国家教材建设重点研究基地（简称"北大文学国家教材基地"，英文名称为 PKU National Research Institute for Literature Teaching Materials），成立于2023年11月26日，是由教育部教材局直接领导的国家级高等学校中文学科教材研究专业机构，服务于国家高等教育发展和教材建设重大战略，推动提高中文学科教材建设科学水平，为高校教材建设、管理和政策制定提供理论支持和智力支撑。北大文学国家教材基地的主责单位虽然是北京大学中国语言文学系，但基地成员则是全国高校所有的中文学科。因此，北大文学国家教材基地又是全国高校中文学科共同的基地，基地的建设需要全国中文学科建设单位和学界同仁的共同襄助和积极参与。

根据《国家教材建设重点研究基地管理办法（2024年修订）》，北大文学国家教材基地的研究内容主要有：

1. 以习近平新时代中国特色社会主义思想为指导，围绕中国特色中文学科教材建设的基础理论、实践应用、前瞻探索和国际比较等方面开展深入研究。基地与全国各大高校及中文学科著名学者合作，坚持基础理论研究与实践应用研究相结合，总结中文学科教材建设的经验与规律，推进教材资源建设，开展中文学科教材前瞻性探索，探索编写具有中国特色的新形态中文学科教材的可行之法。

2. 根据国家、北京市及北京大学教材工作部门部署，组织专家参与国家、地方及学校教材编写、审查、培训、评估等工作，充分了解中文学科教材各方面需求，根据需求组建咨询指导服务团队，明确工作重点和任务，提供专业咨询意见，发挥智库作用。

3. 从中文学科内部各方面展开梳理工作，立足于中国视角的中国语言文学话语体系和课程教材体系，组建课题团队，从教材文本本身、教材编写过程和教材在课程体系中的使用情况等方面开展相关研究工作，形成《高校文学教材建设的历史、现状与对策》咨询报告。

4. 积极开展国内外中文学科课程教材改革比较研究，深入开展中文学科教材建设理论与实践的国际比较研究，努力完善教材制度建设的国际比较研究，形成对若干所国际知名大学的中文核心课程基础教材比较研究的初步报告。

5. 组织系列学术会议，开展教材建设研究，协助有关部门遴选国内外优秀教材，学习借鉴先进经验。

6. 根据国家、北京市及北京大学教材工作部门部署，开展教材建设相关人员培训，提升地方和学校教材建设队伍专业化水平。

7. 有计划地组织基地成员编写高质量中文学科教材，大力支持各级各类中文学科教材的编写工作，开展研究生教材和重点教材持续修订工作。

8. 发挥高端平台的聚集效应，团结全国高校中文学科教材和中小学语文教材研究领域的专家学者，推进大中小一体化语言文学教材建设与研究工作。

要顺利圆满完成上述工作、及时全面呈现工作成果，离不开信息发布平台的建设。北大文学国家教材基地的信息发布平台，除了官方网站（已建成）、微信公众号（正在建设）等，《高等学校文学教材研究》集刊的出版更是重中之重。根据基地工作内容，该刊主要发布基地重要活动（学术会议、专题论坛等）信息、国内外专家的有关观点、教材调研项目的成果报告、专业性教材研究综述、经典教材研究论文、新编和获奖教材评介等内容的稿件。

敬请海内外有志于教材建设与研究的同行大力支持、踊跃赐稿。

杜晓勤

北京大学"高等学校文学、政治学国家教材建设重点研究基地揭牌仪式"举行

(新闻稿)

2023年12月23日上午,北京大学"高等学校文学、政治学国家教材建设重点研究基地"揭牌仪式在北京大学中关新园1号楼科学报告厅举行。此次活动由北京大学教务部、北京大学中国语言文学系、北京大学政府管理学院联合主办,旨在推动国家教材建设,为高等教育提供更加优质的支持与资源。

教育部教材局副局长、国家教材委办公室副主任陈矛,教材局马工程教材编写处处长降瑞峰,教材局马工程教材编写处一级主任科员叶灯枫,北京大学党委常委、副校长、教务长王博,北京大学教务部部长傅绥燕,文学教材研究基地负责人、中文系主任杜晓勤,政治学教材研究基地负责人、政府管理学院院长燕继荣,文学教材研究基地学术委员会主任、哲学社会科学一级教授陈平原,政治学教材研究基地学术委员会主任、政府管理学院教授关海庭等近百位来自相关领域的专家学者参加了本次揭牌仪式。仪式由北京大学教务部副部长、地球与空间科学学院教授刘建波主持。

王博表示,教材在塑造人才、传播知识方面扮演着至关重要的角色,北京大学作为国家教材建设重点研究基地之一,在文学和政治学领域具有独特优势与历史底蕴,在教材建设方面已取得了显著的成果。他强调,新成立的文学、政治学教材建设重点研究基地要以习近平新时代中国特色社会主义思想为指导,推动教材内容的优化与更新,为培养德智体美劳全面发展的社会主义建设者和接班人贡献力量。

陈矛对文学、政治学国家教材建设重点研究基地的成立表示祝

贺。她强调，习近平总书记高度重视教材工作，两个基地的建立是国家推进高等学校文学教材、政治学教材建设的重要举措。教材基地要从政治、战略、全局上把握教材建设，紧扣教材主力，推动中国自主知识体系的文学、政治学教材的建设与发展；同时，要努力搭建交流平台，更好地发挥指导服务作用，助力课程质量的全面提升。

陈矛、王博、傅绥燕携手杜晓勤、燕继荣分别为文学、政治学国家教材建设重点研究基地揭牌，标志着高等学校文学、政治学国家教材建设重点研究基地的正式成立。

傅绥燕宣布基地的聘任名单。各位专家将共同致力于推动高等教育文学、政治学领域的深度研究与创新，为学术界与教学实践注入新的活力与动力。

杜晓勤表示，基地要不断传承历史合作精神，在广泛调研的基础上与全国各大高校及中文学科著名学者共同编写具有中国特色的新教材，为中国语言文学学科发展贡献力量，完成教育历史使命。

燕继荣表示，政治学教材建设要注重深入理论研究，尊重教育教学规律，在灵活高效的管理与运行机制基础上，集聚全国优秀人才，开展一系列科学研究、人才培养和学术交流活动。

陈平原着重强调了教材编写的重要性和必要性，教材编写者、研究者要重视教材在科技发展时代面临的挑战，在适应新时代学生需求、避免教材内容的重复、提升教材的实用性和吸引力等方面进行深入研究和实践。

关海庭指出，教材建设是国家意识形态阵地和培养社会主义建设者的关键途径，基地要把好政治关，牢记教材建设的重要性，在政策咨询、成果传播、队伍培养等方面发挥积极作用，推动教材建设与时代发展同步。

揭牌仪式结束后，文学、政治学教材建设重点研究基地分别举行了专题研讨会，围绕教材建设与研究进行了深入讨论。

高等学校文学国家教材建设重点研究基地文学教材建设与研究论坛
（会议记录）

主办
北京大学中国语言文学系
高等学校文学国家教材建设重点研究基地
协办
北京大学出版社

时间：2023年12月22—24日

高等学校文学教材基地文学教材建设与研究论坛开幕式

文学教材基地执行主任、北京大学中文系主任杜晓勤教授致辞：

尊敬的陈矛局长、王博校长、各位嘉宾、各位老师、各位同行，上午好！

首先，感谢各位在凛冽寒风中不辞辛苦前来出席今天的高等学校文学国家教材建设重点研究基地的挂牌仪式。其次，作为基地的主责单位，我们更要感谢教育部教材局和全国同行的充分信任，把这个基地放在了北京大学中文系，我们深知责任重大。虽然在历史上，我们曾经与全国同行一道编写过一系列著名教材，如游国恩先生与王季思先生等合编的《中国文学史》、袁行霈先生领衔主编的《中国文学史》和《中国古代文学作品选》，这一种学术传统特别悠久。我们接下来要继续继承、传承这种教材编写、研究的传统，还要继续与国内外同行合作编写和规划更多、更好、更新的中国语言文学和文献学学科教材。

我们基地还是一个教材研究基地，所以我们将对现代学科体系建立以来这100年间中国语言文学学科教材编写、应用的历史进行梳理，对现状进行调研，为建立具有中国特色的中国语言文学学科知识体系进行一系列的研究。目前，基地已经申报了几个相关的调研项目。这个基地更是一个全国性的、国家级的教材研究基地，所以我们恳请国家教材委、中文教指委、学科建设与评估小组、国内外的同行、兄弟单位对我们进行指导、支持，一起参与基地的工作。为此，我们已经建立了包括全国同行、各大高校中文学科著名学者在内的力量雄厚的研究团队，从顾问委员会、学术委员会到工作委员会都有在座同行的参与，还有今天没有到场的全国同行的支持。所以，我们再次恳请教育部教材局和中文教指委、其他同行对我们进行指导，我们将在调查和研究的基础上，规划和编写出更多能够反映新时代、新成果，呈现出新形态的新教材，为建立具有中国特色的中国语言文学学科知识话语体系做贡献，为教育强国铸魂育人，完成我们的历史使命。

最后，再次感谢各位领导和专家、同行的莅临指导，祝与会的领导和嘉宾身体健康，万事如意，谢谢！

北京大学中文系党委书记贺桂梅致辞：

各位嘉宾，各位专家，各位老师和朋友们，大家好！我很荣幸能够代表本次论坛的主办方北京大学中文系致辞。高等学校文学教材研究基地落户北大中文系，是中文系的幸事，特别是中文系学科建设史上一件非常重要的大事。所以在基地挂牌仪式之后，我们邀请大家一起来召开这次文学教材建设与研究的论坛。

首先，我代表中文系感谢大家的到来！在这么冷的天，在这么短的时间内，有这么多专家响应论坛的召开，真的非常感谢大家，也表明大家对我们这个教材基地建设的热情支持。

我简单谈三点想法：

第一是教材的重要性。教材在高校的学科建设和立德树人这两个方面，都处在非常核心的位置。教材不是学术著作，但又带有学术著作的性质，需要把一个时期前沿性的知识体系转化为课堂教学的重要组成部分，同时作为教材，又可以通过教学影响一批一批人一代一代人。教材也可以说处在我们建设中国特色哲学社会科学自主性的知识体系，包括学科体系、学术体系、话语体系的重要位置。因此，国家设立这样一个国家级教材基地，是一件非常具有战略性的举措。教材基地的设立不仅对北京大学中文系，对全国高校和文学教育的发展，也是一项重要决策。因此，对于教材基地的工作，怎么重视都不为过。

第二点，教材基地落户北大中文系，对我们来说是很大的荣幸，也是一份非常重的责任。这个文学教材基地的工作范围，不只涉及文学，而应该是整个中文学科的教材基地。北京大学中文系在创系以来的113年历史中，许多专业在全国都是最早设置的，开展的学科建设、人才培养包括同时跟进的教材建设等都有较长的历史。仅以现代文学专业为例，1951年，教育部把中国现代文学设为独立的专业方向，同时开始教材建设。半个多世纪以来，北大中文系不仅培养了诸多现代文学专业的人才，还编撰了《中国新文学史稿》《中国现代文学史》《中国现代文学三十年》等在全国范围使用的教材。每一个新创立的学科，特别是专业，都是通过教材来稳固它的知识体系，而后培育新人，推进学科发展。中文系在这方面有非常深厚的历史底蕴，也在较长的时间内处在领先的位置。今天北大中文系获批文学教材基地，这是对我们的肯定和信任。但同时我想大家都知道，这是国家级的文学教材基地，不仅要承担文学教材的编写、研究，还要承担教材的组织管理，甚至为国家特别是教育部有关政策制定、学科未来发展的规划充当智库性功能。所以，这个基地的建设绝不是北京大学中文系一家能够建起来的，而是需要我们在座的专家们、前辈们、同行们一起参与。我再次代表中文系希望大家以后支持基地的建设，一起把这个基地建设好。

第三点，关于文学教材基地的建设方略，我看很多老师的发言都有"新形态"这个说法，实际上也涉及新时代中国特色的教材体系建设。我们怎么理解"新时代"和"新形态"的关系？这是专家们、老师们下午要讨论的话题。从中文系的角度，第一是我们需要从今天出发回顾本学科的发展历史，从而给予今天一个恰当的历史定位。从各个专业发展的历史来看，新中国成立以后就非常关心当代文学教材的建设，发展到今天，大致共同经历了三个阶段。第一个阶段是50年代末期至60年代初期，这个时期设立了不少新的专业，也调整和重构了原有专业。60年代初期很重要的一个事件，是组织全国性的文科教材编写，北京大学中文系1955级学生为主编写的《中国文学史》

(包括红皮文学史、黄皮文学史、蓝皮文学史)、严家炎老师参与主编的《中国现代文学史》等教材,在当时和此后影响都非常大。当然这批教材都带有那个时代的特点,但无论怎么说,这是中国教材建设一个非常重要的起点。第二个阶段,应该是80年代开始,直到2010年前后,这是一个学科重建的时期,也是新中国文学教材建设的第二个阶段。而我们现在处在第三个阶段。这个新阶段会形成诸多新形态的文学教材,大家也都在一起探索。但首要的一点还是要加强思想引领,要在习近平新时代中国特色社会主义思想和党的创新理论指导下展开。党的创新理论如何和教材编写、教材基地的建设结合,我想这是老师们需要考虑的问题。今天,我们也处在一个媒介革命、技术革命的时代,特别是AI时代极大地改变了传统教学方式,也需要新的教材编写方式。如何写教材、编教材,特别是如何教学成为一个重要的新问题。年轻一代的传播方式、知识接受方式等各个层面都发生了很多新变化,教材如何在保障专业性、科学性的基础上,变得让新时代的年轻人更易于接受,这也是需要讨论的问题。

这次文学教材建设与研究论坛,请来的都是专家,每个专家对自己的专业发展都非常了解,都有非常丰富的教材编写经验,我们共同面对教材建设在今天面临的各种挑战,这次论坛期待大家畅所欲言,相信这将会让老师们碰撞出很多思想的火花,收获丰硕的成果。

最后祝论坛圆满成功!谢谢各位老师!

北京大学出版社党委书记、董事长夏红卫致辞:

谢谢杜晓勤老师!尊敬的各位专家、学者、老师们、同学们,上午好!今天户外寒风凛冽,但我们在室内暖意融融,大家充满激情欢聚在这里。首先,请允许我代表北京大学出版社,热烈欢迎各位专家、学者、老师和同学光临指导!

尺寸课本,"国之大者"。刚才贺桂梅老师回顾了三个阶段的文学教材，教材作为一个国家民族文化与价值观的重要载体，是人才培养的重要基础。党的二十大报告提出，要加强教材建设和管理，这是在党的代表大会报告中首次对教材工作做出明确指示，可见国家已把教材建设上升到国家事权的高度。刚才举行了两个国家教材建设重点研究基地的揭牌仪式，尤其是文学国家教材建设重点研究基地的揭牌非常重要，是落实党的二十大关于教材建设新精神的重要举措。我们相信，这个举措必将极大推动教材，尤其是文学教材的研究进入一个新阶段，助力高等教育文学学科的高质量发展。

刚才会议组织方说在短时间内就组织起这次会议，这个会议处于年终岁末，正是大家开会多、事情多的时候，能邀请到这么多专家学者齐聚北大，可见，一方面这个事情很重大，大家都愿意来共襄盛举；一方面也表明我们北大中文系颇有号召力，北大出版社也很荣幸能够作为协办方一起承办这样一个活动。

我相信，通过在座的各位专家一起研讨，像刚才贺桂梅老师说的那样，一定能够碰撞出火花来，对于我们下一步的教材建设工作一定会特别有帮助。同时，我也想趁这个机会，作为协办方，简单介绍一下北京大学出版社。我相信今天在场的专家学者可能不少已经在北大社出过书——无论是教材还是学术专著，对北大社应该不陌生。作为新闻出版总署认定的国家一级出版社，北京大学出版社40余年以来一直将"教材优先"作为经营方针，高度重视教材的编辑出版工作，围绕名师、名课打造博雅教材品牌，建立一个立体化的精品教材体系，为教学提供整体解决方案，促进优秀的教学资源有机整合和合理运用。经过多年努力，北大出版社也取得了一定的成绩，数百种教材被列入国家级教材规划。自2012年以来，北大版教材共荣获515项奖项，其中国家级18项，省部级288项，另外，在2021年首届全国教材建设评奖中，北大社共有18种教材获奖，其中一等奖7种。

目前北大社被全国高校使用的教材有4600多种，其中以文学和法学教材最有特色。我们的教材基本上涵盖了除农学和医学以外的所有学科，常年动销的文学教材近百种，比如钱理群教授、温儒敏教授等编纂的《中国现代文学三十年》累计销量已经超过了160万册，还有洪子诚教授的《中国当代文学史》，朱栋霖、吴义勤、朱晓进教授主编的《中国现代文学史1915—2022》，朱栋霖教授的《中国现代文学经典1915—2022》，严家炎、孙玉石、温儒敏教授主编的《中国现代文学作品精选》，谢冕、洪子诚教授的《中国当代文学作品精选》等一批具有代表性的文学经典教材。另外，语言学和文献学教材常年动销的品种也有60多种，胡壮麟教授的《语言学教程》累计销量已经超过190万册，还有叶蜚声教授、徐通锵教授的《语言学纲要》，陆俭明教授的《现代汉语语法研究教程》，唐作藩教授的《音韵学教程》等一批经典教材，所以我们在语言学方面也有非常好的积累。

为此，我代表出版社衷心感谢各位专家、学者长期以来对北大出版社的大力支持和充分信任。就像各位领导刚才讲到的，我们现在面临着一个新的时代挑战，在人工智能时代，我们怎么能够在新征程之上有新的思想、新的理论，这对教材的编写和推广也同样提出了更大的挑战。在这种情形下，北大出版社将继续秉持出精品、做好书的出版初心，踏踏实实为高校教育、教学服务，为各位专家、学者服务，继续为文学教材事业不懈奋斗，为构建中国自主的知识体系贡献绵薄之力。

最后，再次祝贺高等学校文学国家教材建设重点研究基地揭牌，预祝本次文学教材建设与研究论坛取得圆满成功，也真心期待未来北大出版社能够与在座的各位专家学者能有更深入、更广泛、更全面的合作。谢谢大家！

高等学校文学国家教材建设重点研究基地顾问委员会主任、北京大学博雅讲席教授曹文轩致辞：

诸位朋友，大家好。

我们是因为文学教材而聚拢在这里的。文学成为高等院校的重要专业，或者说是一门重要学科，是由文学的价值和意义决定的。一门学科的形成，必定是这门学科所观照、研究的对象，在我们的生活中，乃至在人类的物质文明史和精神文明史的建立过程中发挥了巨大作用，并且必将会与人类朝夕相处、存亡与共。我是一个搞创作的人，我一直以为，一个真正的作家要关心的不是那些变化的方面，而是永恒的方面，是关于人性、关于人类存在的基本状态方面的问题。从这个意义上讲，文学是永远会存在下去的。日后，哪怕是手机没有了，互联网没有了，文学大概还会有。假如文学也没有了，它的前提一定是人类也没有了。我以为下一个这样的结论是完全没有问题的：没有文学，也就没有文明——既没有古代文明也没有现代文明。文学大概是哲学社会科学所关注、研究的若干对象中起源最早的一种。

只有阐释了文学的意义，才能够说明我们聚拢在这里的理由。关于文学的意义，我在下午的发言中再发表具体看法。我这里只想提一个似乎与文学教材建设无关的话题：马克思主义与文学。

我们来问一个问题：如果没有文学，会有马克思主义吗？回答是否定的：马克思自然还是马克思，但却没有马克思主义，因为文学作为十分重要的力量参与了马克思主义体系的建构。

马克思在中学时代，就曾设想日后成为一名诗人。他写过诗和剧本，还翻译过奥维德的《哀歌集》。他一生喜爱阅读希腊和拉丁文学，对荷马崇敬备至。他对莎士比亚作品的熟悉到了连剧中很不重要的人物都了如指掌。他十分喜欢《人间喜剧》，曾经有过写一部专门研究巴尔扎克专著的宏伟计划，但《资本论》耗去了他大量时间，这一宏伟计划只能成为他的也是我们的巨大遗憾。他的博士论文从文学那里得到的资源是明显的。对卢克莱修《物性论》中那句诗的引用无疑增加了论文的亮点："不死的死夺去了有死的生。"如果我们研究他的信件、笔记以及他的政治学、经济学等著作中对文学形象、文学比喻的应用和涉及，我们可以就此开列一张可能令文学史家都会惊叹不已的文学艺术家的名单——那将是一份长长的名单。

如果马克思没有与文学艺术之间的那种深切关系，我们不可能看到《共产党宣言》和《资本论》。务必要清楚这一点，马克思的革命修辞，是与文学修辞密切相关的。文学的叙述方式极大地影响了马克思的论说方式。我们都记得那本薄薄的而使全世界天翻地覆的小册子《共产党宣言》的著名首句："一个幽灵，共产主义的幽灵，在欧洲游荡。"那是一个什么句子？文学的句子。文学修辞对他伟大思想的表述显得十分有力并且十分有效。《共产党宣言》中还有许多文学味儿十足的叙事性片段。比如："为了拉拢人民，贵族们把无产阶级的乞食袋当做旗帜来挥舞。但是，每当人民跟着他们走的时候，都发现他们的臀部带有旧的封建纹章，于是就哈哈大笑，一哄而散。"这是一个小说家的文学修辞。文学的形象化的比喻，使他的著作获得了巨大的魅力。《共产党宣言》对文学形象以及对那些经典作品的主题与含义的自然引用就有数次。

马克思、恩格斯没有系统的有关文学艺术的专著。但他们散见于各种著作中的有关文学艺术的论述——特别是在那些著名通信中表达出的有关文学艺术的见解，已经形成了完整的关于文学艺术的理论体系。而那些经典性观念的形成，一定是建立在他们对文学艺术作品的广泛阅读与欣赏之上的。

一句话，马克思主义的影响力，马克思主义对人类政治版图、社会版图的改写，与文学修辞的感召力密切相关。

如今国家这般重视文学学科和文学教材的建设，正是基于对文学之价值、意义、力量的深度认识。

现在高等学校文学国家教材建设重点研究基地落户北京大学中文系，这是上级部门和同行们的信任。但同时也给我们带来了巨大压力。日后，我们要做的就是在相关部门的领导下，得到同人们的全力支持，努力工作。唯有如此，我们才能不辱使命。基地只是设在这里——它是整个文学学科的基地，是所有相关院校的基地，是诸位的基地。我想，今后这样的见面会是经常的。

我们应当有更高质量的中国式的文学教材。我们可以做到，因为通过一代一代学者们的编写实践，我们已经积累了丰富的教材建设的经验。我想"学术委员会"更应该趋向于务实，我们这个"顾问委员会"从某种程度上讲可能更趋向于务虚。当然这是我个人的比较极端的说法。谢谢！

基地顾问委员会副主任、国家语委咨询委员、中国语文现代化学会会长姚喜双致辞：

尊敬的各位专家、学者，大家上午好！首先，我要衷心地祝贺由杜主任、贺书记具体领导和建设的高等学校文学国家教材建设重点研究基地的建立，也感谢他们为这次论坛所付出的努力，同时也感谢对我的信任，让我做顾问委员会的委员。

我想，这个教材基地第一有编写教材的功能；第二也有研究的功能，北大积累这么多的专家，应该说在研究方面能够做出范式来；第三就是怎么评价这些教材。我觉得这三个方面，作为顾问委员会委员，可以增添一点力量。北大的教材基地，不光是一个基地，还应该建立教材研究的标准，一流的高标准；第二，可以构建向全国推广和推行的一种范式，包括编写和评价的范式；还有一个就是能够引领整个教材的编写。

"众人拾柴火焰高"，围绕北大的这个基地，今天在座的很多都是老朋友，都是各个学校各个方面的大咖，北大把大家召集起来，目的也是共同把这个教材基地建设好。我想，如果要建设好的话，还是要用党的二十大提出来的世界观和方法论——"六个必须坚持"，来思考我们的教材建设。

首先，必须坚持人民至上。教材首先要考虑我们的学生怎么用，我们的老师怎么教，首先是为他们服务，解决他们在教学、学习过程中所遇到的困难和难点。

第二，必须坚持自信自立。教材应该有中国特色，我们本来就有很好的基础，能够建立具有中国特色的教材体系，要自信自立。

第三，必须坚持守正创新。我们有很好的教材编写的指导思想，有很好的教材编写的优良传统，有很好的教材编写成果，我觉得还是要把住。刚才曹老师讲得很好，无论这个世界怎么变化，人、心、文学是不会变的，有一些现代的东西要推进，但同时要守住"正"。此外就是创新，在新的条件下，在人工智能的条件下，北大要有创新精神，怎么引领大家一起在新的条件下把教材在守正的基础上创新，而不是把所有的都否定再来一个新的，我觉得这样才能把教材建设好。

第四，必须坚持问题导向。我们研究的是大问题，是真问题，是关键问题。我觉得现在教材编写过程中最大的问题，还是跟社会的主要矛盾分不开。我们进入了新时代，但是仍然处于社会主义初级阶段，这是一种时代性和阶段性的辩证有机统一。过去，我们的主要矛盾是人民日益增长的物质文化需要同落后的社会生产力之间的矛盾，现在转化为人民日益增长的美好生活需要和不平衡不充分的发展之间的矛盾，所以我们要考虑到不平衡、不充分。我们国家这么大，有14亿人口，不可能一刀切。我们有城市，还有农村；我们有东部，还有西部；我们有内地，还有边远地区。怎么解决这些不平衡、不充分的问题，这也是我们在研究教材的实际过程中所看到的，我们不能编一本只供北大学生、高材生用的教材，我们还要考虑到内蒙古、宁夏那些大学生用的教材；我们既要考虑到北京一零一中学这样的中学，也要考虑到云南的大小凉山的中学。所以，我们要研究怎么解决这些不平衡、不充分的问题。同时，我们还要研究保底的问题、安全的问题，安全是底线，很多教材遭到吐槽，就是没有保好这个底。还有一些是我们老师和同学们遇到的新问题，包括刚才说的人工智能问题，怎么解决教材的工具性和人文性辩证统一的问题，我觉得这些都需要研究。

第五，必须坚持系统观念。教材应该考虑到系统观念，包括这几个思维：必须坚持战略思维，就是我们的教材如何服务国家战略，教材是一种国家事权；必须坚持历史思维，要考虑教材怎么延续下来；必须坚持辩证思维，包括怎么辩证地看待我们现在面临的守正和创新的问题、人工智能和我们怎么坚守的问题，等等；还要坚持底线思维，比如怎么保底的问题；还要坚持法治思维，我们的教材版权各个方面还得经得住考验；当然还包括系统思维，怎么统筹这几个基地的建设，因为这几个基地确实我都参加建设了，中文系本身的这三块牌子，包括教材基地、国家语言文字推广基地、全国普通高等学校人文社会科学重点研究基地，怎么把它们有机统一起来。这些问题，都需要我们思考。

第六，必须坚持胸怀天下。我们是为两个共同体服务：一是为了铸牢中华民族共同体意识，我们的语文教材怎么服务好民族建设的各个方面；第二是为了构建人类命运共同体，我们的文学教材不仅供我们使用，还要能在对外汉语教学、国际中文传播的过程当中发挥作用。

我就提这些建议，谢谢！

（根据讲话整理）

专家主旨发言

主持人　宋亚云（北京大学）、程苏东（北京大学）

基地顾问委员会副主任，吉林大学文学院教授张福贵发言：

各位老师、各位同学，在座的人中，我可能是最年长的之一，我从教将近 42 年。其实我和所有同龄人一样，在这 40 多年的时间里感受到中国高等教育的改革连绵不断，这种改革的延续性和长期性表明我们对于高等教育发展的渴望，同时在某一方面也表明我们的改革还没有完成。

在高等教育改革中，最重要的莫过于教材建设、教材改革。刚才贺桂梅老师讲了，我们把教材的作用估计得多么重要都不过分。确实如此。教材是一个评价标准，是一个知识体系，也是一个价值体系，还是教育的一个行业标准，标志着我们怎样培养人和培养什么人。我想北京大学设置这样一个国家重点教材研究基地，可以说名副其实，也任重道远。北大是我们教材建设的一个制高点，从 20 世纪 50 年代直到现在，在各个学科都有教材的成功典范，今后如何在这样一个新时代完成我们教材体系的建设，确实不容易。我们知道，中国是世界上少有的缺少严格意义的教科书体系，而又高度重视教科书作用的国家，这是我们的一个传统。

如何建设好现代的教科书体系，我们面对的问题太多太多。比如我们主持的"马工程"教材《二十世纪中国文学史》直到今天还没有问世，已经 13 年了，因为它和时代关系太紧密。我一直认为对中国现当代文学史的评价，从来就不是一个艺术史、学术史的评价，而是革命史、政治史的评价，因为它和我们现代社会牵扯太多，所以我们要格外谨慎，同时要格外认真。我们的教材建设，我觉得最重要的是要经受住三种检验，一个是政治的检验，这是毫无疑问的，另外一个是学理的检验，第三个就是历史的检验。今天的教材能否成为后人教材的规范和典范，可能我们本身就在书写历史。

所以我觉得从现在的教材建设来看，有几个问题应该解决。一个是规范性问题。我们的教材本身是行业标准，是产品的质量标准，所以规范性是首要前提。这种规范性除了刚才大家谈到的安全问题之外,我认为最重要的可能是它的一致性,在学理基础和历史事实基础上所形成的共识性。我一直认为,文学史教材无论是写作、研究还是教学,应该有"三化"标准,就是基础知识标准化、核心知识个性化、背景知识多元化。按照这样的逻辑,我想我们的教材首先是一个知识体系,它必须要做到规范,而这种规范不限于知识本身,它来自我们共同的一种理论认同,也来自共同的政治价值观。

第二,我觉得教材还要经受一种个性化的检验。国家从上到下这几十年来出版了多种教材,但大多数是大同小异,特别是现当代文学教材,导致这种相同的很大的原因是我们所面对的对象的一致性、历史存在的真实性,但如何阐释这样一种历史,如何书写历史,却需要我们有一定的个人见解,只有这样的教材才真正具有特色。否则我们只要一本教材、一个人讲也就够了。"马工程"教材毫无疑问是我们教材的一个主体,我们可以一家独大,但在这样一个前提下还要做到多样化。教育部已经反复强调如何适应我们教材的多样化问题,刚才姚老师也谈到了教材的差异性问题。

第三就是教材的人类性问题。我们建设中国自主知识体系、理论体系、话语体系,但不只是由我们来发声,不只是产生于我们本土,更重要的是要包含一种世界性。作为国家教材委的专家委员,我在审核语文教材的时候发现,从结构上来看,我们的外国选文选篇越来越少。我统计了一下,当时审核了6部教材,总量不超过8%,这是一个结构性的问题,但我觉得更重要的是我们要有一种价值观,那就是人类的视野和人文精神,因为它不只是在中国传统文化本身存在,在整个人类优秀文化中都存在。刚才老师们,特别是曹老师也谈到,我们的教材如何反映我们的人性标志、人性意识,如果做不到这一点,我们的教材不会成为真正有世界影响的教材。

第四,就是教材,特别是文学史教材的审美性问题。我们中学语文教材,基础教育教材,特别重视这种思想性,这种思想性是我们教材的一个传统。大家会发现,所有的教材问题,我们在讨论的时候,讨论的都不是技术问题、审美问题,我们讨论的是思想问题,所以审美问题在我们的教材书写和文学史教学中始终处于一个薄弱环节。从中学语文教育我们就感受到了,一篇课文首先讲中心思想、段落大意,中心思想无外乎是讲述了什么,歌颂了什么,揭露了什么,批判了什么。我们更需要有在理解基础上的审美感受,对于一篇散文、一篇作品,我们可以在审美阶段更长时间停留一下,然后再进入思想判断,我觉得这才是一个名副其实的文学研究、文学教育和文学教材的书写。

最后一个问题是技术性。大家会发现,这些年来讨论教材,很少讨论技术性的环节,刚才陈平原老师在发言的时候谈到人工智能问题,我觉得这可能涉及教材书写的技术性问题,但更重要的还包含教材的体式问题、话语方式问题、结构问题,等等。以我们当代文学教材、当代文学史为例,大家会发现,这些年来,海外华文文学,包括港澳台文学进入了文学史教材书写,但多是作为独立的一章来讲述,还没有融入我们整个大中国文学史中。它应有的价值、地位和标准应该用一种融入的方式,把那种单列一章的体式变为一种整体性的研究和讲授,我们要用一个统一的思想标准和艺术标准来看待所有的华文文学。

我们面对的教材问题比较多,但我相信有北大领衔,有众多支持,这条路一定会越走越好。谢谢!

基地顾问委员会委员、清华大学中文系教授李守奎发言:

首先,热烈祝贺高等学校文学国家教材建设重点研究基地在北京大学中文系落成。北京大学中文系历史悠久,实力雄厚,各学科的教材建设成就卓著,典范长存,引领学术前沿,与时俱进,广大师生代代受益。这次获批高等学校文学教材研究基地是众心所向、众望所归。今天这里高朋满座,我相信大家都有一个共同的心愿,就是前来祝贺。

现代专业人才培养离不开系统的学科教育,学科的创立大都由一流大学完成。一个学科的成立与成熟,离不开奠基性的理论著作和教材。就中文专业来说，有语言、文学两大学科，在高等学校语言教材研究基地成立之前，语言文字理所当然包括在我们这个"文学基地"之内。在这里我仅以自己比较熟悉的文字学与古文字学为例，谈一谈我对高校教材与学术前沿、学术训练这方面的理解。

现代的文字学是在逐渐认识清楚语言与文字关系基础上建立和成熟的，北大一直是学术前沿。如果我们列出初创以来的教材、讲义，就能清晰看到学科成立、发展、成熟的过程。

1905年刘师培在进入北大之前，编写的《中国文学教科书》第一册，是传统的文字学教材，以诠明小学为宗旨，文字有字形、字音、字义，文字统辖语言。

1918年，钱玄同《文字学音篇》，1920年，朱宗莱《文字学形义篇》，区分语言与文字，以文字统音与义。

1949年，唐兰《中国文字学》，从传统"六书学"走出，明确区分语言与文字，文字学的研究对象以字形为主。

1988年，裘锡圭《文字学概要》，以当时的出土材料为主，以文字是记录语言的符号理论为纲构建起学科的典范。

因为汉字研究的深入，文字理论上有了突破，反映在《语言学纲要》这部经典教材中：

1981—1997年，叶蜚声、徐通锵《语言学纲要》第一至第三版：文字是记录语言的书写符号系统。这是学科核心概念在通用教材中的重大调整，影响深远。

我们把它们列出来看看，这些都是教材，都是一流的学术著作，都是中国特色文字学这个学科建立的基石。走到今天，令我感慨的是对文字认识的突破，语言学家一直走在文字学家的前面。语言学家叶蜚声、徐通锵先生的《语言学纲要》，从1981年第一版到现在第四版，一直在不断修订中，王洪君、李娟修订的第四版对文字的定义作了一个颠覆性的改变。索绪尔根据表音文字体系归纳出来的"文字是记录语言的符号系统"，不能全面概括汉字这样功能多样的文字。如果按照表音文字发展的逻辑，中国的汉字必须改革，因为文字的唯一功能就是记录语言，是工具，从这个角度说汉字记录语言就不如表音文字便利；但是现在对文字的认识不这么片面了，改成"对语言再编码的符号系统"，这是一个颠覆性的认识，是前沿理论在教材中的体现。我理解的好教材是这样的：

第一，它是前沿的学术的原创，是理论创新与教材形式的合一，我们今天看到的经典教材都是这样的。

第二，对学科研究有理论方法的指导作用，确定学科研究的范式。

第三，有广泛的影响，被其他教材效仿，让广大学生受益。

我们所说的"文字学"，离开上面所说的这些好教材，看看这个学科还有什么？离开这些教材内容的不断创新，学科还有什么发展？所以说，教材不能搞统一的一刀切，要是被某一种、某一类"规范"教材全部取代，那么高校的价值在哪里？知识创新就成了空话。一流大学的一流教材，就是一流的学术、一流的前沿。所以说，一流大学教材建设应当肩负起创新、引领的责任，这也是北大中文系成为教材研究基地众望所归的原因。

一流的中文学术型教材是中国话语、中国水平、中国教育的标志，是学术界、教育界共同的期盼。

我再举一个古文字学的例子，来看看教材另一方面的价值。古文字研究在汉代就开始了，历史非常长，但是作为一个学科，我们首先想到唐兰先生在北京大学的讲义《古文字学导论》，可以视作一个学科建立的标志。到后来，有朱德熙先生、裘锡圭先生古文字考释的成果，践行并发展了古文字考释的理论，使得古文字学成为有理论、有实践、理论与实践相辅相成、有方法可依的学科。当今，古文字学大受重视，有工程，有强基计划，有专业，有一级学科，每年毕业的博士生已经非常可观，但是古文字人才可以称盛，但培养难以称胜。前不久我跟李家浩先生通了个电话，他对古文字学界不无忧虑地说："我们现在没人了。"这是李家浩先生的说法，当然他有自己的判断标准，当是更高的期望，但也很值得我们去深思。为什么会这样呢？原因很多，我想与教材建设也密切相关。

李学勤先生曾经说过，中国的古文字不能自学，就是因为缺少突破门槛、引领门径、可以系统学习、学完就能学会的教材。具有这样功能的经典性教材有过，就是王力先生主编的《古代汉语》，其目标就是培养阅读古书的能力，任何一个人把这四册书从头到尾认真读过，读古书的基本能力就具有了。学术训练需要从基础开始，对不读古书的人讲训诂学，不读出土文献的人讲古文字学，不懂常识的人讲学术前沿，都毫无意义，这类基础理论与基本技能训练的教材我们也十分需要。学术训练一方面从基础开始，另一方面还要加强学术思维的训练，了解知识产生的过程和培养学生产生知识的能力。我们不能只是给学生灌输"中华文明五千年""文字是记录语言的符号"等等这些所谓的"知识"，更重要的是揭示知识生产的过程、它所使用的话语系统、审核证据的可靠性与证据链的完整性、判断知识的可靠性，不仅要有自信，而且要让大家都能相信。当然再好的教材大概也需要老师的引导。

重视教材建设十分必要，但有一点也可以预见：一旦我们评估体系重视起教材来了，辗转相抄的各种教材就会蜂拥而出，这不仅浪费资源，可能还会误人不浅，这也是需要我们防范的。

最后，祝愿高等学校文学教材在基地领导的引领和中文学科同仁的共同努力下，经典长新，精品频出。

谢谢！

(2024 年 12 月 16 日在发言稿上略作修改)

国务院学委委员、中文学科评议组召集人、基地顾问委员会委员、北京师范大学教授杜桂萍发言：

尊敬的各位老师，在场的各位同学，大家上午好！今天来到这里参加盛会，感到非常荣幸。首先，代表中文学科评议组，代表也在现场的召集人陈晓明教授，向北京大学国家教材重点研究基地基地的成立表示热烈的祝贺。下面，谈几点我个人的感想。

第一，在当今社会，教材属于国家重大事权，教材基地自然肩负着维护国家利益、文化主权的重大责任。在这个意义上，北大文学教材基地是在代表国家行使关于文学教材的事权，体现了教育部对北大中文学科的高度认可和充分信任，北大具有特殊的使命与担当。衷心希望北大联合全国高校教材建设的专家、学者们，勠力同心，认真完成这一责任和使命。今天来自全国各地的学界师友们聚集一堂，共同见证这一时刻，已经证明了北大的决心、责任和使命感。

第二，教材是教育的基本文本，是知识、真理和历史文化一体的育人载体，关系着国家兴亡、民族命运，乃"国之大者"。教材建设应充分关注作为教育文本的育人功能，努力发挥、关注其育人的效应，充分展现新时代人才的知识结构、精神风采和时代担当。北大中文系从此担负起了兴邦昌国的责任，履行为国谋运的使命，这个责任非常重大。以杜晓勤教授为核心群体的学者和教授们担负着重要使命，也热切期待在座的来自全国各地的学界同仁们积极参与以北大为引领的全国文学教材建设工作，协作共行，不负使命，为构建中国自主知识体系、学科体系、培养体系做出重要贡献。

第三，高校是人才培养的基地，国家赋予北大引领高校进行教材建设研究的使命和责任，体现了还教材建设于使用者和实践者的科学态度，是了解与懂得教育和教材本质的一种认知和表态，对当代人才培养机制的科学完善应当更有助益。这种以教材建设、研究为平台的全国性集结，将给当代中国教育的诸多问题带来集中呈现、专门研讨的机缘，进而形成对于人才培养中诸多疑难杂症进行思考和解决的可能，不仅有助于教材建设的提升，还将对人才培养模式的优化、全景观地展示文学学科发展现状有所促进。这是中国高等教育质量提升的希望所在，其积极意义深远，影响不言自明。

第四，从改革开放四十年来教材建设的经验和成绩来看，教材应当反映学术研究的前沿现状，应不断地为新的知识体系构建作出贡献，这样的教材使用时间最长，受欢迎程度最高，培养人才的效应也最大。教材应从一个独特的角度为文学学科的建设做出贡献。事实证明，教材建设应继续保持学科开放的格局，必须坚持百花齐放、百家争鸣的学术对话原则,如是才能适应学科发展的新趋向,并及时通过教材这个教育文本反映这一点。教材与学科发展的关系从来都是一体两面互相支撑的,比如最近在新增的二级学科中,一级学科目录下新增了4个二级学科,这4个二级学科多是已经有了较好的教材基础,在教育实践中发挥了巨大作用,促进了学科的生长点。总之,教材建设是学科建设重要的晴雨表之一,通过教材建设可以把握到学科发展的特点、趋向,而学科建设为教材服务,促进教育教材体系的优化并完善学科建设的相关问题,这也在长期的教材建设实践中获得了有力证明。

当然,我们必须坚持教材建设服务国家、社会的工作原则。在这个过程中,应继续高度重视"马工程"教材的深化多元和学术品格的追求;同时注重特色教材的建设,应关注教材形式的多样化、教材层次的多元化,从多角度、多维度促进知识体系的科学完整和当代性,同时表达文学学术的当代思考和方法论价值。富有时代学术特色,注重学术性、前沿性、导向性、实践性的统一,应当是新时代教材建设的实践性追求。

我个人作为一名在中文学科从事教育、研究工作30多年的老师,也在这里表态,愿意以此为行动指南,为文学教材基地的建设贡献自己的微薄力量。

最后祝愿在座的各位师友新年快乐,身体健康,一切顺利,谢谢!

基地学术委员会委员、复旦大学中文系教授朱刚发言:

各位同行、各位老师以及各位同学,上午好!已经接近中午了,我就简单一点。首先非常荣幸晓勤主任给我这个机会来对教材基地的成立表示祝贺。北大的同事们为筹备基地以及今天的论坛,肯定花了不少精力来设计,我作为中文学科的同行,表示敬佩,也非常赞赏基地开放的工作方式，就是联合全国的同行来完成教育部布置的这个工作。我自己当然也表态，愿意力所能及地积极参与。

刚才我们不断提到一些前辈做的著名教材，那些教材实际上塑造了我们自己的知识结构。就我本人来说，其实参与教材编写的经验非常少，虽然我目前在复旦大学也是负责学科建设的工作，但是我自己觉得我继承前辈余荫比较多，自己做事儿比较少，只是在负责学科的过程当中，也看到教材的一些问题，有一些粗浅的想法，今天跟大家交流。关于教材，我讲三点。

第一点，要注意分类的问题。中文学科是一级学科，下分几个二级学科，面上是这样搭建起来，但里面每个领域的情况非常不一样。就像我们下午要举行的分论坛，分了文学一块，语言学和文献一块，跟新文科相关的新形态教材又是一块，这实际上已经注意分类的问题。每个领域对教材的要求非常不一样，其实这就是中文学科发展到现在内部分支越来越丰富的表现，这本身是值得欣喜的一件事情。在教材编写、研究过程当中，要注意分类。

第二点，可能是我个人的倾向，我觉得目前的教材可以有两种：一种是力求详尽，力求准确，力求多反映前沿的研究成果；但是也可以有另一种，力求简明，只把最基础的知识交代出来。两种方法都可以，都有它的理由，不过我个人倾向于简明化。我很高兴昨天晚上跟晓勤主任交谈的时候，他也是主张简明化的。这只是一个倾向。咱们的知识积累得多了，新知非常多，而且文学领域的新知很多情况下并不取代旧知，不像医学、物理学这种学科——新的知识出来以后，旧的就要被抛弃。文学领域的很多新知出来，它就是新知，并不取代旧知，跟旧知是平行的关系，教学上就成为纯粹的增量。那如果越来越多地反映新知，肯定不是教材能够承担的。所以，教材并不是越详细越好，我个人是这么想的。当然由于时间关系无法论证，最简单的一个说法是这样：教材跟课程体系是对应的，现在中文学科的课程体系跟以前相比，明显课程种类丰富了很多，种类越多，每一种占有的时间就越少，所以教材我倾向于简化，这也可以给主讲的教师留下更多发挥的空间。

第三点，一般教材比较强调标准化，所以我想是不是可以考虑给个性化也留下一定的余地。刚才张老师、杜老师其实也都提到了个性化的问题，尤其是文学教材，从历史上来看，实际上它更多呈现个性化。此前各个高校使用的教材，比如说中国文学史教材，是多种多样的，也都起到了相当不错的功能。归根到底，做教材，做学科，做课程体系，还是为了中文人才的培养。就文学学科来说，当然我们的课程要给学生一个比较完整的知识体系，这个是没有问题的，但是说到底，最核心的还是对于一个人的审美能力、文学感悟的培养，这是文学教学最核心的问题。但这个东西本身是个性化的，文学感悟绝对是个性化的，不可能统一。刚才姚老师提到教材的工具性跟人文性，这是要辩证思考的一个问题。

以上三点，仅仅是我做的粗浅的提议。最后，对于目前基地机制的设计，我觉得还是比较完善的，我相信在这样一套机制的运作之下，我们有关教材的建设与研究以及可能会有的编写任务，一定能够顺利完成，希望我们的工作能够比前人更进一步。谢谢大家！

论坛一　文学教材建设与研究

第一场　　主持人　傅刚（北京大学）

反本质主义的设想

报告人：华东师范大学　朱国华

我在 2009 年发表过一篇文章，文中我对教材的撰写方式有一个反思。我们学校国际汉语文化学院有一位著名教授叫毛尖，她搞了一个微信公众号，叫"远读"。她把文章题目改成了《朱国华：我的两个不满足》，发布在这个公众号上，没想到竟然有六千多的点击，因为人家都想知道朱国华对什么事不满足。实际上背景是这么一回事：应该是十多年前吧，陶东风他们这些人掀起了一场反本质主义的讨论。他们不光有反本质主义文艺学的主张，还有反本质主义的教材实践，比如说像南帆编的《文学理论》，一开始浙江文艺出版社出的，后来 2008 年还是什么时候，改北大社出了。然后王一川老师也有一本《文学理论》之类的教材，也是北大社出版的，大概是 2011 年。陶东风本人也编了本《文学理论基本问题》，是 2004 年北大社出版的。对这些教材，我以前的同事，现在已经退休的方克强老师有一个比较系统的分析研究。他要说明，反本质主义听上去好像是个很坏的事情，是虚无主义的，是解构的。对这种流行看法，他不同意，他通过对这三本教材的研究，试图证明反本质主义的这个方案有可能是积极的、建设性的，其实是为这种理论倾向辩护。我就想在方老师说的基础上再往下挖一下，再往下说，简单来说我觉得他们反本质主义立场贯彻得还不是太彻底。

这里必须要说明一下。马克思主义，"马工程"教材肯定是本质主义的，这样的本质主义我们必须是拥护的。这是主旋律。它构成了我们教材编撰的主要方面。我说的反本质主义教材，是在学理的技术层面而不是思想的观念层面的反本质主义，属于在社会主义文艺学阵营内部的一种边缘性羽翼。不能站在狭隘的教条的立场上把丰富有活力的马克思主义真理庸俗化、干枯化。有了这种羽翼性的方面，我们社会主义文艺学才更见繁荣和多元。反本质主义从理论上来说，或者说作为一种知识学的立场，应该站在反对同一性的基础上，强调主客体对话的效果，摧毁绝对主体的幻象。上述这三位作者都有这些主张，但是我觉得他们在许多方面没有做到，他们的理论承诺没有充分兑现在他们的教材实践上。尤其是他们的表征方式，也就是在话语方式、谋篇布局和结构安排上都没有充分贯彻这个理念。

我说的表征方式，就是说它的表现形式，其实就是形式上的东西，但是，它又超越了外壳包裹内容这种性质的形式意义，其实还涉及陈述知识的有效性问题，也就是它构成了自己所言说的知识的一部分。所以叙事形式本身就是反本质主义的直观现实，我以为三位教材编撰者在这个方面还是存在瑕疵的。特别明显的是，我们看到教材可能就想要问：谁是叙事者呢？什么样的言说主体能够承担起这样的陈述任务呢？绝对主体是不是伪装成全知全能的叙事者，在反本质主义教材中借尸还魂呢？所以在这个方面，我觉得他们做得还是不太够。因为这几部教材在叙事形式上还是采取了那种全知全能色彩的叙事立场，叙事者是以一种非个人化的视角，也就是类似于上帝的视角来进行陈述，这实际上是把教材作者的个人观点偷换为一个普遍性的观点，把个别主体置换为普遍主体。我觉得这可能不光是文艺学教材的问题，其他的教材多多少少也有这样的问题。那么造成的结果不管是不是编写者的本意，都会容易给我们带来一种绝对真理的幻觉，每个章节的编写者都放弃了自己的个性，忽视各个章节具体内容的独特性，而遵从于统一的编写体例。所以我认为他们的所谓反本质主义还是不够彻底的。

这是叙事的形式的方面，另外一方面就是从历史化的原则上来看，这三部教材也没有什么很好的体现。陶东风也指出，事件化是很重要的叙事原则。哪怕一些抽象的理论，之所以产生，往往是伴随一些偶然的具体事件，在特定的社会历史语境中逐渐生成的。马克思曾经也说过这类话：像资本这样的概念，其实也是历史性的范畴，我们进行理解的时候，不能抽干它的历史内容。借助于事件化的操演，我们才能够激活某种理论的客观意义，才能认识到它具有的新的发明或发现的意义。从这样的角度来看，我们刚才说到的这三部教材所能够达到的历史化，是已经被清洗的历史细节，是抽干了经验材料的历史化，只剩下风干的历史事实，石化的历史事实，这些事实是被既定的情境和理论所解释过的历史事实。所以是去历史的历史化。虽然它是历史化，却失去了活态的历史性生命的力量。当然这也很容易理解，因为如果以事件化的标准来重写文学理论教材，写作难度是巨大的。我们要介绍那么多概念，如果真的按照事件化的方式来描述、界定那些概念，可能即便原则上办得到，篇幅也不允许。

此外，文学理论教材往往采取体系化的形式。体系化的弊端在于它很容易在内容上清除他者。体系化符合非矛盾律和同一性的原则，外部形式上符合和谐统一的古典美原则，也就是形而上学的美学原则，这当然就不是后现代的、反本质主义的原则。如何破解呢？我其实没有想好，我初步认为有这样两种可能性：一、如果侧重于尽可能多地掌握知识点的话，是不是可以干脆学习西方一些文学理论教材的通行做法，比如说布莱克威尔的文学理论，他就干脆放弃了上帝视角，让各家各派，什么后殖民主义、马克思主义、精神分析学这些，或者直接就是一些理论家，比如说阿多诺、本雅明、雅柯布逊、拉康这些人轮番上阵，各抒己见，这就可以形成多声部共鸣的复调效果，会抵消体系化或全知全能式叙事方式所隐含的霸权。但是这个弊端也很明显，因为每部分内容都必然被简化，不容易说清楚。二、就是经典论文选读，或者邀请专家写专题论文来替代文艺学教材。这当然就是个体化视角了，而且由于不同作者同时聚焦于相同的文学问题，却做出不同的回应，这容易形成复调效果，形成一种话语的内部张力，把我们带入进一步的思考中。这是我一些大概的思路，我就说到这儿，谢谢大家。

论文学教育以及文学教材的中国话语

报告人：北京大学　曹文轩

大家好。文学教育这个概念至少包含了两层意思。一是广义上的，即读者被告知一个人应当阅读文学作品，因为文学有助于个人人格的提升。二是狭义上的，是指我们现在所说的文学课、文学史、文学理论等方面的课程。但无论是前者还是后者，我们大概都要谈文学的意义。文学课必须向听课者阐述文学的意义，阐述文学的意义一定是文学课最重要的部分，用于文学课的教科书自然也要这样做，甚至说更要这样做。那关于文学的意义，我二十多年前就做过一个定义，此后就一直非常喜欢这个定义。文学的根本意义在于为人类提供良好的人性基础。如果这个定义能够被接受的话，那么我们就需要继续思考，这个所谓良好的人性基础究竟又包含了一些什么样的内容？也就是说它大致上有一些什么样的维度？文学又试图提供什么样的维度？一句话，文学。道德有何作为？

第一，确立道义观。如果要维持人类的存在与发展，必须讲道义，而文学具有培养人之道义的得天独厚的功能。我想当初文学成为一种精神形式，是人类的选择，因为人们发现它有利于人性的改造和进化。那么在今天人的美妙品性之中，只要稍加分析，就能看到文学留下来的深刻痕迹。

第二，营造审美境界。文学的根本功能之一就是审美，人们亲近它的一个很重要的原因也正在于它能够满足人们的审美需要，并培养人们的审美经验，提升人们的审美境界。我的看法一贯如此，美的力量绝不亚于思想的力量。托尔斯泰的《战争与和平》里有一个经典性的场面，主人公安德烈公爵受伤躺在战场上，当时他的心情是万念俱灰，因为他的国家、他的理想、他的爱情，所有的一切都破碎了。他想到的就是死，离开这个世界。最后是什么力量拯救了他？不是国家的概念，也不是民族的概念，更不是什么政治制度的概念，当时沙皇俄国是一个非常腐朽的制度。那么到底是什么？是俄罗斯的天空、森林、草原和河流，也就是我们庄子所讲的天地之大美。

第三，培养悲悯情怀。从某种意义上讲，文学是情感的产物，人们阅读文学更多是寻找心灵的慰藉，并接受悲悯精神与情怀的洗礼。我们一般只注意到思想对人类进程的作用。其实情感的作用与神秘的作用一样，都不亚于思想的作用。在人类历史上，许多重大事件的发生都是因为情感，比如为美女而战的古老模式已经上演多次了。悲悯一定是一个永恒的命题。

第四，输入历史意识。一个悖论性的事实：书写个人经验的文学，却把最生动也最完整的历史经验活生生地保留下来。有一套美国的语文教材，其全部文本就是美国的著名小说，这些小说按照时间顺序排列，一路读下来，正好就是一部完整的美国历史。我曾在一次语文教育的会议上讲，我说从某种意义上讲，语文课其实就是另外一种历史课。事情就是这样奇怪，专门的历史记载，比如各种各样的史书传记，在记录历史方面，未必就比文学或者说虚构的作品更真实更准确。托尔斯泰的《战争与和平》、雨果的《九三年》、曹雪芹的《红楼梦》这样的小说，使得那一段俄国历史、法国历史、中国历史变得生动具体。《红楼梦》在呈现那段历史方面，几乎是当时任何文章典籍都无法相比。《源氏物语》使得后人对日本那段历史有了更生动形象的把握。

第五，激发想象潜能。我们都知道有个寓言叫《狼来了》，人们一代一代讲这个故事，警示人必须诚实，不可以撒谎。但是有一个作家，是我一直很崇拜的，纳博科夫，他重新解读了这个寓言。他说那个从峡谷里跑出来大叫"狼来了"，但后面没有狼的孩子是这个世界上最了不得的孩子。他甚至说他是一个伟大的发明家、思想家。他用一连串的词赞美了这个放羊的孩子。他的理由很简单，因为那个小孩充满了想象力。他居然在草丛中看到了一只根本不存在的狼，然后像真的一样从峡谷里跑出来，大叫，狼来了。他还开了一个玩笑，说这个孩子后来被狼吃掉纯属偶然。然后他又问，什么是文学，什么不是文学？他说，一个小孩，一个放羊的孩子从山谷里跑出来，大叫"狼来了"，后面果真跟一只狼，这不是文学，因为没有想象，没有虚构，没有编织，没有撒谎；而一个放羊的孩子从山谷里跑出来，大叫"狼来了"，后面没有狼。这就是文学，因为他想象了，虚构了，编织了，撒谎了，这个地方的撒谎毫无道德含义。那么作家是谁？文学家是谁？其实就是那个放羊的孩子，放羊的孩子在文学长河中的游动和游戏，无疑就是对想象力的创变。而正是想象创造，使人类不断进化，使地球上出现了最高的文明。

第六，是过去很少说到的文学的一大用途——强化说事的能力。我觉得人有两个基本能力，一个是说理的能力，一个是说事的能力。在我们的理念里，说理能力很重要，说事能力几乎不被意识。想一想，一个孩子从出生到上幼儿园，上小学，上中学、大学，全部教育都是为了获得知识，为了培养说理能力。无论是苏格拉底与门徒们的雄辩，还是孔子和弟子们的对话，都是操练说理能力。如今世界上各个会议，人们粉墨登场，都是在说理。刚才朱老师也在说理，我们今天都在说理，为了在说理上一争高低，从五湖四海聚集到一起。评价一个人，从来就是以说理能力来衡量，沙龙、讲坛、聚会、广场实际上都是说理的场所，人们因被理性征服而兴奋愉悦。如此情状，使得许多人在经过良好的教育之后，仅仅是在说理能力方面得到了提升，而说事能力非但没有得到提升，反而越来越退化。而文学就是一门说事的艺术。学习文学史，我们看到事与理论具有同等的意义和美感。对于文学的阅读，无疑有助于对说事能力的培养。

关于文学的意义，自然还可以付诸很多很多。不然我们就没有必要坐在这里谈文学教材的建设问题。正是文学的意义无比丰富，它才成为一门显赫的学科，一门永远也做不完的学问。

今天我这个发言的题目是随性交上去的，后一半的话题我简单说一说。关于语文教材的中国话语问题的思考，仅仅是在半个月前，是由洪子诚先生《中国当代文学史》这本书引起的，这是一本纯粹的学术著作。我收到北大出版社编辑给我的微信，得知洪先生这本书现在有英、俄、西班牙、意大利等十多个语种的翻译，已经在国外翻译出版，没有一个语种的翻译是因为得到国家出版资助才进行的，都是对方主动的选择。我一下子震动了，一下子想到了许多问题。因为这段时间我一直在与"走出去"的话题打交道。6月在北京，我参加了世界图书博览会，与30位翻译了我作品的汉学家对话。9月在南京召开的中国文学国际传播论坛暨第六次汉学家文学翻译国际研讨会上，我做了如何走向世界的主旨发言。不久前，由中宣部和北京市委宣传部主办的北京文化论坛，其主要板块依然是关于"走出去"的，我们几个作家又是和几个汉学家一起对话，但所有关于"走出去"的话题都是关于文学作品的。我们是否想过让我们的哲学走出去，美学走出去，心理学走出去，我们的文学理论、文学教科书，我们的学说也走出去？或者偶尔想过但没有形成共同的坚定的意识？我们有过一次这样关于哲学社会科学走出去，而且已经走出去的研讨会吗？又有几篇谈论这个话题的文章？国家层面上的文化战略似乎也没有关于这个问题的明确选项，这有一点不可思议。所以当看到洪子诚先生《中国当代文学史》被十多种语言翻译的时候，我马上想到了让中国思想、中国学术走出去的话题。我很快就与桂梅谈了这个想法，她当即说明年就召开一个会议，因为这件事的底部藏了一个应当露出水面的命题，即我们的思想学术何时走出去，我们的文学教材何时走出去。我们现在手头上许多书，其实都是国外的教材，比如说韦勒克的《文学理论》。我们走过了75年，前30年的哲学社会科学，其模式与苏联哲学社会科学息息相关。我记得我当年看过的几本哲学教科书，基本上就是苏联科学院哲学研究所的马克思主义哲学原理的版本，文学理论与普列汉诺夫、季莫费耶夫、波斯彼诺夫之间的血缘关系一目了然。这些年可能发生了很大的变化，我不太清楚，我已经很久不看这些年的文学原理方面的书籍了，不敢妄加评论。

进入新世纪之后，我们哲学社会科学的教育模式基本是混合式的，就是既有中国话语，又有西方话语。在这里特地声明一下，我现在说的对象不包括中国文学史的写作，因为中国文学史是无法不中国的，游国恩先生的《中国古代文学史》无论在体系上，还是在价值观、历史观上，大概都是没有问题的。也不包括中国古代文论。我只是讲文学论这一块。也不包括古代汉语、现代汉语，等等。我就讲到这里，谢谢。

古代文学教材的继承性与创新性

报告人：西北大学　李浩

正如前几位学者所提及的，北京大学在文学史教材编写方面具有悠久的历史传统。早期的中国文学史教材多与北大息息相关，这一点在陈平原先生等多位学者的相关著作中均有阐述。20世纪初的部分教材即由北大编写，1949年后的多种重要文学史教材，或由北大教师主编，或由北大教师参与编纂。上午，贺桂梅老师将20世纪的教材编写划分为三个阶段，每一阶段均可见北大教师的身影。因此，这一基地设于北大，可谓实至名归。百年来，中国文学史教材的编写已形成了一定的规范，这些规范如今已成为传统。新一轮的教材编写应当在此基础上继续发展，而非仅仅停留于对传统的复述。就当前新一轮高校教材编写而言，我个人认为存在以下几个重要背景：

首先，国家对教材建设给予了高度重视。教育部教材局对每部教材均进行严格的审读和审定。同时，大众对教材的变化亦十分关注。这虽是一件好事，但也带来了一些实际问题。例如，审稿时间的延长以及媒体对教材修订的过度敏感，使得一些小众的学术问题有可能被放大或演变为文化问题，甚至是政治问题。因此，承担教材出版的单位及审定人员均显得尤为谨慎。

其次，已有的教材建设成果丰硕，包括各类统编教材、自编教材以及海外教材。新一轮教材编写如何对接并吸收这些已有成果，无疑是一个重要的考量背景。

再者，中国文学史的研究在各个阶段、各种文体以及传世文献的发布与记录方面均取得了显著成果。自1976年以来的新时期，尤其是21世纪初至今的二十多年里，新的研究成果层出不穷。

此外，人工智能时代数字技术、网络技术的颠覆性进步亦不容忽视。按照摩尔定律和技术加速回报定律，自20世纪以来，尤其是电子计算机出现后，科技，尤其是我们关注的芯片技术发展的速度，正呈指数增长。计算机、芯片的进步伴随着价格的下降，使得众多科技进步的速度空前加快。人类在近 300 年内的进步已超越了过去的 3000 年。这些方面，作为人文学者，我们应当特别关注。

最后，"00 后"的新教师和新兴学生群体亦是我们必须考虑的因素。以后，编写教材的人员可能已逐渐退居二线，但使用教材的学生和教师大多是 2000 年以后出生的。对于这些新教师和新型学生，我们的教材应当如何编写？因此，我们的教材修订、教科书编写以及课堂教学，必须正视这一现实，关注这一背景，对接新一代的师生。

基于此，我个人认为，新一轮教材编写的创新应从以下几个维度进行思考：

第一，取法乎上，吸收国际最新教材编写的经验及成熟做法。教育现代化需从教材的现代化做起，这一点我不再赘述。

第二，分类型、分层次编写。国家与教育部的高校管理是分层次的，各类教育教学的评估亦是分类型、分赛道的。因此，教材亦应分赛道编写。科学的教材编写应具备精准的针对性，不应幻想一部教材能够一统江湖、多年不改。对于"双一流"学校或承担建设世界一流学科高校的教材，应具有前瞻性、前沿性和研究性，以原典文献为主，辅以最新的研究成果，将学生带至学术研究的最前沿；一般本科院校的教材则应追求知识的系统性、完整性和全面性；师范院校的教材应追求规范性、准确性和重点性；通识类教材与专业教材亦应有所区别。

第三，强调教材的导读性、提示性、脚本性、链接性、未尽性和空白性。编写教材时，不应将话都说尽，以免主讲教师无话可说。教材应如同剧本一般，为演员、灯光、布景、音乐等留下空白。

第四，教材应助力并强调学生思维能力的提升及学习方法的自觉掌握。这一点我因时间关系不再展开。

最后，我们的教材应吸收近年来一些知识平台成功的做法，如会员制。教材形态不应仅限于纸质版，而应是一个系列化的产品，包括供教师使用的部分、供学生使用的部分，以及不断升级的链接。利用互联网时代和会员制的方式,我们可以让教师和学生不断充电,使教材能够持续影响大家。

以上是我个人的浅见,望各位批评指正,谢谢。

文学类教材建设的问题与思考

报告人：武汉大学　涂险峰

非常荣幸、非常高兴来参加这样一个在北大举行的教材建设研讨会。就个人体验而言，我迄今所编教材几乎都是同北大出版社和北大有关。我组织编写的那一套武汉大学中文创新性系列教材，和我自己主编的外国文学教材，都是北大出版社出版的。刚才我看到这次展览的书籍里面，就有我自己编的那部教材。但是，一晃已经9年过去了！这9年来不断有出版社希望我来编一套新教材，但是我都非常矛盾犹疑，因为遇到了很多问题。这些问题其实今天上午各位发言人都已经提到了，主要有四个方面：

首先，中文教材领域已涌现出大量相似且不乏优秀的作品，尤其是北大出版社出版的诸多精品。在此背景下，若新编教材无法实现真正的创新与突破，其意义何在？是否仅仅是在数量上增添一部而已？这是我深感困惑的首要问题。其次，"马工程"教材在诸多主要课程中占据了主导地位，留给其他教材编写的空间已所剩无几。如何在这样的环境下寻找并拓展教材编写的可能性，成为我面临的第二个难题。再者，在当今这个互联网与大数据盛行的时代，信息的获取变得前所未有的便捷。相较于我们，学生获取信息的能力往往更为出众。面对这一现状，我们是否仍有必要为他们提供信息量相对有限的教材？这是我在教材编写过程中遇到的第三个困惑。最后，数字化与智能化时代的到来，催生了诸如虚拟仿真等新型教学方式。这些新兴的教学方式是否意味着传统教材在形式上已显落后？这是我必须正视的第四个问题。

然而，任何问题都蕴含着其积极的一面。从积极角度看，首先，众多已有教材的存在迫使我们追求真正的创新，以区别于前人，解答真问题。这不仅是学术研究的要求，也是教材编写所应遵循的原则。其次，尽管"马工程"教材占据主导地位，但选修课领域仍存在广阔的发展空间。"马工程"教材强调规范化与一统化，而个性化与多样化的需求同样不容忽视。这两者之间的张力为其他形式与内容的教材提供了生存与发展的土壤。第三，互联网与大数据虽然带来了海量信息，但同时也为读者带来了迷失与困扰。在此背景下，有组织的教学与优秀的教材或许能够成为引导读者走出迷雾的灯塔。最后，新型教学方式的出现虽然对传统教材构成了挑战，但同时也为新形态教材的发展提供了无限可能。

面对这些挑战与机遇，我认为我们应采取以下应对策略：首先，加强教材的引导性。在信息时代，信息虽多，但真正有价值的信息却往往被淹没在海量数据中。因此，我们需要通过专业的、高水平的引导，帮助学生筛选出真正有价值的信息。其次，创新思维在教材编写中至关重要。这不仅要体现于内容的创新，更要体现于结构的创新。我们曾尝试编写创新系列教材，通过压缩基础知识，设置导学训练、研讨平台和拓展指南等板块，为学生提供更为灵活的学习空间。然而，我们仍需继续探索与创新，以适应不断变化的教学需求。此外，教材还应具备一定的开放性。正如我在使用人民大学梁坤老师主编的《新编外国文学史——外国文学名著批评经典》教材时所感受到的那样，其中每个学者以不同的方式梳理学术史，都给读者留下了广阔的思考空间。这种开放性不仅有助于培养学生的批判性思维与创新能力，还能激发他们对学术研究的兴趣与热情。最后，面对新型教学方式的出现，我们应积极探索适应这些方式的教材新形式。例如，虚拟仿真等教学方式已经在教学领域得到了广泛应用。我们可以借鉴游戏设计的理念，将趣味性、互动性与教育性相结合，开发出类似游戏软件的新型教材。这样的教材不仅能够满足学生的需求与兴趣，还能提高他们的学习效果与参与度。

总之，面对新的挑战与机遇，我们应保持开放的心态与创新的精神，不断探索与尝试新的教材编写方式和教学形式。只有这样，我们才能为学生提供更加优质的教育资源，培养出更多具有创新精神与实践能力的人才。以上是我对教材编写问题的一些浅见，恳请各位批评指正。谢谢！

文学史观与当代文学史教材编撰

报告人：中山大学　张　均

我想就当代文学史教材的编写谈些感受。当代文学时间比较短，到现在也才 70 多年，但当代文学史编纂工作却相当复杂。其复杂性主要表现在缺乏一种可以被普遍接受的文学史观。我在 2019 年做过一次统计，截至该年，已有 83 种当代文学史教材问世，其中不乏洪子诚、陈思和、於可训、孟繁华、程光炜等学者的力作。然而，由于当代文学学科的特殊性，至少有五种难以解决的矛盾使深具普遍意义的文学史观难以形成。一，内部与外部的矛盾。一种观点是坚持彻底的文学逻辑，认为文学就应与政治完全剥离，文学史就应以形式与审美为纲来组织结构；一种观点则主张将文学置于特定的历史背景去讲述甚至将"外部"（文学生产环境）作为独立对象纳入文学史，两种观点彼此争议不断。二，启蒙与革命的矛盾。也可说是学术界左翼与右翼的思想撕扯。右翼的启蒙史观追求独立于国家的个人自由，而左翼—社会主义文艺则强调先有平等而后才有自由可谈。是自由优先还是平等优先，在理论上纠结不清，在文学史编撰中就更难以兼容。三，精英与大众的矛盾。无论启蒙还是革命，实皆推重精英文学，依此为准绳，昔之鸳鸯蝴蝶派、武侠小说，今之科幻小说、网络小说、短视频等，势难被文学史所接纳。四，中心与边缘的矛盾。大陆当代文学自然一直居于中心，但当代的港澳台文学及海外华文文学是否可以被接纳进文学史？如果接纳，又该如何将它们在文学史秩序中"安放"妥当？无疑都很棘手。尤其台湾地区的文学、海外文学，以前都很少与大陆文学共享相似的话语。五，古与今的矛盾。20 世纪存在大量旧体文学创作，其作者规模之大、品质之高，都未必亚于新文学，当代亦然。所以长期以来一直有人呼吁将旧体诗词纳入文学史，但怎么纳入，文学史家们至今都未找到有效的融合路径。

以上矛盾的存在，使得文学史编纂工作面临极大的挑战。无论采用何种文学史观,总会被批评为忽视、排斥或遮蔽了一些在批评者看来不可或缺的文学史对象。而且,这种进退两难的现象还将持续很长时间,因为当代文学与古代文学、外国文学存在显著差异,古代作家、外国作家多为历史上的人物,当代作家则往往活跃在此时此刻,他们及他们的支持者都是建构当代文学史的重要参与力量。这使当代文学史编纂不能不十分复杂。鉴于此,我曾一度建议"暂停"当代文学史写作,转而专注于各类前沿专题研究。但这一观点并未得到学界广泛认可,这与教学自身的需要以及国家层面的需求有关。在此情形下,我认为寻找一个相对普遍且能被广泛接受的文学史观,仍是眼前我们不得不努力的方向。曹文轩教授提出的艺术标准,或是一个可行方向,即以人性的、艺术的标准来评判文学作品。所有反映人性、人类普遍情感及具有艺术高度的作品均可视为佳作。然而,过去我们也曾强调人性与"人的文学",为何它们不能得到普遍认可?这是因为,右翼学者在强调"人的文学"时,比较排斥不合己意的人性,如认为左翼-社会主义文艺所呈现的阶级生存及其人性状态是虚假的、人为构制的。当年鲁迅与梁实秋已为此类问题有过激烈论战,今日学者若只是简单地袭取梁实秋的观点,显然难以获得广泛说服力。我们考量"人性",应该跨越左右、古今、雅俗等界限,寻求能够打通这些区隔的共同的人性经验。以此为基础,可进一步考量其与外部历史逻辑——诸如启蒙、革命、中国式现代化等的关联。但这种关联应属弱关系,即有联系却又并非决定性、支配性的。也就是说,将来再编当代文学史,应更注重作品本身的艺术性和人性深度,不以外部历史逻辑"替换"文学逻辑,但与之保持密切的"对话"。今日不少文学史在人性问题上并未打通,也往往把外部逻辑直接作为内部逻辑来处理。如此种种,皆有待于未来改善之。

新时期文学史教材的专题化

报告人：首都师范大学　刘尊举

各位老师好，我发言的题目是"新时期文学史教材的专题化"。教材建设是专业建设的核心内容之一，经过数十年的探索与实践，已经取得丰硕的成果。尤其是专业基础课、专业核心课，大都已经有了体大思精且能充分体现学科前沿成果的权威教材。以中国古代文学史的教材为例，先后有游国恩主编的《中国文学史》、袁行霈主编的《中国文学史》、袁世硕主编的"马工程"教材《中国古代文学史》等多部重量级教材，我们想要在此基础上再编一套《中国文学史》，且有重大的突破和鲜明的特色，是非常困难的。这种情况下，文学史教材建设的出路在何方？我想，一个重要的方向就是专题化。

首先，我们需要明确教材编写的定位问题。

一是教材在学术研究与文化传承之间的定位。一般而言，文化的研究与传承是在问题与知识不断转化的过程中实现的。我们从知识中发掘问题，进而展开研究，当研究成果被学界广泛认可后，又转化为新的知识。教材的编纂，大致处于将研究成果凝练为知识的环节。然而，这一过程具有一定的时代性和阶段性。特别是经典教材，其阶段性和时代性特征尤为显著。通常，一个新的学术高潮之后，经过一段时间的积累，会生成新的经典教材。以文学史教材为例，20世纪80、90年代的文学史研究热潮之后，于世纪之交，袁行霈先生主编的《中国文学史》应运而生。自此以后，我们进入了新一轮的积累阶段。在过去的二十多年里，古代文学研究取得了大量新成果，这些成果不断地、局部地更新我们的文学史知识。然而，若想实现整体的突破，就目前的积累而言，无疑仍然十分困难。因此，我们不得不深思，在当前背景下，如何编写教材，既能在经典教材的基础上有所推进，又能及时且稳妥地将当前的学术新思考融入教材之中。这涉及知识的稳定性、前沿性乃至前瞻性之间的关系，是教材编写前须深入思考的问题。

　　二是教材在教学过程中的定位。教材的编纂最终还是要服务于教学、课程和人才培养。因此，人才培养的目标和模式，一定程度上决定了教材建设的方向。例如，当前对于高等教育人才的培养，格外强调能力的培养，对过去以知识培养为主的模式提出疑问，并不断探索新的培养方法。那么，教材建设的方向也在一定程度上取决于如何培养学生的素养和能力，而非仅仅让他们更好地掌握知识。

　　基于以上两个思考点，我提出了专题化的教材编写思路，主要包括以下三个方面：

　　一是主题化。在编写文学通史或断代史难以取得突破性创新的情况下，我们可以从主题入手，推进知识领域的精细化和专门化。例如，我们可以编写文体文学史、主题文学史（如战争主题、哲理主题、历史主题等）、文学流派史、文学接受史、文学制度史乃至性别文学史等教材。还可以有更加细致的主题，如李浩教授提出的园林文学教材等。这是教材编写的一个重要方向。

　　二是编写能够体现学术理念和研究方法程式的教材。这类教材不只是向学生传授文学史知识，还应该引导他们了解这些结论是如何形成的。以我个人研究明代唐宋派的经验为例，我在绪论部分详细梳理了从明代嘉靖时期人们对唐宋派的评价，一直到明末、清初、清代中期、近代乃至现代对这一流派的建构与质疑过程。我计划以此为范例，再扩充一些内容，包括若干流派、若干经典作家和若干经典作品，通过这种研究，让学生明白我们今天的文学史认知和知识是如何形成的。这种教材应避免通史的写法，而是要采用案例化的文学史教材写法。这与涂险峰教授提到的导学训练有相通之处，也符合张福贵教授在大会上提出的知识个性化的理念。在文学史的编撰中实现知识的个性化有较大难度，但在文学案例的编写中却是有可能的，这在一定程度上可以促进教材的个性化发展。

　　三是教材与课程改革相结合。我们的教材应服务于当前的课程改革。目前，线上课程如慕课，以及线上线下相结合的课程，已经大面积铺开。因此，我们的教材建设也应与课程改革相结合，实现教材数字化的目标。数字化的核心要义在于它的开放性。纸质教材一旦确定，修订再版的过程是漫长且困难的。而数字化教材与线上课程相结合，则形成一个开放的体系。每一轮课程，有了新鲜的信息，都可以随时更新数字化教材。

以上是我的一些浅近思考，请各位专家不吝指教。谢谢！

第一场点评

点评人：中国人民大学　陈剑澜

我认真听了六位老师的发言，虽然只有十分钟时间，每位发言的内容都十分充实，而且充满了亮点。显然，关于教材编写，大家有许多话憋在心里，想一吐为快。我们关注的焦点是，如何在传统教材概念的基础上创新教材形态，打造新教材样板。这是一个值得深入探究的话题。

朱国华老师的发言探讨了文艺学界关于反本质主义的理论思考。近些年，文艺学领域有几部教材直接或间接地以反本质主义自称，产生了相当大的影响。所谓"反本质主义"是相对于传统教科书把文学归于单一本质的思路而言的。这些教材试图从新的视角特别是20世纪西方文艺理论的视角，去讨论文学的丰富性和多义性。目前，这些教材与传统教材大体能够并存，而高校研究生教学则更倾向于使用这些新思路的教材。往深层次讲，从现代文学观念和现代文学理论诞生之初即早期德国浪漫派的文学研究开始，就提出了如何思考文学普遍性的问题。如F.施莱格尔指出有两种普遍性：一种是通过牺牲文学的个性、特点和丰富性来获得的干巴巴的文学定义；另一种则是尊重所有文学的多样性、差异性，进而探究其内在统一的根据。从积极的角度看，所谓反本质主义和本质主义的讨论有助于引导我们跳出单一的寻求普遍性的思路，在文学的丰富性中，引导学生去思考文学与人、自然、社会之间的内在关系。

接下来，我想谈谈教材应该带给学生以及老师什么。曹文轩老师的发言，让我深受启发。他提到文学教育最终是要给我们带来良好的人性基础。一本好的教材，不应该只是灌输知识、信条和尺度，而应该把学生带到文学经验面前，让他们有能力进行独立思考，最终领会世界的意义。就此而言，文学教育本质上属于美育的范畴。美育是一种人性教育，它通过文学、艺术等手段来塑造完整的人格即完全意上的人。

　　李浩老师是古代文学领域的专家，他发言的思路极其开阔。他提到教材编写要参照国际教材的经验，这一点十分重要。他提出的分类型、分层次、针对性等观点非常务实且具有指导意义。同时，他还特别提到了形态的多样性，这也得到了后面几位老师的呼应。涂险峰老师在此基础上做了系统的讨论，他提出了四个疑惑、四个问题以及四个方向。四个方向即加强教材引导性、创新思维、开放性和新形式，已经上升到了理论的高度。傅刚老师的一句话也让我印象深刻，他提到古代没有统编教材，但优秀学者辈出，而现在统编教材众多，但学者水平似乎并未因此提升。这确实是需要我们深思的问题。

　　张均老师的发言谈到近几十年间当代文学教材众多且互相掐架的现象，内部与外部、启蒙与革命、精英与大众、中心与边缘、新形式与旧形式等矛盾突出。我想，这大概是研究过于细致而教材编写追求面面俱到的结果。也许，我们可以通过编写个性化教材来打破这个迷局。

　　综上所述，我们关于未来理想的教材建设的观点可以概括成四个关键词：个性化、类型化、专题化和开放性。

　　感谢各位老师的发言！

论坛一　文学教材建设与研究

第二场　　主持人　徐兴无（南京大学）

教材建设的持久性与时代性：
久久为功和与时俱进

报告人：华中师范大学　胡亚敏

感谢亚云老师，感谢北大中文系的邀请和信任，并祝贺北京大学中文系成功获批第二批国家教材建设重点研究基地！这次参会的目的主要是为了学习和交流，我的发言题目是"教材建设的持久性与时代性：久久为功和与时俱进"，不当之处，敬请指正。

20 世纪 80 年代以来，华中师大着手编写了一系列教材，并取得了一定的成绩。最近收到了一些同行和朋友关于教材编写经验及获奖策略的咨询，这些咨询背后暗含着对教材质量提升和获奖的渴望。其实，教材编写并非一蹴而就的事，它需要时间、耐心与持续的努力。我们不应将教材编写仅仅视为一个项目，通过获取经费、组建团队、列出大纲，然后参考现成资料，分头去写，最后统稿，教材就编写出来了。这样的做法是难以孕育出真正优秀的教材的，这既是对知识的不尊重，又是对学生的不负责任。一部优秀的教材，往往需要经历十年乃至数十年的教学检验和打磨，可谓"久久为功"。作为既参与教材编写又担任过评审的"双重角色"，我对此有深刻的体会。要编写出一部优秀的教材，首先编写者应具有深厚的知识储备，全面的理论素养，特别是要有明确的编写理念。其次，编写者最好拥有丰富的教学经验，因为只有深入了解学生需求和教学规律，才能编写出贴近教学实际的教材，一个完全不从事教学活动的人编写教材总有隔膜之感。再者，好教材是不断修订的结果。在教学过程中，编写者不时会萌生新的想法，或获得新的启发，有时甚至会推倒重来。这种修订的灵感或来自编写者自身的体验和感悟，或来自与学生的互动和反馈。从一定意义上讲，教材的修订没有终点。

优秀的教材又必须"与时俱进"，这也是教材的生命力所在。如今数字技术迅猛发展，深刻地改变了高校教育的教学方式，教材编写同样面临着前所未有的挑战和机遇。如何编写适应数字化时代的文科教材，这是中国高校文科不得不应对的问题。这里仅谈谈个人有关新形态教材编写的一点思考。目前我们正在编写的是纸质与网络结合的新形态教材，力图在以下几个方面做一些尝试。一是可视性。即通过二维码链接微视频、动画等多媒体元素，丰富教材的内容，强化学生的直观感受。二是生成性。这既包括通过题库以生成多层级的试题，和借助 AI 小助手通过资料合成生成新的问题和答案；又包括新形态教材本身突破纸质教材的相对固定性，在网络环境下不断衍生和修订。三是互动性。利用网络技术平台的交互功能实现师生互动。四是个性化教学。即根据学生的学习需求和兴趣实施个性化定制，为学生自由探索和学习提供条件。后面两点我们还在探索中。此外，纸质教材的叙述应注重其趣味性和可读性，除教材文字写得活泼一些外，可以借鉴国外教材中的漫画、插图等元素，使教材显得更加生动有趣；也可以将游戏元素引入教材，使学生在轻松愉快的氛围中学习知识和技能。

教材编写还应该考虑国际视野和跨文化交流的问题。中国高校的文科教材应有自己的民族背景，需要从传统文化中寻找自己的根基和底色，但也不能走向另一个极端，宣称只写中国的文学和理论。文明的历史是互鉴的，没有普遍性的特殊性是没有意义的。北京大学作为向世界一流迈进的高校，教材编写应该既是中国的又是世界的，才能更好地担负起当今全球化背景下中国高校的责任。当然，这需要高质量且有创造性的思想和知识。顺便说一下教材外译的事情。我编著的《比较文学》2011 年被翻译到越南，一位越南留学生跟我说，他没来中国前就知道我，因为读过我写的《比较文学》教材，简明扼要。其实这与翻译者是分不开的，译者黎辉霄先生是越南河内国家大学教授，越南中国文学研究专家，这位老先生于 20 世纪 60 年代曾留学山东大学。我的《比较文学》之所以能够被越南学生接受，他功不可没。这说明教材编写的国际传播若要有效果，国外翻译家的作用不可小觑。

综上所述，教材建设是一个长期复杂的过程，需要持续努力、不断探索和创新。只有坚持"久久为功、与时俱进"，才能编写出真正优秀的教材。这里我们应致敬那些默默耕耘的教材作者和责任编辑，并祝愿北京大学中文系国家教材建设重点研究基地根深叶茂，硕果累累。

文学教材的专与通

报告人：中山大学　彭玉平

听了各位的意见，确实深受启发。我没有做太精细的准备，就我想到的问题，简单谈一点自己的想法。

关于教材的建设，我此前确实也有一些思考和想法，但没有形成文字，更没有形成系统的文字。为什么有思考呢？因为我一直在教学第一线，我编过教材，也使用过他人编写的教材，教材与我的工作关系非常密切。刚才胡亚敏老师说得很好，一线教学就要有指定的教材，无论是"马工程"教材或者其他教材，而教材的问题也只有在使用中才会发现，所以无论参加不参加教材编写，一线教师都有比较大的发言权。在讨论教材的时代性与国际性特征时，我或许呈现出一种典型的保守主义倾向。基于我广泛阅读教材的经历，我深感两本教材尤为出色，它们分别是刘永济的《十四朝文学要略》与刘师培的《中国中古文学史》。

刘永济先生的《十四朝文学要略》，我曾反复研读，其文字既感性又富有个性。例如，他评论阮籍与嵇康的论体文时，并未采用抽象或高度理论化的语言，而是以一种相当感性的方式呈现，这恰好契合了我对于文学感性特征的重视。文学中的感性，赋予作品独特的魅力，这种以感性方式书写的文学史，无疑具有不可替代的价值。刘师培的《中国中古文学史》则展现出极高的专业性，他在撰写文学史时年仅二十多岁，却能将文学、历史、政治、文化等多方面的材料巧妙融合，进行精准概括和裁断，展现出孤冷高手的风范，同样具有不可替代性。

由此，引发了我对教材编写的一些思考。我们究竟应该编写一种极具个性、不可替代的教材，还是追求一种普遍适用的教材？这是一个值得深入探讨的问题，尤其对于教材基地而言，更是需要认真考虑的问题。此外，我也对编写文学史者的资质提出了疑问。我认为，编写文学史或文学教材的要求远高于撰写专著。在某个领域深入研究，或许能写出新的见解，但编写教材则需要广泛涉猎，具备宏阔的视野和正确的概括能力。简单来说，编写教材的门槛远高于撰写专著，一本不成功的专著，也就是被学术史忽略而已；一本不成功的教材则可能贻误很多人，造成的危害也就更多。所以研究基本是对一个人负责的事情，而编写教材则基本是对一个群体负责的事情。专著可以带来个人声誉，而教材在一定程度上会影响一个群体甚至一个时代。如此，编写教材，从一开始便是一件需要敬畏的事情，决非简单应付能了此事。

以王国维为例，他曾试图编写一部《文学通论》，为此在多个文学领域进行了深入研究，包括诗、词、曲、小说、戏曲等。然而，他最终未能完成这部作品，可能正是因为他未能完全打通文学内部的关系。这启示我们，编写文学史需要成熟的文学观，以及对文学经典和文学发展规律的深刻理解，还需要对重要学术史有全面的把握，既及时反映学术史的进展，又呈现出成熟而稳重的格局。

然而，当前的文学史教材却存在着一些明显的问题，这些问题主要还是对教材编写重视不够，理解偏浅。如作者队伍参差不齐，导致章节之间水平不均，更重要的是文学观念错综复杂，甚至存在矛盾和对立。因此，主编不能挂名了事，而应该事必躬亲，从头至尾严格把控，在整个编写组形成大体一致的文学观念和价值判断，才能确保文学史的质量。

编写教材面临的问题当然十分严峻。一个人编写一部文学史，其研究范围难以全覆盖，尤其是编写文学通史时，更会显得很专业与很不专业兼有的情况。在民国之前，甚至更早的清末，已有一些优秀的文学史由个人完成。但如今，编写文学史已不仅仅是文学专家的事，还受到国家教育部门的影响，这促使对文学史编写者的要求更高，需要具备相当的资质和资历。但面上的问题容易解决，内里的问题可能隐藏很深，这就是挂名主编带来的现实问题。

此外，我还关注到书评的问题。当前的书评往往缺乏深度和新意，难以被杂志接受。而优秀的书评，如朱自清、郭绍虞等人的作品，能够深入剖析作品的历史背景、观念发展等，这样的书评才具有真正的价值。他们是与相关文学史对话，并在对话中呈现自己的文学观念和价值判断。这么说来，编教材的门槛高，写教材评论的门槛同样很高。

我个人在编写教材方面也有一定的经验。我曾参与编写过《元代文学史》。在编写过程中，我深刻感受到了编写文学史的难度。我需要博参各种文学史，要广泛关注学术史，也要结合自己的研究。我认为如果是群体编写，则需要组织一个优质而且具有相当学术覆盖面的编撰团队，先确立正确的文学观、历史观和艺术观，然后在这个统一的三观指导下进行编写。

我当然明白，编写一部既属于大家又属于个人的文学史是一个巨大的挑战。一方面，我们需要编写一部具有普遍适用性的文学史；另一方面，我们也希望在其中融入个人的见解和特色。因此，我认为这两种文学史应该是并行的。刘永济和刘师培的文学史就属于后者，它们具有不可替代的个性和价值。当然，这也意味着它们可能存在一些缺失。但正是这些缺失，为我们提供了进一步思考和探索的空间。

如果一流学者切实地投入到编写文学史的教材之中，并充分考虑到文学史的文体和历史格局，真正把一流的专家吸收进来，这样的文学史才是对得起作者、对得起时代，也对得起未来的。

高校文学教材建设的困境与出路

报告人：华东师范大学　文贵良

谢谢北京大学中文系和北京大学出版社的邀请，让我有这样一个学习的机会。首先要热烈祝贺北京大学中文系获批国家级教材建设基地。

在聆听了诸位老师的精彩发言后，我深受启发。我想就"文学教材面临的困境与可能的出路"这一主题，谈谈个人的初步思考。

首先，关于困境。涂险峰老师已详尽地列举了四大挑战，我完全赞同其观点。在此基础上，我还想补充一点，即长期以来，在学术评价体系中，文学教材往往未能得到应有的重视。从职称评审的角度来看，教材并没有得到应有的重视，有些学校并不把教材作为晋升职称的条件，从而导致年轻学者对此类工作缺乏兴趣。而资深学者虽然没有职称的压力，但也很少投入精力。除非有强大的外部推动力，否则文学教材的建设与发展可能会面临持续性的困境。这一问题，实则与当前的学术评价体系息息相关。

其次，关于出路。文学教材的建设，特别是针对作品选和文学史的部分，应更加注重研究方法与内容的创新。以文学史为例，其核心问题在于如何处理"史"与"论"的关系。既要全面、客观地叙述历史事件，又要融入编者的观点与论断，这使得文学史的写作往往难以兼顾专业性与深度。陈平原老师曾对此提出批评，他认为文学史写作在体制上难以进行专门而深入的论述。针对这一问题，我初步构想了一个可能的解决方案。传统的文学史写作采用二分法，即作品选与文学史。我建议将这个二分法扩展为三分法，即增加"文学著译编年史"。"文学著译编年史"这一部分可以利用大数据技术进行构建与数字化呈现，形成可共享的在线资源。这一工作可由专业团队完成，将文学史写作中的大量概括性内容转移至"文学著译编年史"中，从而减轻文学史本身的负担，使其能够更加专注于深入的论述。

最后，在文学史的写作上，我赞同彭玉平老师、张均老师、刘尊举老师提出的"专题化"思路。通过将文学史中的具体事件进行专题化处理，可以使文学史的论述更加深入与聚焦。按照我刚才的设想，文学史发展概貌，放入"文学著译编年史"部分，文学史的写作就可以专题化了。同时，我们也可以从多个角度对文学史进行书写，如从语言与文体、启蒙与革命等视角出发，形成多元化的文学史体系。此外，我认为教材只是提供一些参考与选择，而并非绝对的标准。在本科阶段，教师应根据自己的教学设计与学生的实际情况灵活选择教学内容与方法。大学教材不像中学教材，中学阶段，教材是本，而大学阶段，教材带有鲜明的参考性和辅助性，不应成为束缚教师与学生的枷锁。因此，在文学教材的建设中，我们也要考虑其灵活性与多样性，以适应不同教师与学生的需求。

这些思考只是初步的、不成熟的见解。我期待与各位同仁进一步探讨与交流，共同为文学教材的建设与发展贡献智慧与力量。

谢谢大家。

从《文论十笺》看文学教材的古今结合

报告人：南京大学 童 岭

我今天报告的题目是"从《文论十笺》看文学教材的古今结合"。我自己没有独立编过教材，但参与过一些教材的编写。今天我准备就我的太老师程千帆先生编的《文论十笺》，来谈一谈文学教材的古今结合。我的报告将围绕以下三个核心内容展开：一是南京大学文学院（前身为三江师范学堂）的传统；二是现代中文系学科与教材概念的形成，此部分我将从语言学角度进行考证；三是介绍《文论十笺》作为一部介于古今之间的文学教材，其独特之处何在。

首先，关于南京大学文学院的传统，其历史可追溯至 1902 年的三江师范学堂，三江师范学堂由两江总督刘坤一和张之洞共同创办。在清政府颁布"癸卯学制"（《奏定学堂章程》）后，三江师范学堂根据学制要求，明确设置了中国文学课程及教科书。1906 年 5 月学堂易名为"两江师范学堂"。张之洞在推动学堂的建设过程中起到了至关重要的作用。他借鉴了日本的教育体系，大量引入日本教科书的概念，为中国教育现代化奠定了基础。

其次，关于现代中文系学科与教材概念的形成，我借鉴了北大陈平原先生的考证。林传甲 1910 年编写的《中国文学史》是中国人自编的第一部中国文学史教材，其序言中明确提到了访日学习中国文学史的意图。这部教材不仅是中国文学史研究的起点，也标志着现代中文系学科与教材概念的初步形成。此外，我考证了林传甲学习日本文学史教材《支那文学史》的证据，以及陈寅恪先生对当时教科书编写方式的不满态度。他强调教材应当既保留中国传统经、史、子、集的精髓，又借鉴日式教科书的通论性特点。

最后，我重点介绍一下《文论十笺》这部介于古今之间的文学教材。该书由程千帆先生编写，历经多次修改，最终定名为《文论十笺》。程先生在编写过程中，既保留了中国传统经、史、子、集的选文方式，又融入了西式（实则日式）教科书的通论性特点。他选取了十篇古今文学作品作为选文，每篇后附以详细的解说和评论。同时，他还根据自己对文学的理解，将全书分为十个章节，涵盖了文学建议、文学时代、文学定义、文学道德等多个方面。在编写过程中，程先生非常注重笺注的严谨和精微，如在讲解"文赋"时，他将"可谓曲尽其妙"一句的古今注解全部搜罗殆尽，对于暂无定论的难题也采用了"存疑"之法。我也在此基础上对"可""可谓"二词在中古时期的用法进行了考证，大家可以参考我的文章（《〈文选平点〉翼证一则》，载《南京师范大学文学院学报》2004 年第 4 期）。这种全面细致的考证方式，不仅避免了教材的平庸化，也为学生提供了深入学习的机会。

此外，《文论十笺》在叙事方面也极具特色。程先生善于运用故事化的手法来讲解文学作品和文学现象，使得教材既具有学术性，又富有可读性。例如，他在讲解"史通叙事"时，通过详细梳理历史事件和人物关系，将原本枯燥的史论变得生动有趣。这种叙事方式不仅有助于学生理解文学作品和文学现象，也能激发他们对文学的兴趣和热爱。

综上，《文论十笺》作为一部介于古今之间的文学教材，其独特之处在于既保留了中国传统经、史、子、集的精髓，又借鉴了西式（实则日式）教科书的通论性特点；同时，在编写过程中注重考证的严谨和精微，以及运用故事化的手法来讲解文学作品和文学现象。这些特点使得该教材在当时极受欢迎，并对后世的文学教材编写产生了深远的影响。我想分享的就是这些，谢谢大家。

文学理论教材的更新

报告人：北京大学　周兴陆

今天我提交的题目是"文学理论教材的更新"。我过去在复旦大学古代文学专业做中国文学批评史的研究，所以不大思考这个问题，现在到了北大中文系的文艺学专业，就必须得思考这个问题。当前我国的文学理论教材，尤其是主流的文学理论教材，虽不乏佳作，但是存在的问题不容忽视。

以"文学概论"这门课程为例，它经历一个多世纪的发展，成就斐然，不仅提升了学生的思维水平，拓宽了学生的学术视野，还深刻阐释了文学在社会革命与建设中的重要意义，有效地引领了文学的发展方向。简而言之，20世纪的文学理论研究与教材编写，至少为我们留下了三点宝贵的思想遗产：唯物史观（即文学作为社会意识与社会存在的关系）、文学的人性与人民性、文学的社会批判性。这三点思想资源对当今时代的文学理论依然具有重要的意义。

"文学概论"这门课程的起源，可以上溯至1904年的癸卯学制。在该学制中，中国文学门类下最早设置了"文学研究法"与"中国文学史"等课程，此外还有一门"古今论文要言"。其中"文学研究法"与"古今论文要言"两门课程与当今的"文学概论"存在密切的关联，尽管当时还没有"文学概论"这一说法。据我目前所掌握的资料，"文学概论"这一术语最早可见于1913年左右的文献记载，当时北京大学的课程纲要中提到了"文学概论"，属于英文系，名为"文学概论"，还有"美学概论"，辜鸿铭、徐仁铸担任授课教师。中文系对应的课程则被称为"中国文学概论"，黄侃担任授课教师。直至1920年前后，随着新文化运动的深入与教育改革的推进，中文系才正式开设"文学概论"课程，周作人、张定璜等较早在中文系讲授"文学概论"，鲁迅曾讲授过日人厨川白村《苦闷的象征》的理论。

茅盾在1921年曾发表过一番颇具颠覆性的言论，指出中国一向没有什么文学批评，所谓的文学批评不过是主观臆断罢了，如《文心雕龙》《诗品》等即是如此。他认为，当时的文学批评不过是将西方学说拿来并向民众宣传而已。新文化运动以后，"文学概论"课程逐渐分化为两种类型：一种是中国文学概论的延续；而另一种是借鉴日本厨川白村、本间久雄，欧美温彻斯特、亨特的文学理论而形成的文学概论。中国文学概论又可进一步细分为两类，一类是中国文学的概论，侧重于文学史的横向范畴；另一类则是中国的文学概论，重在讲述中国人的理论认知。在这一时期，既有像姜亮夫、马宗霍这样深耕中国文史学问的学者讲授文学概论，也有众多从事西方文学理论研究的学者如梅光迪、傅东华讲授文学概论，形成了中西文学理论并存的局面。自20世纪50年代起，中国全面学习苏联的文学理论，特别是法捷耶夫、毕达可夫等的文学理论传入中国，使我国的文学概论课程范式发生了彻底的变化。尽管当时北大中文系主任杨晦教授主持翻译毕达可夫的文学理论尝试采用中国的文学事例，但由于时间紧迫，此前缺乏充分的本土化实践，这一努力并未取得显著成效。此后，我国的文学概论课程逐渐形成了以苏联式马列文论为主导的局面，后来又逐步转向西方文论。虽然有许多学者强调中国古代文论的重要性，但是新中国成立后的文艺学学科体系中，古代文论是处于边缘化的地位的。

如今，我国文艺学学科面临的基本问题是，依然以西方文论和苏联式马列文论为主体，而像郭绍虞、姜亮夫那样兼具中西学养的学者已经凤毛麟角。更严峻的是，自1997年取消中国文学批评史的二级学科地位后，许多高校中文系已不再开设中国文学批评史或古代文论课程，即使开设，也多为选修课，选课人数少。这导致了以下三个严重问题：一，当前的文学概论与中华文化传统相脱节；二，文学理论不关注中国文学，不去总结中国作家的文学经验；三，文学理论批评缺乏对汉语汉字的文学表达特点与功能的探究。

具体来说，首先，当前的文学概论课程往往忽视了对中国文化精神的关怀。20世纪上半叶的文学概论课程中，常涉及文学与国民性、中国人的审美气质、中国文学精神等话题。当今的文学概论课程，也应该引导学生思考当下中国文化、人的精神、审美意识、社会责任等话题。其次，传统的文学理论是指导创作的，重视考究汉语汉字的特点和诗文写作的规范。当前的文学概论课程，对汉语汉字的文学性、表现力、写作规范与创新等缺乏深入的探讨。当前的文学概论课程对中国文学的经验总结不够深入。第三，中国传统的文学理论强调从实践经验出发、指导写作实践；而当今的文学概论课程，却往往从哲学理论出发，忽视实践经验与指导写作的重要性，重视"知"，忽视"能"。文学理论与文学实践相脱节，削弱了文学理论对文学创作实践的指导意义。

综上，我觉得当前的文学概论课程亟须进行深刻的反思与大胆的改革。我们应该重新审视文学概论的学科定位与目标追求，加强与中国本土文化的关联，深化对汉语汉字文学表达特点的认识，加强对中国文学经验的总结与提炼。只有这样，才能构建出既符合时代需求又契合中国文化精神的文学概论课程体系。

提升高校文学教材的学术专业性，促进文学知识的更新与普及

报告人：中国社会科学院文学研究所　马　昕

这两年我参与了一些基础教育领域的教材编写工作，在与出版社编辑交换意见后，我摒弃了原有的学者式叙述风格，决定以更加平易近人的方式重新撰写。单纯以学者的视角和腔调进行撰写，可能会使内容显得过于深奥，难以被目标读者群体所接纳。重写的过程中，我力求避免宏大的理论阐述，而是将复杂问题拆解为细小部分，耐心细致地逐一讲解，仿佛是在搀扶孩童学步一般，引导他们逐步理解并掌握相关知识。

这一写作过程，不仅是一次对知识的梳理和重构，更是一次深刻的自我反思。它使我深刻体会到，在面对文字和进行课堂教学时，我们的叙述姿态应当有所区别。作为一名教师，我深知课堂教学的趣味性、互动性和表演性对于吸引学生注意力的重要性。在课堂上，我能够轻易地脱下学者的"长衫"，与学生打成一片。然而，在面对文字时，这身"长衫"却似乎难以脱下。因此，在编写教材时，我们需要不断磨炼自己的"低姿态"，以更加贴近学生实际需求和认知水平的方式进行撰写。

为了进一步提升自己的"低姿态"叙述能力，我近年来组织了一系列学术活动，名为"论文复盘会"。该活动邀请青年学者分享自己代表性论文的创作历程，包括选题思路、资料搜集、修改过程以及外审专家意见反馈等。通过坦诚剖析自己走过的弯路和成功经验，为年轻研究生提供宝贵的写作指导。这一活动已成功举办六次，反响热烈，得到了广大师生的高度认可。它表明，以"低姿态"的方式分享学术经验，不仅能够拉近学者与学生之间的距离，还能够促进学术传承和发展。

在编写教材时，我认为我们还应该具备一种课堂意识。与课程意

识不同，课堂意识更强调回归教学现场，设身处地想象自己在讲台上的实际教学情况。我们需要思考如何设计课程内容、如何组织语言、如何引导学生思考等问题。同时，我们也可以将课堂意识与教材编写相结合，即在编写教材时考虑到实际教学的需要，使教材更加贴近课堂、贴近学生。此外，为了实现教材的多元化和互动性，我们可以探索与线上平台和其他机构的合作。例如，与出版社合作开发配套的教学资源，如PPT等，并通过扫码等方式提供给读者下载使用。这不仅可以方便读者学习，还能够提升教材的附加值和影响力。同时，我们也可以考虑与考研机构等具有动力和资源的机构合作，共同推动教材的推广和应用。

在教材编写过程中，我们还应该注重课程与教材的同步开发。随着课程的不断更新和改进，教材也应该及时反映这些变化。这种同步开发的过程不仅能够促进课程和教材的相互促进和共同提高，还能够为学者提供更多的创作机会和价值实现途径。

最后，我认为三四十岁的学者是编写教材的理想人选。他们既具备丰富的学术经验和能力，又处于职业生涯的相对稳定期，有足够的时间和精力投入教材编写工作。同时，他们也更加了解年轻学生的需求和特点，能够编写出更加贴近学生实际需求的教材。因此，我们应该鼓励和支持这一年龄段的学者积极参与教材编写工作，为学术传承和发展贡献自己的力量。

两岸合编国文系列教材的建设与推广

报告人：福建师范大学　颜桂堤

　　我自己没有太多编写教材的经验，但是因为负责分管我们学院的本科教学工作，就必然与教材编写、建设脱离不开关系。在本科教学管理中，教材建设是一项极为重要的工作。一直以来，我自己在教材的使用过程中也遇到一些困惑，刚才各位老师都谈了很多教材建设与使用的宝贵建议和经验，给了我非常好的解答，对我启发非常大。下面我简要介绍一下福建师范大学文学院近年来在两岸教材合编方面的一些做法和成效。"两岸合编教材"取得了较大成效，这也是我们团队的特色和亮点。

　　习近平总书记强调，"我很不赞成把古代经典诗词和散文从课本中去掉，'去中国化'是很悲哀的。应该把这些经典嵌在学生脑子里，成为中华民族文化的基因"。2014年以来，福建师范大学文学院联合台湾中华文化教育学会启动"两岸合编高中语文教材工程"，组织两岸十几位大学教授、中学名师组成编委会，由福建师大文学院教授孙绍振、台北教育大学语文与创作学系教授孙剑秋共同担任主编。截至2019年12月，两岸合编高中语文教材《国文》（每册含课本、教师手册和教师用书共5本）第1—6册全套及《中华文化基本教材》《高中古诗文选读》《国学常识》（原名《国学基本知识》《国学概要》）已全部完成，共34本书1000多万字，并在台湾地区正式出版发行。为了推进两岸合编教材在台推广使用，福建师范大学以"两岸合编高中语文教材工程"为载体，先后在台北万芳高级中学、高雄师大附设高中、桃园市立大溪高级中学、台北市达人女子中学、新北市三民高级中学、台东女子高级中学、台南市大湾高级中学和福建师大附中、福州四中、福州十一中、福州金山中学、厦门一中、厦门双十中学漳州校区、泉州七中、武夷山一中等两岸相关中学举行了合编教材发布赠书会、教学观摩会和研讨会等二十余次，主编孙绍振教授先后举办二十多场专题讲座，共计1万多人次参加。

  2020年以来，福建师范大学两岸教材合编团队进一步延伸、拓展和创新合编教材推广举措，应台湾地区师生要求，团队以辅助性参考资料形式，将原先合编《国文》教材中的中国古代经典作品抽取出来，按时代排序，编写成《中华文学经典文本教材》，含《古代诗歌选读》《古代散文选读》《古代小说选读》（简称"三古教材"）三册650万字，作为自选教材提供给台湾地区师生使用。为促进合编教材推广使用，团队以上述"三古教材"的内容为核心素材，创新性地举办了两届"少年文学家"征文比赛，吸引了超6000人的台湾地区学生参与，增进了两岸文化认同。

  目前，团队持续推进两岸合编教材工作。这一浩大的工程得到了上级有关部门的大力指导与支持。在教材编纂过程中，我们团队特别注重中华优秀传统文化内容在教材中的比重，以应对台湾教育主管部门对中华传统文化的弱化趋势。台北教育大学语文与创作学系孙剑秋教授说，我们（两岸）在文本解读上有两个层面不一样，一个是作者中心论，一个是读者中心论。大陆教材和台湾教材各有特色，我们想能不能把它们融合在一起，真正呈现出完整的教案。台湾华语文中心杨晓菁主任表示，这套教材比较特别的地方是，在选材方面的考量，比方说文言文、白话文的比例，还有对白话文学的思考。台湾万芳高中学生说，教材上有很多图例解释，非常实用，新课本让他对学习中华文化的兴趣更浓了。这套教材的出版，不仅填补了大陆主导编写的语文教材在台湾使用的空白，而且有效促进了两岸教育交流与合作。同时，异课同构、两岸教师之间的交流活动，不仅提升了大陆教师的教学业务水平，也为台湾教师提供了进一步了解祖国大陆语文教学现状的机会，实现了教育资源的共享与互补。

  除了开展两岸教材合编工程之外，我们团队还着力打造了两岸学术合作工程、期刊合办工程、学科合力工程、青年合聚工程、平台合建工作（我们将之合称为"六合工程"），逐步形成两岸文教交流合作的特色和品牌，有效推进两岸文化教育融合发展。自"六合工程"实施以来，共吸引新华社、中央电视台、中国政府网、《人民日报》、中国新闻网、《福建日报》、东南卫视、印尼《千岛日报》和台湾各级各类媒体上百次的报道，在海内外产生热烈反响。

  福建师范大学两岸合编教材团队的两岸教材合编项目不仅是一项教育工程，更是推进两岸融合发展的一个重要载体。在此过程中，我们不断探索与实践，力求在教材建设、拔尖人才培养、学术合作、文化传播等多个维度上取得更大成就。我期待未来能有更多机会与各位老师进行更深入的交流与学习，共同为两岸教育事业的繁荣发展贡献智慧与力量。谢谢大家！

第二场点评

点评人：武汉大学　涂险峰

上午我们以为把话说完了，结果发现下午的发言又别开生面，打开了很多探讨的空间。

在今日的研讨中，各位发言者基于自身丰富的实践经验，深入探讨了教材编写的重要性与策略，为我们提供了宝贵的见解与启示。首先，发言者强调了教学经历在教材编写中的不可或缺性，指出优秀教材往往是经过反复修订、融入编写者深刻体会的结晶。正如文学创作中的佳作多出自反复修改，教材亦需在不断的师生交流与体验融汇中逐步完善。同时，主编及团队的作用被着重提及，他们作为教材编写的核心力量，需具备长远的眼光与持之以恒的精神，确保教材能够与时俱进，适应时代变迁。

在谈及教材与时代的关系时，发言者敏锐地捕捉到当前"百年未有之大变局"下文科教材面临的挑战与机遇。特别是在数字时代背景下，如何借助ChatGPT等先进技术，实现教材的可视化、开放性与愉悦性，成为亟待解决的问题。发言者提出了新形态教材的概念，强调在知识图谱的支撑下，引入游戏精神等创新元素，促进教材的现代化转型。此外，发言者还就中国与世界的关系进行了深入探讨，指出在文明互鉴的背景下，教材编写应摒弃固步自封、孤芳自赏的态度，转而拥抱开放性，既展现中国特色，又吸纳国际视野。

首先发言的是胡亚敏老师。胡亚敏老师的题目是"教材建设的持久性与时代性：久久为功和与时俱进"，她主要是从这两个方面来谈的。胡老师既具有丰富的教材编写经验，也是资深学者，同时她还是经常对教材进行评审的评委，所以她既有切身的内部教材编写体验，同时又有对外部教材规律的观察和把握。她从自己的丰富经验出发，提出编好教材需要教学经历丰富的人，特别强调教材是修订出来的。我们有时候说文学创作中好的作品是改出来的，而不是写出来的，就是要逐步地把自己的体会融进去。她还特别强调师生交流，在不断交流之中，不断地把自己的体验融汇到教材的修订之中。

彭玉平老师的发言则让我们重新审视过去。他从个人敬佩的两部教材出发，提出了关于教材个性化与普遍性、编写者资质等深刻问题，为教材编写提供了新的思考角度。在专题史与文学史编写方面，发言者强调了宏观规律把握与微观细节挖掘的重要性，提出了个人文学史编写的可能性与挑战。同时，对于文学史中史与论的平衡、作品选与文学史的二分法拓展至文学编年史等议题，也进行了富有启发性的探讨。特别是数字化在文学编年史中的应用，被视为未来教材编写的重要方向。

童岭老师的发言则将视野拓展至学科传统与教材形成的关系，通过程千帆先生《文论十笺》的案例，深入剖析了古今结合在教材编写中的实践与价值。这一探讨不仅丰富了我们对教材编写的认识，更为我们提供了从历史深处汲取灵感的途径。

周兴陆老师则对文学理论教材的更新进行了系统梳理，分析了文学概论课的历史演变与当前困境。他指出苏联模式介入对文艺学学科的影响，以及当前文学概论课存在的问题，如与中国实际脱节、忽视汉语表现力等。这些真知灼见为我们提供了改进文学理论教材的重要参考。

马昕老师的发言则聚焦于教材编写的读者定位与课堂意识。他强调教材编写需充分考虑读者的接受程度，做到深入浅出、通俗易懂。同时，教材应具备课堂意识，能够回归教学现场，体现教学互动与交流。这一观点为我们提供了教材编写的新视角，即教材不仅是知识的载体，更是教学互动的工具。

最后，颜桂堤老师从两岸合作编写国文教材的角度，为我们展示了教材编写的另一种可能。他分享了福建师范大学与台湾学者合作编写国文教材的经验，强调了这一举措在政治、文化与教育方面的多重意义。同时，他还将教材编写与教师水平提升、师范生培养等相结合，为我们提供了教材建设与新课程建设、师资队伍建设有机结合的范例。

综上所述,今日的研讨不仅展现了教材编写的重要性与复杂性,更为我们提供了丰富的实践经验与理论思考。这些见解与启示将为我们未来的教材编写工作提供重要指导与借鉴。

论坛二　语言学和文献学教材建设与研究

第一场　　主持人　汲传波（北京大学出版社）

关于古代汉语教材的几点思考

报告人：浙江大学　汪维辉

我讲授了几十年的"古代汉语"基础课，在大学里面我们用的教材，一直是王力先生主编的四本《古代汉语》。我想谈两点：一是假如要新编国家汉语教材，有没有必要？二是如果要编，做出什么突破？

第一点，我觉得古代汉语教材，从王力先生 60 年代主编的四本出版以后，特别是进入改革开放新时期以后，出的新教材，几十种肯定是有的，也许上百种，各种各样，各级各类，针对函授、专科等等，各种教材都出了很多。我们（浙大）基本上一直都是用王编的。北大本身就出过三套，越出篇幅越小，不断瘦身。比如 80 年代郭锡良先生、蒋绍愚先生他们好几位老师集体编写的《古代汉语》。我们一般把第一代的称为王编《古代汉语》，第二代就是郭编，前年又出了一套，我前不久刚收到这套书。王编是四本，后面两本非常厚的。郭编变成三本，差不多厚。现在张联荣老师、刘子瑜老师，还有赵彤老师，他们三位编的《古代汉语》就两本。不断瘦身。因为现在课时越来越少——大学中文系以前古代汉语课是非常多的，北大编四本教材的时候是开四个学期两年；后来就变成一年，课时少了。古代汉语是中文系重要的一门基础课。我 2009 年从南京大学调到浙大，2010 年开始给本科生上古代汉语课，48 节课就"打发掉了"这门课。有一次我们校长来调研，我就发言，说我教了几十年古代汉语，从来没有碰到过这样的古代汉语，学生从一年级到五年级都有（五年级是指延毕的），各个学院的都有。校长最后回应，说中文系的古代汉语课不能这么开，中文系作为专业课来开，课时要多一些；面向全校开也可以，但是要开成两门课。我们校长还是很不错的。现在课时大量压缩，我想不光是古代汉语，可能其他的专业课也都是这样子。因为现在总学分是 160 个左右，很多都被其他的东西占掉了，真正的专业课不断压缩。

我先说第一个问题。拿北大的三代教材做一个样板,做一个典型,因为北大是大家的一个榜样,有领头作用。这三套教材,应该说总体的框架还是一样的,就是王力先生当年搭的架子:文选、常用词、古汉语通论三结合。框架是没有突破的,主要是在内容上做一些局部的调整,调整实际主要还是在文选上面;常用词也不可能有大的改动;虽然60年代初的四本一套的教材,通论部分的知识现在可能有些已经更新了,但是总的来说,古代汉语的知识还是比较稳定的,更新是不快的,所以其实基本上不需要什么大的改动。其他的古代汉语教材,这些年编的出版的,我想大致情况差不多,基本上都是三结合的框架。郭编的《古代汉语》教材我也用过,是编得相当好的,内容也精简了,比如说里面讲近体诗的平仄部分,这部分我觉得比王编的要讲得清楚,我讲平仄就是用的郭编的系统。所以我觉得如果要新编一套古代汉语教材,如果没有突破的话,真的是没有必要。

第二,如果真的要编,那就要寻求突破;但是要真正有突破,我觉得是很难的。三结合的框架是非常好的,我用了很多年,我们现在就主要还是讲文选,因为课时有限,你光讲通论是没有用的,还是要让学生先建立语感,先有感性认识。读文选的时候串讲一些常用词效果会更好。那我想怎么个突破法呢?

我开开脑洞:一,我们可以放开眼界来看看,借鉴一下国外有没有什么经验,比如很多西方国家都会学习拉丁语,拉丁语其实也是一种已经死了的语言,跟我们的古代汉语是不是有类似之处,看看人家是怎么来学习拉丁语的,怎么编教材,这是一点。

二,我们自己学古代汉语是怎么学会的?实际上道理是很简单的,就是多读,精读加上泛读,然后再辅以现代的、科学的古代汉语知识。现在学生实际上阅读的时间是很少的。我给他们讲过的篇目全部要背诵,最后用繁体字默写,期末考试占10分,逼着他们背诵。学生都是叫苦。所以怎么能够让学生去精读、泛读比较多的古文,确立语感,这是重要的一点,但是很难做到。我想有一个办法,是不是可以尝试一下：像张联荣老师他们编的教材，后面附有练习，练习一般只有古文译成现代文，那么能不能反过来现代文译成古文？或者尝试用文言来写短文？这是很难的，我自己也写不了，我可能写几个句子还可以，写成篇是比较难的。我记得以前看吕叔湘先生的《文言虚字》，他后面也是附练习的，他有一个练习很有意思：一句现代汉语的话，要翻译成文言。很难翻译的。

三，我想教材当然是对这门课很重要，但是，也不能夸大它的作用，要给它一个正确的定位。教材不是万能的，重要的是学生的用功程度，尤其是背诵和泛读的量，这取决于他们自身；还有就是教师怎么教。

四，我想是不是在趣味性上面还是要有所体现，我们的教材如果都是板起面孔，学生都不喜欢，不会有很好的效果。我记得我读大学的时候，书很少，没有教材，很多都是刻印的讲义，我当时买到一套黄封皮的王力主编的四本《古代汉语》教材，我非常喜欢繁体字印的，一看就非常喜欢。我觉得可能还是从形式上要有一定的吸引力，让学生喜欢教材，也是要考虑的一点。我就说这些，谢谢。

尺寸教材，悠悠国事

——当前高校教材建设面临的任务与思考探索

报告人：高等教育出版社　迟宝东

我们是专门的教材出版机构，实践经验略多一些。我就从实务的角度，汇报一下我们的工作体会。

一、高校教材工作面临的新任务

先把话题说得稍微广一点。上午大会上好多老师都讲到使命的问题。那么，教材出版人的使命是什么？我觉得可分三个层面来理解。首先，我们是文化人。我们对时局要有一种关心，就当下来说，可能更多的是一种忧虑。世界怎么了？我们怎么办？这需要我们有强烈的家国情怀、人类关怀。其次，我们是出版人。我们肩负着对文化成果筛选、传承的重任，要从中华优秀传统文化中获取滋养，也要从我们共同探索的中国式现代化道路中提炼成果，为世界提供借鉴方案。最后，我们是教育出版人，除了上述两种使命，我们更重要的岗位职责，是通过出版桥梁，把优质教学资源传递给更多学子，助力人才培养。从这个意义上说，我们的工作似乎更多是跟从性、再现性的。但现在再这样认识、这样做，就远远不够了。尤其对哲学社会科学教材出版人来说，我们面临新的重大任务，就是要积极推动、参与构建中国自主知识体系。这是我们在新时代的新定位。

下面具体分析当前高校教材工作面临哪些新任务。

说到教材工作，也可以从三个维度来考量：一，教材跟学科的关系。习近平总书记讲，"学科体系同教材体系密不可分。学科体系建设上不去，教材体系就上不去；反过来，教材体系上不去，学科体系就没有后劲。"二，教材跟教学的关系。课本课本，一课之本。教学改革改到深处是课程，改到实处是教材，改到难处是教师。三，教材跟人才的关系。习近平总书记讲，教材是"育人育才的重要依托"，要"用心打造培根铸魂、启智增慧、符合时代要求的精品教材"。我今天主要从育人育才的角度谈一些理解。

习近平总书记高度关心、重视教材工作。党的十八大以来，多次在不同场合对教材工作作出重要指示批示。党的二十大报告首次明确提出"加强教材建设和管理"，2023年5月29日中央政治局第五次集体学习再次加以强调。遵循总书记对教材工作的重要指示批示精神，我们可以从以下四个方面把握教材工作的发展方向。

（一）对教材工作的总体要求。习近平总书记指出，要抓好教材体系建设。从根本上讲，建设什么样的教材体系，核心教材传授什么内容、倡导什么价值，体现国家意志，是国家事权。具体而言，教材建设要做到"一个坚持，五个体现"，即坚持马克思主义指导地位，体现马克思主义中国化要求，体现中国和中华民族风格，体现党和国家对教育的基本要求，体现国家和民族基本价值观，体现人类文化知识积累和创新成果。这些都是写到《普通高等学校教材管理办法》里面的内容。

（二）对哲学社会工作的要求。了解哲学社会工作的整体情况，对做好中文学科教材建设工作，非常必要。习近平总书记指出，哲学社会科学工作者要做到方向明、主义真、学问高、德行正，自觉以回答中国之问、世界之问、人民之问、时代之问为学术己任，以彰显中国之路、中国之治、中国之理为思想追求，在研究解决事关党和国家全局性、根本性、关键性的重大问题上拿出真本事、取得好成果，等等。总书记对哲学社会科学讲了很多，目的是希望哲学社会科学工作者能讲好中国奇迹背后的道理、学理、哲理。

（三）对课程教学的要求。习近平总书记指出，要完善课程体系，解决好各类课程和思政课相互配合的问题。要坚持显性教育和隐性教育相统一，挖掘（思政课以外）其他课程和教学方式中蕴含的思想政治教育资源，实现全员全程全方位育人。这就提出了专业课教学内容也要实现价值引领的问题。教育部就此提出"课程思政"并做相关部署要求，高校都在结合学科特点加紧落实。

（四）对数字化的要求。习近平总书记指出，教育数字化是我国开辟教育发展新赛道和塑造教育发展新优势的重要突破口。要进一步推进数字教育，为个性化学习、终身学习、扩大优质教育资源覆盖面和教育现代化提供有效支撑。教育数字化是一个老题目。现代信息技术的发展迭代非常迅猛，对教育教学无论在呈现方式上，抑或在教学内容上，都有深度影响。与此同时，学生的学习习惯和学习特点也在发生深刻改变，数字化已经成为不可或缺的路径。

将上述四点归纳起来，其实是两大突出任务：一是体现价值引领，二是运用数字技术。我觉得这还不能简单理解成是因为中央要求了什么、文件要求了什么，实际上这是时代发展的必然要求，是我们必须要面对的课题。

二、"四位一体"的教材建设思路

基于上面归纳的两大突出任务，结合教材工作自身规律，我们提出"四位一体"的教材建设思路，即：价值引领＋内容先进＋融合呈现＋教学适用。

三、我们的探索与实践

下面汇报我们的一些具体做法。

其一，价值引领。教材要充分体现马克思主义的立场观点方法，尤其是马克思主义中国化时代化最新成果的指导，有机融入习近平新时代中国特色社会主义思想。对于哲学社会科学教材而言，最终要落到建设中国自主的理论体系和话语体系。可能有人会担心，这样做好像是要贴政治化标签。实则恰恰相反。简单贴标签的做法，是我们极力反对的。通俗地讲，如果只有"马"，没有学科，那么事情就失败了。我们要的不是那类低级的东西。

比如在新闻领域，针对舆论导向这一要求，如果直接套用在某些新闻学分支教学内容中，就会感觉学理味道弱一些。但在一本大数据新闻教材中,主编处理得非常好。他借用德国哲学家韦伯区分工具理性和价值理性的论述,进而剖析随着大数据技术日益浸透新闻和传播各个环节,新闻工作者更要坚持正确的政治方向,增强舆论引导的针对性和实效性。这就是运用学人学语把这个问题给表达出来,令学生信服。我们把一本教材做好,需要系统设计它的价值引领点在哪里,用什么方式、什么案例是合适的。可以在教材编写之前,采用"双大纲"方式,一个是显性呈现的学科内容大纲,另一个是隐在后面的课程思政大纲。学生在教材表面看不到融入痕迹,这样才能更好地实现教材的育人效果。

其二,内容先进。教材要充分体现学科专业的最新进展。一方面,基础好一些的高校,总是追求教给学生前沿学科内容,让自己培养的人才更加适应经济社会发展需要。另一方面,我们不能为新而新。一般来讲,教材要吸收学界比较公认的研究成果。不够成熟的内容,尤其是个人学术观点不宜进入教材作为具有普遍意义的教学内容。

比如,现阶段人们的语言生活已经发生很大变化,诸如人工智能语言问题、语言资源问题、语言与国家安全问题等,已经不是陌生而遥远的事物。国家颁布实施的语言文字工作规划,已经大大超出传统语言学的研究范围,《语言学概论》教材亟需更新拓展内容。还有人也许会问,针对《古代汉语》这样学科内容不易突破的教材,又该如何体现内容先进?那就要看在教学理念、教学方式等方面有没有新的变化,如果有,那同样也是内容先进的一种表现。

其三,融合呈现。运用二维码方式链接线上资源,已成为当前教材建设比较普遍的做法。这在形式上很容易做到,但高下却有很大分别。关键是链接资源与教材知识点的针对性、契合性要强,资源本身能充分发挥多媒体鲜活的优势,确实能对学生学习起到补充作用。要警惕"技术冗余"甚至"技术控",不能过度华丽地运用技术,一定要恰到好处,做到适量、适度、融为一体。

比如,在古代汉语资源建设中,针对"绾"字怎样解,北师大一位年轻老师猜测应该是把战马的尾巴打个结,但是没有实证。后来他去参观兵马俑,看到有一组战场的情景,就是把马尾巴打了结,他拍了一张照片。非常小成本,但是很能说明问题,这就是一条好的教学资源。所以,我们要把力气用在链接资源跟教材内容的深度契合上。当然,确有必要大成本去做的,我们也绝不吝惜投入。比如运动解剖教材,最初我们在书上插入照片,但不够直观。接下来请人把肌肉图画出来,一直到最后,做成三维动态。也就是说,值得投入力量、确实能对教学有深入推进的,那我们就这样来做。

其四,教学适用。教材要追求老师好教,学生好学。教材建设有很强的政治性,也有很强的专业性,要注重以文化人、以文育人,追求春风化雨、润物无声的效果。还要注意教材不是学术著作。编教材的老师常常把自己学术论文或专著的某一块直接挪过来,这种做法是很不可取的,因为教材与专著的写法有很大不同。

最后再简单说下数字教材。我们理解,数字教材绝不是纸质教材搬家。数字教材在编写理念、内容组合、行文节奏、叙述语言等方面,相比纸质教材都应该有很大变化。富媒体性和交互性是它的两个鲜明特征。另外,数字教材要有专门的平台来支撑。过去经常碰到老师问,说给一个网址,链接上就行了。我们做正规产品,绝对不可以这样,因为有安全保障的问题。所以,高教社现在开发了专门的数字教材平台。

总之,我们过去讲教材编辑的职责是把关,现在我们说不仅要把关,还要建构。我们从优质教学资源的发现者、传递者,一定程度上要变成课程教学改革的推动者、引领者。希望大家共同努力,把我们的工作做得更好。

关于古代汉语教学与教材的思考

报告人：中国人民大学　朱冠明

我要给大家汇报的题目是"关于古代汉语教学与教材的思考"，跟汪老师的题目很相近，但汪老师是几十年的功力，我只有十几年。不过我基本上每学期都要上古代汉语课，今天就挑几个方面来汇报一下。

首先是教材选用问题。我本人上大学时使用的是王力先生主编的四册《古代汉语》，多年以前我刚刚毕业当老师的时候，用这套教材用了好几年。后来我到中国人民大学任教，换用了人大殷国光老师和赵彤老师（赵老师后来调入北大）编的《古代汉语》教材，这部教材目前也出版了第二版。我主要通过这两种教材的比较，来讨论几个问题。

王力版《古代汉语》内容很丰富；人大版《古代汉语》教材内容更集中，总共只有一册，分为通论和文选两部分，没有常用词。我们现在古代汉语课的课时是两学期，第一学期每周一次课，每次三个小时，第二学期每周两次课，每次两个小时。因为这门课安排在大学一年级，学生入学报到本来较晚，又有两周的军训，所以被占用了差不多一个月的上课时间。教材共9个单元，按计划第一学期学4个单元，第二学期学5个单元，时间分配比较好；但是因为课时被占用之后，前面4个单元讲授的时间非常紧张，后面要赶进度。

第二是文选问题。需不需要选汉代以后的文章，需不需要选古注？人大版教材选文最晚到《汉书》，主要是先秦文献和《史记》。需不需要让学生接触一些汉以后的作品呢？我觉得还是有必要。有几个原因：一是汉以后有一些文体是新产生的，如骈文、小赋等；有一些非常美的、流传很广的古文，比如《岳阳楼记》《醉翁亭记》等，出现的时代比较晚；还有一些风格很奇怪的文章，跟先秦很不一样，如明代刘侗的《三圣庵》之类，语言奇峭，断句都不容易；另外还有唐诗宋词和诗词格律这些。很多学生以后并不一定从事古代汉语的研究工作，为培养他们基本的古文素养，我觉得他们对以上这些方面还是应该有所了解。但是教材因为体量问题和课时问题，并没有选这些，怎么办？第一，有意识地在练习中增加一些汉以后的文章，要求学生练习标点和词语解释。第二，专门安排一次课讲近体诗的格律，然后要求学生创作一首律诗，虽然教材上没有这方面内容，但学生很有兴趣。

需不需要选古注？人大版教材跟王力先生的教材相比，最大的一个区别就在于，人大版文选部分选了很多古注，每个单元的文选都分为三部分，即今注、古注和白文。今注跟王力教材一样，白文是给学生做练习用的。古注部分，通过教学实践的检验，我们觉得非常有用，有助于提高学生阅读古书的能力。学生阅读古文免不了会碰到一些疑难问题，需要利用古注，如果课堂上教他们接触并研读一些古注，包括古注的体例、基本术语等，他们以后就不会觉得有难度，能比较顺利地阅读古注。我们课堂上教过的《曾子寝疾》这一篇，选自《十三经注疏》中的《礼记正义》，教材上只是把它改成横排，其他都同原书一样。这里有一个细节问题，就是"曾子重其身而轻其禄"这句话，《十三经注疏》阮校本的文字是有问题的。这句话在阮校本中出现两次，都是"曾子重其身而轻其禄"，北京大学出版社排印的繁体字版阮校本，跟教材一样，也是错的。但在武英殿本里，这句话是正确的，即前面一次是"曾子重其禄而轻其身"，后面才是"曾子重其身而轻其禄"。通过这篇古注的学习和讲解，学生既可以初步掌握《十三经注疏》的体例，也可以多少了解一些《十三经注疏》的版本情况。

第三是关于古代汉语词汇知识的讲解。如何利用段注？需不需要设计词汇史的内容？可能教古代汉语的每位老师，都会强调要充分利用段注。我们课堂上经常引用段注来讲解字词、本义和引申义。考试的时候也要考段注内容的标点和理解。段注也涉及词汇史，比如《孟子》里的"捆屦织席"，涉及"屦"和"履"替换，段注便讲得很清楚。这实际上就是当前学界很关注的常用词演变问题,也即"概念是怎样变换名称的",是词汇史研究的重要方面。教材涉及词汇史,我们讲解时会顺便介绍一些当前学界的研究,比如"脸"和"面"是怎么替换的,"妻子"怎么从词组变成词等等。

第四个问题,需不需要讲语法,讲到什么程度,需不需要涉及语法史的内容?古汉语的语法不太好讲。我们要讲的实际上是古今语法的差异,就是古代汉语跟现代汉语有较大差异的地方。没有差异的地方,可留待学生在现代汉语课的语法部分专门去学。人大版教材有三个单元的通论专门讲语法知识,分别讲形态(活用)、句法和虚词。另外《古汉语常用字字典》后面有一个附录,就是专门介绍古代汉语语法特点的,从八个具体语法点上,介绍了古代汉语跟现代汉语语法最突出的差异,我也推荐给学生学习。

然后是需不需要设计语法史的内容,讲到什么程度。时间关系,我举两个例子。《孟子·滕文公上》有一篇《许行》,里面有一句话:"且许子何不为陶冶,舍皆取诸其宫中而用之?"关于"舍"的讲解,章炳麟《新方言》和杨伯峻《孟子译注》都把"舍"解释为"啥",就是"什么都从宫中取用"。我在课堂上跟学生讲解"啥"的来源,告诉他们"啥"是"什么"的合音,是唐代以后才产生的,不可能出现在《孟子》里面。这便涉及了语法史的内容。

还有一个例子,也是《孟子》里的。"乐岁终身饱,凶年免于死亡"中的"终身"怎么讲?人大版和王力版教材均无注,似乎是按现代汉语中的"终身"来理解——但这样显然是讲不通的,怎么可能一次"乐岁(丰年)"就"终身能吃饱肚子"呢?关于"终身",学界有各种不同的说法,我们现在采用王念孙父子对于"终风且暴"的解释,就是"既风且暴","终"就是"既"。那么"终身饱"也可以理解成"既身饱",就是说"好的年成"已经身饱了,凶年还能够免于死亡。我跟学生讲到这里的时候,一方面会介绍王念孙父子的观点,顺便介绍王念孙父子的相关著作,同时对他们的论证方法会作重点介绍。他们的研究特别讲究辞例和普适性,所谓"揆之本文而协,验之他卷而通";这里他们为"既……且……"所举的例子,既有《诗经》的,也有不是《诗经》的,这样证据就很充分。最近胡敕瑞老师还提出,"终"之所以要解释为"既",很可能是因为"终"和"既"字形相近而出现讹误,这是另外的话题。总之关于古汉语的语法部分,我的想法是,在涉及语法史或研究方法方面的问题时,可适当提及一些,为学生后面学习和研究汉语史打下一定的基础。

好了,我就讲这四个方面的问题,谢谢大家。

深化教育评价改革,助力教材建设管理

报告人:陕西师范大学 柯西钢

我在学校从事社科管理工作,下面我就教育评价改革和教材项目建设的关系向大家做一汇报,不成熟之处,请各位老师批评。

长期以来,教材作为教学业绩的一类,在业绩评价体系中和科研业绩之间界限分明。比如说在教育部全国高等教育数据统计中,教材作为一个字段,是和编著放在一起的,没有和学术专著、学术译著、古籍整理在一起,这也从另外一个角度说明了教材是教学业绩的一种重要呈现方式,和其他科研业绩定位不同。教材可能还没有真正进入老师们的科研发展规划,和其他科研成果具有相同的地位。据我所知,不少学校的"马工程"教材项目管理,以及"马工程"教材管理,都是由教务部门负责。首席专家和团队成员相关的业绩体现,都被纳入教学体系。

近年来,各高校越来越重视教学工程,尤其是在教材建设方面,取得了不少重要成果,极大促进了立德树人效果的提升。我觉得如果想从根本上激发老师们的核心动力去开展有组织的教材研究,就必须从深化教育评价改革的角度助力教材建设管理,才能从根本上解决老师们在教材编纂过程当中不能全力投入、教材水平高质量发展动力不足的问题。很多老师承担了高水平的教材项目建设之后,更多的是依靠团队年轻老师或者研究生在做,他们都面临着考核的压力。在教材编纂过程当中有很多问题,从体制方面如果没有很好解决的话,会直接制约我们教材高质量发展。这些问题的解决,在深化教育评价体制改革的背景下,应该说都得到了改变的重要契机。

在深化教育评价体制改革过程中,教材建设可以从以下几个方面推动:

第一,严把教材质量关。要将意识形态管理在整个教材建设过程当中予以前置,要建立起全方位全流程的教材审核机制。要充分发挥

二级教学科研机构党委的职能，前置教材编纂人员的政治审核，强化编写内容的意识形态审核。对教材的评价认定，一定要经过所在二级教学科研机构党委的审核，以及相关的教材建设管理小组的审核，才能出版和认定。

第二，重视分类评价。要尝试把教材业绩纳入科研业绩的认定体系。目前在很多学校的科研评价中，教材是教材，学术专著是学术专著。在深化教育评价改革的过程当中，教材评价应该纳入科研业绩评价。按照教材业绩的质量、绩效还有贡献的质量导向，把教材业绩和学术专著、学术译著、古籍整理，列为同等的业绩类别。只有这样才能激发老师们的动力，全心全情地投入教材建设工作。当然还有很多问题需要明确，例如对于师范大学来说，主责主业是教师教育，除有高等教育教材之外，还有很多的基础教育教材、职业教育教材、特殊教育教材，还包括现在的新形态教材，这些如何在科研评价体系当中有一个合理的定位也值得探讨。就好像在科研业绩评价中，我们一直在尝试完善网络科研成果的评价，在教材评价当中也存在这样多元化成果认定问题。

第三，突出分级评价。要根据质量导向来细化教材业绩的分类标准。教材建设是人才培养的重要组成部分，是整个学科建设的重要组成部分。我们要让教材建设承担起服务团队发展、支撑学科建设、引领学科发展的重要使命。例如"马工程"重点教材，还有全国教材建设一等奖的高水平教材业绩，都可以作为科研评价体系里面最高级别的"灯塔"，去引领学科发展的方向。我们依次可以往下延伸，来分级认定。只有这样才真正有助于构建起一个梯次合理、特色鲜明的教材评价体系。

第四，构建教材项目和教材成果相容相生的良好生态。高水平科研项目是开展有组织科研的重要抓手，教材项目对教材建设、教学发展同样如此。长期以来，各个学校对教材项目的重视程度弱于科研项目，只有把教材成果管理和教材项目管理融合起来，互相关联依托，才能建立起良好的教学研究生态。例如科研项目论证时有选题策划、指南论证、开题报告、中期考核等流程服务于高水平项目建设,教材建设过程同样需要如此。在普通高等学校教材管理办法中建议,承担"马工程"教材主编和核心编者视同承担国家级科研课题,承担国家规划专业核心课程教材的主编和核心编委视同承担省部级课题。只有教材项目立项之后,按照科研的项目去管理,才有助于教材项目和教材成果相容相生,更好地推动教材建设。

如何增强语言学教材的可读性

报告人：北京大学　宋作艳

各位老师好！我是北京大学语言学教研室的宋作艳。我教了十几年"语言学概论"，还参与编写了董秀芳老师主编的《语言学引论》。在编写教材的过程中，我把国内外主流的语言学教材梳理了一遍。包括美国比较有名的那三本，*An Introduction to Language*，*The study of Language* 和 *Language Files*。除了中文系使用的语言学教材，还包括外语学院有代表性的语言学教材。在教学中也会参考这些教材，有一点心得和想法，跟各位老师汇报一下。

我的最大感受是，咱们语言学教材的可读性还有待加强。从内容上看，各个版本的教材大同小异。这也可以理解，语言学最基本的东西应该是差不多的。给我感触比较深的是，从可读性上看，国外有些语言学教材更胜一筹。首先，语言学知识的逻辑讲得特别清楚。不是上来就讲知识，而是特别注意先讲清楚为什么要讲这些知识。就是先证明它们在语言中确实是存在的，然后才告诉你它们是什么。比如说，我们为什么要讲语言的层次？为什么要讲结构关系？为什么要讲语义角色？需要先证明这些确实是人们具有的语言知识，不是语言研究者凭空捏造的。方法很简单，就是列举一系列有歧义的结构，让读者看到有些歧义是层次不同造成的，有些是结构关系不同造成的，有些是语义角色造成的，诸如此类。如果没有这些语言学知识，就无法判断歧义。我们能够判断歧义，就证明我们大脑中有这些知识，所以要深入去了解这些知识。整个逻辑非常清晰、自然，读下来特别流畅。不是上来就直接说这部分要讲什么，而是先告诉你为什么要讲这些，之后自然而然转入概念、知识的讲解。这一点对我启发特别大，我在教学中始终非常注意引导学生感受、意识到教材里的知识是真实存在于我们大脑中的，是我们已有的语言知识，会用但不自知而已。大概 2016 年，*Nature* 上发表了一篇关于大脑词汇地图的文章，很有意思。这个研究发现，同类词可以激活大脑的相同部位。举一个例子，就是英语的 top，top 既可以指上衣，也可以表示排名，比如清华、北大被称为 top two。试听到第一个意思时，大脑某个部位会变得很活跃，这个部位恰恰是 clothes 等服装类词激活的部位；听到第二个意思时，激活的部位与数字词激活的部位相同。这个研究之所以吸引我，是因为我发现这实际上为语义场理论提供了证据，所谓的同类词其实就是同一语义场的词。在讲语义场之前我就会先给同学们介绍这一研究，从而引出我们为什么要学习语义场。

国外语言学教材的可读性强，第二个原因是语料非常丰富，课后练习题也丰富多样。尤其是 An Introduction to Language，它的练习是非常有名的，设计得特别好。国内很多教材和我们上课用的一些例子和练习都来自这本教材。叶徐本《语言学纲要》没有课后练习题，后来有了一本指导书，其中有一些练习题，就会好很多，做了很好的补充。不过，相比之下，跨语言的语料和练习还是不够。之前有学生说，上"语言学概论"感觉又上了一遍"现代汉语"，也是语音、语法、语义。那"语言学概论"的特色到底在哪里呢？我想这一点很重要，值得我们反思。这至少说明语言的多样性在咱们的教材和课堂中呈现不足，是需要加强的。在董老师主编的《语言学引论》里，我们也增加了课后练习题。老师们今天拿到的陈保亚老师主编的《语言学概论》里也增加了练习题。很多练习题是原创的，语料来自历年的田野调查，是一手材料，这是很难得的。我们现在的少数民族语言研究已经积累了大量一手语料，如何在我们的教学、教材里面呈现出来，需要好好规划。

第三，语言学发展很快，国外教材的更新相对较快，相比之下咱们的教材有点儿滞后，知识的更新、补充还跟不上。An Introduction to Language 更新特别快，现在已经出到了第 11 版。国内的"语言学概论"教材基本上都是以结构主义为蓝本，当然这是有道理的，语言学研究的一些基本概念和方法都来自结构主义。个别的版本，尤其是国外的教材，会涉及生成语法。但是除此之外，像认知语言学、功能语言学的一些东西,都还没有特别好地呈现出来。我觉得理论语言学的一些最新的研究成果需要吸纳到教材中。再者,语言学是一个典型的跨学科的专业,有各种跨学科分支,如心理语言学、计算语言学、语言习得等,这些方面的研究成果也要吸收进来。当然,教材篇幅有限,怎么在现有体系中呈现新的研究成果,是需要我们进一步思考的。

第四个方面,其实刚才汪维辉老师也提到了,就是国外的教材相对来讲比较通俗。就算非语言学专业的读者,也特别想去读。形式上简单活泼,比如有漫画插图。我觉得这不是最主要的,最主要的是它的语言真的很通俗,逻辑又清晰,娓娓道来。一本专业书,除了必要的专业术语,不需要太多英语词汇量,也不需要什么专业背景,就可以很容易读懂。如何兼具专业性和通俗性,确实非常考验教材编写者。怎样深入浅出,也是我们之后需要努力的一个方向。

关于增强语言学教材的可读性,以上只是我的一点粗浅想法。谢谢各位老师!

第一场点评

点评人：陕西师范大学　周广干

今天听到各位老师的发言，整体上可以说是围绕两个大的方面展开：一个方面是教材编写过程当中的一些困惑和思考，另外一个方面是对未来工作的一些展望和建议。几位老师也都提到，尤其是汪维辉老师刚才提到的，我们如果再编教材，有没有新编的必要性，如果要新编的话，突破点在哪，这都是我们要进一步思考的。当然，我想到底要不要新编教材，或者说修订教材，可能也跟刚才柯老师提到的有关，主要是从管理层面上来看待和统筹这样一个问题，也就是从专业人才培养和学科布局发展方面看有无需要。不过目前也存在老师们编写教材的动力整体上不足的问题，我想这是一个比较明显的问题。

另外，因为我本身是做古代汉语研究与教学的，也教古代汉语课，也有个人的一些体会，刚才几位老师的发言也大都关注或者提到了第一个问题，以古代汉语教材内容为例，其中的理论知识，尤其是本领域内不断翻新的研究成果，需不需要更新，以及如何及时更新。比如现行的多种古代汉语教材，包括王力先生主编版教材当中，《左传·鞌之战》"不介马而驰之"中的"介"，绝大多数教材对它的解释仍是注作"不披甲"，这个问题早已有相应的定论。在一些古迹，比如说刚才迟老师提到的秦兵马俑博物馆，另外西安碑林博物馆里边有"昭陵六骏"的复原图，那里边呈现出来的骏马的尾巴，就是捆束起来的，那这里的"介"实际上应为"紒"字，《说文解字》收"紒"，是其本字，构形上是有"糸"部的。借助现在随处可见的陈设和图片，"介"的注释问题应该可以得到圆满解决。虽然理论知识已经解决了这个问题，可是教材中更新还不够及时。类似的释义问题是教材编写和研究过程中会经常遇到的，如何取舍，或在教学中如何启发学生对教材内容思考、培养学生解决问题的思维能力等，是我们共同要思考和面对的问题。这可以总结为教材信息的"滞后性"，它会与学科前沿或最新研究成果形成一个矛盾：教材时间越久，面临修订的需求也就越迫切。当然，学科前沿或新的研究成果也需要一个检验期。教材编写或修订工作与学科专业的发展如何形成一个良性互动，是下一步教材建设中仍需探讨的重要话题。

还有一点，刚才朱冠明老师也提到，比如说古代汉语教材的文选部分，是不是要选入古注。我所在的陕西师范大学使用的古代汉语教材，是胡安顺和郭芹纳老师合作主编的中华书局出版的《古代汉语》，上下两厚册。根据教学需要，文选有一部分选篇使用的是古注，有的则是古注与今注相结合，因为教材容量较大，所以在教学中是不可能上下两册全部讲完的，一般是讲到修辞部分，后面可能还有文言文翻译、古代文化常识等内容，当然也有相应的理论知识，比如词汇语法部分，这套教材还是都讲了。里面涉及的就是刚才朱老师提到的是否需要讲语法，或者讲到什么程度。这套教材是虚词部分、句法部分两大章，虚词内容繁杂，主要是学生自学，课堂上不太有时间能顾上讲，句法部分是需要重点讲解的。陕西师范大学这套古代汉语教材，还突出了诗律的介绍和说明，应该算是这套教材的一个特色。胡老师、郭老师本人都比较重视诗文创作，在课程开展过程中，结合同学们参与第二课堂的具体需要，鼓励同学们尝试格律诗的创作等，也有一定的成果体现。所以在课程教学过程中，尤其类似古代汉语这样的工具课，还是要创新教学模式，做进一步革新，进一步解放教学模式，这也正与刚才几位老师都提到的问题是一样的：怎样能在教材中体现出一些趣味性或者可读性，也就是汪老师提到的，教材中除了练习之外，还是要鼓励学生搞一定的创作，无论是近体诗的创作，或者说填词，还有就是文言文翻译、工具书的使用等等，都是要求真正地学会用，会用"古代汉语"的理论知识解决文献语言学的基础问题，在这种理性认识指导下，不断积累感性认识，进而深化理性认识，形成一个完整的闭环。目前来看，这个方面也是大家面临的困惑，我们面临的问题都是比较接近的，是共性的问题。

在展望和建议方面，我想可能还是刚才宋作艳老师提到的：语言学概论课程的趣味性（包括我们的古代汉语）。语言学类的教材当中，趣味性的确是我们要进一步思考和挖掘的。目前一提到教材，我们就容易定义为一个严肃的东西，可读性可能还真是我们的教材下一步要重点努力的方向，不能一提到语言学类的教材，比如说《语言学概论》《古代汉语》《现代汉语》等，很多同学就觉得过一遍之后，再也不想看教材了。教材当然要求严谨性、科学性，不过我想这与趣味性是不冲突的，而应该是可以互补的。

在新的信息时代，在数字化深刻变革的当前，专业教材的建设和规划必须寻求一个可以平衡的点，这个点既有对最新公认成果的吸收，又能突出课程的性质，也不失其严谨性与趣味性。这些问题固然需要统筹和协调，活跃在科研和教学一线的老师们也应群策群力，共同思考新的、可能的形式，应对传统学科的数智化教学挑战。

论坛二　语言学和文献学教材建设与研究

第二场　　主持人　于亭（武汉大学）

撰写教材《文献学概要》的几点体会

报告人：山东大学　杜泽逊

各位老师，我汇报一下我编写教材《文献学概要》的具体情况和几点体会。

第一点，从上学以来，我印象比较好的教材，对我自己写教材构成影响的，一个是罗常培先生的《汉语音韵学导论》。这本书虽然薄，但是它让我了解到，清代以来，包括民国年间，重要学者的主要学术主张。我印象特别深。下一本是刘永济先生《十四朝文学要略》，我看的是黑龙江人民出版社的本子。这本书就是纲要特别地简，纲要下头引用材料，也是一本薄书。再就是王力先生的《汉语音韵学》，我看的那本也是个老版本。同样也是纲要部分很简，纲要下面是材料，还对材料做进一步的解释，这是王力先生的编法。当然还有我们都熟悉的《中国小说史略》，鲁迅先生写的，好像就是材料多于论。还有复旦大学王欣夫先生的《文献学讲义》，是他过世多年后，由他的学生徐鹏先生整理，上海古籍出版社出的。也是先纲要，下面是材料。

总而言之，这几部教材适合于文献学学科需要接触原始资料这么一个特点。

第二点，我非常赞成黄永年先生的主张，教师讲课主要是讲学术心得，反对照本宣科。当然，这个意见是针对研究生教材的，不是针对本科的。黄先生意见可能在多个场合都讲过，我最早听见是1986年。我上研究生二年级的时候，研究生班集体到河南、陕西考察实习，在西安请黄先生讲过课。黄先生在课堂上表达了这个意思。当时他的《古籍整理概论》刚出版。我们就看《古籍整理概论》，一共只有十多万字，非常精妙。后来出版的《古籍版本学》也就不到20万字。《唐史史料学》也是十来万字。都是以精妙著称的，非常好。

再就是我们以前看陆侃如、冯沅君《中国诗史》，尤其是陆、冯合作《中国文学史简编》，也是非常精妙的。这一路的教材是讲心得多的。王仲荦先生《魏晋南北朝史》这一类的也是讲心得。

第三点，我在写《文献学概要》之前，做了些什么样的工作，对这部书产生了哪些影响。这些工作是：

（一）我用了七年的时间参加我的导师王绍曾先生主持的《清史稿艺文志拾遗》。在这个过程当中，大概常用的书目和工具书都反反复复地翻过了。很像编词典的先生们，工具书都特别熟。文献学比较核心的部分是目录学，《清史稿艺文志拾遗》编纂的过程当中，我把大量的书目都看过了，目录学摆脱了基本理论的束缚。

（二）我独立承担了教育部高校古委会的重点项目《四库存目标注》。这部书经历了15年，2007年上海古籍出版社出版，有8册。《四库存目》的书6793种，我对它的版本进行了调查，积累了大量版本、目录、藏书史的知识。

（三）因为《四库存目标注》的原因，我应邀参加了北大季羡林先生主编《四库全书存目丛书》的编纂工作，担任总编室主任。在这个过程当中，过目的古籍版本有5000种以上。让我有一种感受，我们以前讲的鉴定明版书规律性的东西，出现了一些颠覆性的认识。原因是例外太多。这个过程中我的一些体会向古委会的刘玉才老师、顾歆艺老师汇报过，我觉得我的版本学水平有一个比较明显的提升。

（四）参加整理《百衲本二十四史校勘记》。这是张元济先生的大部头遗稿。我的导师王绍曾先生是20世纪30年代张元济先生"校史处"的成员。90年代商务印书馆把《百衲本二十四史校勘记》手稿委托给王绍曾先生来整理。原稿有173册。中华书局《二十四史》标点时，借去了这批手稿。他们丢失了一部分，找到17种133册。商务印书馆把这130多册手稿，交给王绍曾先生，是1991年到1992年间。王先生是1910年出生的，也就是说当时已经80多岁了。王先生健康状况比较好，我们有13个人参加整理，用了8年，把这一大堆手稿整理完，商务印书馆正式出版了。我整理完之后就有个强烈体会，那就是常态化的校勘和校勘学上讲的东西是脱节的。校勘学上讲的都是极端例子，而常态化的校勘完全不是这回事。出版社的老师应该特别明白这一条。我在这个过程当中,应该说真正学会了校勘学,体会到了前人在校勘学方面到底做了什么工作,难度在哪里,规范在哪里。

这是写《文献学概要》之前经历过的一些大项目,以及产生的特殊认识。

写《文献学概要》有个特殊机缘。1999年暑假,山东大学文学院老先生们开会,决定所有的硕士生都必须学文献学,就把这个活儿派给我了。我当时给文学院的院长谭好哲老师说:"我没讲过文献学。"他很吃惊,他说:"你不是搞文献学的吗?"我说文献学不是一个人开,而是肢解为几门课,由不同老师开。可是那时候离开学还有10天,课都进入学校课程表了,没有退路。我就找王绍曾先生说:"怎么办?"他说:"你讲就行。"霍旭东先生是高亨先生的研究生,西北师大的教授,这时候调回山大担任古籍所副所长。他跟我说:"这件事情很重要,讲好一门课就是一碗饭,你一定要讲好它!"我就拟了一个大纲,紧急请王绍曾先生、蒋维崧先生、冀淑英先生、裘锡圭先生都看了。我正好去北大的古委会,裘先生在那里。安平秋先生、杨忠先生也看了。他们基本肯定。

我就边写讲义边上课。因为每周4学时,一个下午,从两点讲到六点。量太大了。所以我这一个星期任何事情都不干,只备课写讲义。把课堂上要说的话都写下来,一个星期要写一本稿纸。山大稿纸是100页的,每页大概300到400字的方格,一周写一册。满满地讲了18周,写了18本,就有一大摞。在这个过程当中,很少去看别人的文献学书籍,来不及!我就遵照黄永年先生的意见,写心得。把原始资料原原本本写进去。《文献学概要》一个学期就写完了。

写完以后,并没想出版。正好碰到山东大学和山东医科大学、山东工业大学奉命合并。原山大的研究生院想把他们积攒的那点钱花了,于是就决定上"研究生课程建设项目",号召我们报。我就把我这摞书稿送过去了,结果评上了,给了4万块钱。研究生院领导王琪珑同志告诉我:"你找大出版社出版,钱不够再来找我。"其实只花了

3万块钱就出来了,那1万块钱就用来录入、出差、买资料。书稿先找了商务印书馆著作室主任常绍民先生,答应了。后来中华书局综合编辑室主任李肇翔先生认为稿子应交给古籍专业社中华书局。我同意了。就把稿子转给中华书局了。出版是2001年,印了3000册,大约三个月就卖完了。又印了5000册,大概半年就卖完了。责任编辑李肇翔先生给我回了个话:"你这书能赚钱。"以后每年重印,到现在已十好几万册了。《文献学概要》入选了国家级教材,获评了首届国家教材奖一等奖。这之间经历了二十多年,经营教材是一个长期的工作。回顾1999年写教材的时候,我也只有36岁。那时候并没想出版教材,也没想着将来能有个什么奖。那时候就是为了把课讲好,尤其是让学生满意,这是主要任务。

  那时候我最大的感受就是不用多写文章,因为没人给你发表。每年写几篇就行。我感到比较好的几年,是每年发4篇核心期刊(或者叫C刊)论文。第二个感受,就是引用大量的原始例证。例证要求恰当。问题的答案,不能是模棱两可的,一定要有明确的结论。再就是,最好是这一段例子同时能有深刻的含义。还要考虑例子必须容易理解,并且有一定的文采。讲课反响很好,座无虚席。我就汇报这些。谢谢!

中文学科教材体系的建构

报告人：北京师范大学　王立军

围绕会议主题，我想就"中文学科教材体系的建构"这个话题谈一些粗浅的认识。

近年来，高等教育学科教材建设引起了越来越多的关注，同时也面临着很多悬而未决的问题需要讨论和澄清，如何看待教材的传承性、创新性、前瞻性更是需要进一步探究的关键议题。新时代新征程，教材建设必须承担起为党育人、为国育才的职责使命。坚持守正创新，推动中文学科教材的高质量发展，彰显中国自主知识体系，已然成为高校教师的努力方向。在这一探索过程中，如何把握"守正"与"创新"的关系问题，也是一个不小的挑战。具体而言，教材建设的内容体系建构、评价标准制订、大中小学一体化衔接，以及信息时代教材的智能化发展，都是当前亟待厘清和解决的重要问题，下面我分别就这四个方面来简要谈一谈。

一是教材内容体系的建构应注重共性与个性相结合。教材是师生教学活动的中介，它不仅是知识的载体，更是教学理念和培养目标的体现。教材的功能在于提供一种范式，并非框定知识的范围，也不能成为限制学生视野的一种框框。因此，如何恰当地展现专业知识体系与学科特色，是教材内容设计的核心问题。一方面，教材需要有高度的科学性和系统性，能够体现某一学科领域的公共知识，为学生搭建学科的基本框架。另一方面，教材也需要保持一定的开放性和包容性，在确保基础知识内容含量的基础上，融入个人的学术见解和前沿的研究成果，能够引导学生进行更为深入的思考和探索，拓展教学的深度和广度。对于不同学科、不同用途的教材来说，内容体系的建构并非千篇一律，根据授课对象、授课目的以及课程类型的不同，教材的侧重点也应随之调整。有些教材可能更注重公共知识的普及与巩固，有些则可能侧重于学术研究的探讨与延伸。这种多样性不仅丰富了教材的内容与形式，也满足了不同层次的学习者和教学的需求。比如通识课的教材建设，显然与专业课的教材建设不同，通识课的教材内容并不局限在基本的知识体系之内，并且要求用普及性的通识语言传递学科前沿知识，这样一来，通识课的教材建设反而比专业课更富挑战性。因此，如何做好配套通识教材的建设，的确是我们今后需要认真研究的一个问题。

二是教材建设评价标准的制订应注重教材类成果的显示度。当前，中文学科高等教育教材建设并没有引起学校与学界的高度重视，教材建设贡献的显示度还相对薄弱。近年来，高校普遍认识到教材建设的重要性，不断强调要进一步深化教材建设，却始终未能把配套的考核评价体系真正落地，甚至会弱化教材建设的贡献，只有获得了高级别奖项的教材才能够引起各方重视。评价体系的滞后导致教材建设的动力不足，自然造成了发展的困境。实际上，教材建设与学科建设是相辅相成的关系，把教材建设的评价体系纳入学科建设的整体布局中，才能引起学校乃至学界的更多关注和高度重视，从而激发更大的积极性和更多的增长点。如何在学科建设中真正体现教材的重要性和关键价值，提高教材建设贡献的显示度，也是需要我们进一步讨论的问题。

三是高校教材建设应注重与中小学教材的贯通衔接。最近几年，我参与教育部统编义务教育语文教材的编修工作，经常深入中小学一线进行调研。令我感受最深的是，中小学语文教学与过去截然不同，各级知识结构普遍呈现出向下延伸的趋势，超前学习已经成为普遍现象。对于中文学科来说，原本应该在大学阶段系统讲授的语言知识体系，如今在高中阶段便已显现出基本的知识框架，但是学生对知识的掌握程度却停留在一知半解的阶段。这种情况很容易影响学生在大学阶段继续学习相关知识的新鲜感和积极性，给高校教师的教学工作造成了一定的困难，好像这些知识学生们已经学过了，实际上却只是浮光掠影式的，理解和掌握都不够深入全面。面对这样的现状，继续沿用传统的教学模式和教学内容框架显然已非明智之举，那么如何调整高校中文学科的教材建设，努力做好大中小学教材建设的一体化衔接，是值得我们更加重视的一个问题。

四是教材建设应紧跟时代步伐，迈向智能化发展新阶段。目前，高等教育已经进入了"人工智能＋智慧教育"的时代，新技术的运用为教材建设带来了新气象，同时也提出了新要求。如何更好地适应新时代，借助信息化的手段和人工智能的介入建设教材新形态，成为我们下一阶段的主要目标。传统纸质二维平面的教材逐渐难以满足学生日益增长的学习需要，多维度教材的开发建设需求变得愈加迫切。互联网中丰富且广泛的知识信息对教材建设产生了直接的影响和冲击。当前，我们面临的重大挑战在于如何把学科的知识资源有机融入教材，并运用新技术手段创新教材的呈现模式和展示维度。

就我们北师大所编写的《古代汉语》教材来说，我们更加注重体现学科特色和知识结构的系统性。在古代汉语的学科体系中，文字、音韵、训诂、语法等几大板块是固定的，但是如何建立它们的内在联系，建构一个以意义为中心的教学体系，传递古今沟通的学习方法，打破学科界限，联系现代汉语来讲授古代汉语，既培养学生阅读古代文献的能力，又提高他们运用现代汉语的能力，形成古今沟通的互动关系，是我们设计《古代汉语》教材时尤为关注的部分。同时，我们还注重通过教材内容的设计增强学生学习的实践性和体验性，设置了今注、古注、白文三种类型的原典文献，目的是让学生更好地了解真实的古代文献面貌，通过切身的体验和训练提升阅读古文献的能力。此外，增强教材的拓展性也是我们一直以来的努力方向，基于纸质教材丰富教学内容的深度和广度，致力于拓宽学生的学习视野和研究思路，为学生提供更全面的知识储备，不断促进他们学科素养和综合能力的提升。

有声语言和口传文化

报告人：北京大学 孔江平

大家下午好。我们中文系语言学实验室有一门课，过去是选修课，主要是供文史哲的学生选修，其他理科院系的学生也可以选修，但是后来选课的学生很多，每次差不多有一百六十多名学生选课，这门课的名称是"中国有声语言和口传文化"。我们当时为什么要开这样的一门课呢？因为北大中文系有一个实验室，是刘半农先生从法国学习回来以后建立的。当时北大和清华的很多教授在一起讨论，最后确定名字为"语音乐律实验室"。我到北大以后和老师们讨论过，为什么把"语音"和"乐律"放在一起？当时并不是很理解。到后来才明白，这个名字起得非常好，因为后来看了一些其他的文献，比如说达尔文在1871年的时候就有一篇文章，他认为人类语言起源的过程中有一长段的时间，很可能语言和音乐是混在一起的。随着学科的发展，音乐学走了一条路线，语言学走了另一条路线，形成了两个学科。到了现代，由于认知科学研究的进展，在国际上，很多人也开始把语言和音乐放在一起研究，因为它们在大脑的神经元活动上有很多共同的地方。这门课开了以后，学生很喜欢，最后就变成了全校公选课，在北大已经开了十几年。

我们一直在考虑这门课能不能出一本教材，虽然教材底稿写出来已经很多年了，就是感觉在理论框架上还存在一些问题，因为课程涉及音乐学和语言学两个传统学科，但又是按照现代科学的方法来讲授。传统人文学科涉及语音学、音韵学、语言学和音乐学，同时自然科学涉及实验语音学、生理声学、心理学和认知科学。随着技术的发展，必须采用实验语音学的方法，这样才能做出新的解释。在讲授汉语吟诵时，有不同的流派，形式上也有很多类型。例如，屠岸先生在世的时候，我们录制了很多他的"古越吟"，有70多首视频和音频，材料非常好，也还录了一些老先生具有传承的不同方言的古吟诵。拿这些做声学分析，发现很有意思，它们感知上既有音乐的音阶，又有语调字调。我们还收集了大明官话的诵读和吟诵，大明官话是明清两代国子监用的读书音，现在只有个别老先生会了。通过声学分析我们发现大明官话里诵读不仅有字调，同时可以用工尺谱标出音律，这说明大明的诵读将音位系统揉进了音律系统中。我们后来又做民歌。所以讲课的过程中就把它写成一个教材，但是理论上总觉得统一不起来。

由于口传文化的形式比较多，涉及的学科知识也比较多，如吟诵需要讲语音学的基础知识，押韵需要讲音韵学和文学的基础知识，讲蒙古族呼麦的发声需要生理声学的知识，讲泛音的感知需要心理物理学的知识，讲腹语需要先讲"麦格克效应"，讲古琴的原理需要声学和中国音律学的知识等。这些知识，有的文科背景的学生熟悉，有的理科学生熟悉，因此，在课程的教学和教材的安排上十分困难，课程的内容和讲法也一直在变化和实践。由于主要是科学的方法，因此基本上是一个数字人文的方法，是一个交叉学科的方法，怎样将这些方法形成一个教材还需要进一步的教学实践。

实际上最重要的还是这门课的理论框架问题。有一次我去新加坡国立大学访问，在新加坡做了一个中华口传文化的社会公开讲演，由于讲演效果还不错，邀请方安排了新加坡的主流媒体采访，我就赶快整理了一下，提出来一个"四律"的理论框架，把语言学和音乐学这两个学科统一了起来。"四律"分别是声律、格律、曲律和乐律。"声律"主要定义为研究中国各民族语言发音的声学、生理及心理特性；"格律"主要定义为研究中国古诗词吟诵、宗教经典的诵经和民族史诗吟唱；"曲律"主要定义为研究各民族的民歌和戏曲的声学和生理性质；"乐律"定义为研究中国各民族的乐律学、乐器制造工艺和音乐的声学、生理和心理性质。从这个理论框架出发，提出了"语音乐律学"的理论框架。在形式上采用"语言系统"和"音乐系统"来描述和定义，"声律"为全语言系统和无音律；"格律"为全语言系统和半音律系统；"曲律"为全语言系统和全音律系统；"乐律"为无语言系统和全音律系统。中华民族有声文化在语言和音律形式上的高度统一就是"依字行腔"。通过"四律"将语言和音乐结合起来后,《语音乐律学》这本教材就有了一个基本的理论框架。

最后还有一个教材长度的问题,因为中国口传文化的形式和类型很多,在内容上很难选择,如果讲得比较全面,教材的章节就会很多。但是一个学期,北大通常是16周,一般上12周至14周,后面总要有一个辅导,那教材是不是要按照16周课时来编写?如果每个学期讲的内容不同,学生会觉得有些遗憾,因为有的学生喜欢这门课,想全面了解,所以内容的取舍也很困难。

关于考试的问题。现在的学生和以前的学生不一样,现在学生一开始上课先问怎么考试。我觉得北大这边还是比较开放的,如写一个报告即可。如果只写一个报告,对学生来讲很容易,他们很容易在网上收集一些材料写一个课程报告,一会儿就写完了。如果考课堂讲过的基本概念和知识,又没什么意思,因为语言和有声文化主要是欣赏和感受。后来我们写了一个关于课程考试方式的报告,得到了教务处的批准,考试形式为:每一个学生唱一段昆曲和吟诵一段古诗词或者是古文。

因为有些学生能说不同的方言,因此给学生提供了不同方言吟诵的录音,让学生自己选择,如:屠岸先生的古越吟,陈以鸿先生的唐调,林东海先生的闽方言吟诵,史鹏先生的湖南吟诵。这种考试起到了很好的效果,学生也很喜欢。我就简单说这么一点,希望大家给提点意见。

浙江大学古典文献研究生教材建设情况汇报

报告人：浙江大学　冯国栋

我们学院现在正在编辑三个系列的教材：一个是经典系列，一个是侧重于强基计划的，另外一个就是文献学的研究生教材。其中经典系列多数是通识课程。强基系列主要是针对强基计划的。文献学教材，主要以古籍所的老师为主来做这样一个教材系列。

我主要讲讲古籍所的教材情况，古籍所教材和古籍所开设的课程有关。古籍所的课程，是姜亮夫先生当年手定的一个培养方案。这个方案有三大块：第一块是经典阅读。包括六部大书：《尚书》《诗经》《左传》《庄子》《荀子》《韩非子》。六部小经：《周易》《论语》《老子》《墨子》《中庸》《大学》。要求在三年内精读两部书，一主一副，主要研读的一部须提出整理或研究成果，其他一部作为平日练习。分段安排如下：一年级将两部书断句，并做出引得或专题索引；二年级摘词，掌握章句大义，寻找体例（思想内容上、组织结构上）；三年级注释或翻译全书，并写出全书叙论。

第二块是偏重文献技能方面的，比如说文字学、音韵学、训诂学、目录学、版本学、校勘学，都是关于文献技能的训练。

第三块是专题报告，涉及的范围非常广泛，像文化史、思想史这些不用说了，还有像佛典泛论、道教概要、三教斗争史、金石学、艺术史、交通史、科技史、天文历算；还有像六大古都的结构形式、方志学、礼书和民俗学、文物和文献档案学、历史统计学、文化人类学、制度和制度史、历代职官的小史等。

我们分析一下，就知道，第一块是关于经典阅读的，第二块是讲文献学方法的，第三块是专科文献。通过基本的经典阅读，建立一种感性经验。没有这种感性经验，讲后面的文献学方法，其实是没有着落的，学生根本就不知道文献学方法究竟讲什么。所以先是经典阅读，通过基本的经典训练之后，有了感性知识，然后再进入文献方法。掌握这种方法之后,学生再朝一个专科文献的方向去发展,基本上是这样一个思路。

这是当年姜亮夫先生定的课程计划。这个课程计划中,基础经典阅读方面,近年来出了不少教材;讲文献学方法的,也陆续有本科、研究生教材出版。而最缺乏的是专科文献方面的教材。所以,我们古籍所现在就想在专科文献这一块再做一些事情。基本上是按照老师们的专长开课,编纂教材,当然也是老师们长期研究的结果。个人觉得作为教材,其实就是把研究经验体系化的一个过程。一个学者学术经验积累到一定阶段,需要一个系统化的过程。这个过程既有利于自己,也有利于后学。

古典文献学的知识结构

报告人：北京大学　刘玉才

谢谢诸位，很高兴有机会分享关于教材建设的思考。近些年，袁行霈先生吩咐我编写一部《古典文献学概论》。与文学、语言学相比，文献学是一个不太稳定的学科，还需要继续思考该如何塑形。文献学到底是什么？传统意义上讲的文献学是校雠学，是刘向、刘歆父子创始的，主要内容是条别部次、编定篇目、订正文字，所谓"辨章学术，考镜源流"。

为深入理解文献学的学科定位，我们不妨先看一下几部教材的观点。王欣夫先生的《文献学讲义》提出，文献学是目录、版本、校勘三位一体。张舜徽先生的《中国文献学》认为，文献学是辅助性的资料整理工作，是对古代图书资料整理、编纂、注释，为文史研究服务。这是对文献学基本任务和要求的描述，没有强调学科的独立性。这本书在上世纪影响很大，这也导致文献学长期处于比较边缘的地位。

对此，不少学者陆续提出了不同的见解。赵益教授认为，古典文献学应是研究中国古典文献产生、发展变化等一般规律的学问，应该回归"治书之学"。冯国栋教授认为，从中国古代"治书之学"基础上发展而来的古典文献学，是以"治书"方法与技术为核心的工具学科。史睿研究馆员认为，文献学以研究文本在不同载体上如何生产、使用、管理、流变为主要内容。我认为，文献学不仅要为人文研究各领域提供处理文献的技术方法，也要为其他学科提供以文献为主要对象的研究理论和学术启发。对文献学的定义，大家认识上还有不少分歧，主要是因为有不同的学科背景。中文学科下有古典文献学，历史学科下有历史文献学，图书馆学科下也有文献学。今年两会上，刘宁委员提出设立古典文献学为一级学科的倡议，试图把这三个背景的学科融合起来，教育部也就此征求过大家的意见。

北大中文系的古典文献学专业，是1959年设立的，当时由魏建功先生主持。为什么设在中文系？因为要从文字、音韵、训诂入手。同时，魏先生又请了我的老师阴法鲁先生来主持中国古代文化史的教学。当时设立这个专业，重点强调两点：一是小学基础，二是文史背景。设此专业的目的，是培养古籍整理的专门人才，当时培养的学生都要去中华书局从事古籍整理工作。在学科定位上讲，古典文献学本来就有不同学科的背景，在设立时也有一定的模糊性。

下面谈一下我对古典文献学的一些思考。其实，三个不同一级学科下的文献学，各自的落脚点是不同的。时间有限，我只讲中文学科下的古典文献学。古典文献学有自己的知识分层，核心层面的知识、一般层面的知识、专题层面的知识、基础层面的知识。从这几个层面来看，这三个学科下的文献学，各自的取向不同。就中文学科下设的古典文献学而言，其核心层面的知识是，书是怎样形成的。围绕如何编纂成书，展开对书的著录研究，对版本的校勘、离析，对内容的辨伪、注释。此外，还涉及书籍史、印刷史、藏书史，这些应是图书馆学下设文献学的核心内容。还有一个专题层面的知识，比如有经部文献、敦煌文献、石刻文献、域外文献，还有像道藏、方志、家谱这些文献。对古典文献学来讲，这些归属于专题层面的知识。对历史文献学来讲，这些是作为一种专题性的史料来整理、运用。这样做一些知识分层以后，古典文献学的核心就落在了核心层面的知识上。

既然要建构古典文献学这样一个学科，我们就要考虑一些方法论的问题。从中国学术史来讲，古典文献学是我们中国古典学术最基础的部分。近些年，我们中文系以三古专业为基础，专门设立了中国古典学研究平台。我们觉得，在理论方面，古典文献学与西方古典语文学比较契合。西方语境中的古典语文学，是一门基于语言、运用诠释学理解文本的学问。语文学在西方学科中的地位，几乎等同于哲学和数学。语文学主要致力于文本的研究，通过文本的校勘、比较，还原文本的历史语境，来恢复、理解文本本来的意义。在这个层面上讲，中国古典文献学与西方古典语文学，在方法论层面上有一个高度的重合性，我们试图去给中国古典文献学做这样的一个定位。

　　古典文献学的研究，不应该局限于对文献表象的一些著录、描述和发掘整理，而是应该经由语言文字的路径，深入文本来探究它生成、变异、阐释、理解的过程，最后达到揭示文本意义的目的。这是从方法论的角度给古典文献学做一个定位。回到文献学，就是以文本分析、解读为中心的文献学，也就是从传统的"治书之学"到"治本之学"。古典文献学的六项基础，文字、音韵、训诂、目录、版本、校勘，校勘学应处于中坚地位。我们今天对古典文献学做理论探讨，应当摒弃过去对校勘学的刻板认识，将校勘学视为古典文献学考察文本源流、离析文本层次的学术基础，构建古典文献学的基石。

　　古典文献学，既可以讲它是一个工具之学，也可以讲它是一个方法之学，甚至还可以讲它是一个思想之学。以上是我的一些简单思考，供大家批评。

中山大学古文字学系列教材简介

报告人：中山大学　范常喜

各位同道下午好，我是来自中山大学中文系的范常喜。借此机会主要报告一下我校强基班古文字学系列教材编写的一些情况。我系的强基工作本来是分管本科教学的张均副主任负责，但系领导班子里我刚好是做古文字的，所以彭玉平主任就安排我来协助张均老师，勉为其难做了一些服务性的工作。

大家知道，很多学校、很多专业都有强基计划，但是中文的强基计划专业全称为"汉语言文学（古文字学方向）专业"，加了一个括号的内容"古文字学方向"。这给我们的很多兄弟院校，包括我们自己都带来一些困扰，产生了一些无法回避的现实问题。包括培养方案、教学师资、教材编写、转段考核、硕博连读等等，都是我们亟须面对的一系列问题。

在教材建设方面，我所在的中山大学相对好些，因为我们的古文字学拥有较好的研究传统，从容庚、商承祚二位先生开始，再到曾宪通、陈炜湛、孙稚雏、张振林等先生，一直延续到今天，薪火相传，传承光大。在强基班开办之前，我们便一直开设有"古文字学""汉字源流"等本科生选修课，并成功编写了相应的教材。但是当时只是作为选修课之用，只有几个学分，现在要在一个"专业"之下按照整个培养方案开设相关的课程，无论是师资条件还是教材资源就显然捉襟见肘，难以应付了。

幸好我们有老先生们前期的积累。面对这种情形，陈伟武老师跟我合计了一下，拟以原来编的部分教材为基础，结合培养方案中的课程编写一套强基生古文字学系列教材出来。名义上虽然是"系列教材"，但其系统性绝对比不上早已成熟的语言学、文学系列教材。我们只是根据当下的人才培养需求，从无到有做一点东西，请大家多提批评建议。

由于强基生要从本科一直读到博士，所以我们首先考虑的是在这八到九年的时间内，应该学哪些基本的跟古文字学相关的知识和技能。一般的汉语言文学专业知识自然是必须具备的，这些放在大的专业里面学习就可以了，相应的教材也不必再重新编写。我们要重点建设的应该是古文字学核心知识技能的教材，尤其是以往汉语言文学专业培养方案中未能囊括的那些课程。

出于这样一种考虑，我们暂定的教材共有以下九种：《古文字学纲要》《汉字源流》《出土文献学概论》《甲骨文基础教程》《商周金文选读》《战国简帛导读》《古玺导读》《出土文献与汉语上古音研究概论》《古文字学前沿讲座》。下面略作介绍。

《古文字学纲要》（陈炜湛、唐钰明编著）与《汉字源流》（曾宪通、林志强著）都是已经出版过的经典教材，而且均入选普通高等教育"十一五"国家级规划教材。《古文字学纲要》是1985年我校承担的国家教委高校文科教材编选计划中的"中国古文字学"教材，由中山大学出版社于1988年正式出版，2008年推出了第二版，长期以来为各大高校的古文字学课程广泛使用。为了适应古文字学科的发展，我们将利用第二版出版后陆续公布的新材料再次对《纲要》进行修订，主要订正"总论"的部分论断和"选读"的部分旧有注释，并纳入丛书交付出版。《汉字源流》在"汉字源流"课程讲义的基础上，由曾宪通、林志强联名编写。本次我们也一并纳入丛书进行系统修订，将在结合汉字理论和汉字流变的基础上，利用近几年公布的新出土材料和研究成果订正旧版的概念术语、构字分析、文字演变个例和排印错误，以期使全书与时俱进，常读常新。

《战国简帛导读》（禤健聪编著）和《古玺导读》（萧毅编著）是在原凤凰出版社"古文字读本"系列丛书中《古玺读本》和《战国简帛读本》基础上修订而成。《古玺导读》涉及古玺的定义、古玺文字研究的两个阶段，在著录、综论、考释、分域等方面的研究情况及官玺、私玺、成语玺选读等三个部分，同时结合最新的材料和研究成果，在图版之下给出新的释文、著录、注释、延展阅读、参考文献等。《战国简帛导读》则结合近年公布的战国简帛材料和最新的研究成果，选出与典籍古书、档案文书、祷辞等材料，在简帛图版下，列出释文、著录、注释、延展阅读四个方面，对简帛文本给出较为科学、合理的解释，适合初学者入门，便于学者参考。

《出土文献学概论》《甲骨文基础教程》《商周金文选读》《出土文献与汉语上古音研究概论》《古文字学前沿讲座》五种是本次规划新出版的教材。

《出土文献学概论》由陈伟武编写，该书将以出土文献为研究对象，介绍出土文献的内容、性质、特点、研究简史，探讨出土文献的分类，以及出土文献学与文字学、语言学、文献学、学术史、文化史等方面的关系。《甲骨文基础教程》由吴丽婉编写，分为上下两编。上编为通论，主要介绍甲骨文的基本情况、文例分类与行款特点、分期断代与组类、缀合与形态、校重、辨伪，以及新科技在甲骨文研究中的应用。下编为材料选读，择取趣味性比较强、蕴含历史文化的甲骨文材料进行教学，所选材料兼附拓本和摹本、释文和语译，方便初学者理解。《商周金文选读》由陈斯鹏编写，将选取商周典型青铜器，对每一青铜器列明其出土时地、收藏者、著录、断代等信息，同时新制铭文释文、注释并结合最新的研究成果和材料给出自己的观点，最后附以高清铭文照片、拓片和摹本，以利初学者学习入门。

《出土文献与汉语上古音研究概论》由叶玉英编写，该书将结合上古音研究和古文字研究的新成果，探寻古文字的构形规律与古音之间的关系，提炼形音义分析过程中需要秉持的一些古音规则。该书与以往音韵学教材相比，更注重出土文献材料的运用，并将融入编者长期治学心得，适合古文字进阶学者使用。《古文字学前沿讲座》由范常喜负责，该教材为中山大学古文字学强基班学术讲座的文字实录，涉及甲骨学、金文考释、战国秦汉文字释读、《说文》学、古文字与传世文献校读等古文字学科前沿内容，涵盖古文字学的基础知识、研习方法及其前沿问题等，将成为初学者拾级而上了解古文字学前沿问题的窗口。

以上所述九种教材均已与中西书局签订了出版合同，争取近年全部出齐。将来我们还将根据教学实际需要，进行《秦汉文字通论》《说文解字通论》等教材的编写，希望使这套教材真正成为种类丰富、切合实用的古文字学系列教材。

第二场点评

点评人：浙江大学　真大成

点评实在不敢当，只能非常简单地谈一点学习体会。刚才听几位老师的发言，受益匪浅，像杜泽逊老师回顾了他编写《文献学概要》的历程，都是以往所不知道的，很受教。杜老师特别强调在编写过程中要突出个人心得，也就是把自己在科研实践、科研项目当中获得的心得体会和原始例证融汇到教材当中。我觉得这些经验在编写教材过程中都是非常值得借鉴的。

王立军老师非常宏观地、系统地阐述了教材建设问题，强调教材的前瞻性、前沿性，还有教材内容的个性和共性，教材和学科建设、课程建设的关联性，以及高校教材和中小学教材的衔接，这些都是非常重要的问题，也都是在教材编写过程当中大家应该重视的问题。

孔江平老师介绍了一门非常有趣的课，有声语言和口传文化，确确实实以前还不知道，大开眼界。

冯国栋院长介绍了我们浙大中国古典文献学研究生教材的相关情况，特别讲到了专题文献。我们浙大的文献学，既有本科专业（古典文献学专业），也有研究生的专业（中国古典文献学），我作为本科古典文献学专业的负责人，在课程建设过程当中，也非常关注教材建设问题，思路跟刚才冯老师讲的专题文献实际上是一致的。

我们现在加强了专书导读课程的建设，目前陆续在开，最终还是想以教材的形式把它呈现出来。每位任课老师，讲自己擅长的一种或一类文献，最后授课内容进一步条理化就可以形成一部教材。比如说方一新老师是研究《世说新语》语言的专家，他的专书导读课最后可以写成一本《〈世说新语〉导读》，王云路老师早年研究中古诗歌，对于中古诗歌所用语词，其实也可以形成一部导读类的著作，我自己也准备开设"《读书杂志》导读"课，最后编写这方面的教材。这样跟研究生教材能够匹配起来。

刘玉才老师刚才讲到古典文献学的知识分层问题，分成核心层、专题层、基础层三个层次，非常有道理。刘老师强调文本分析和解读，我觉得心有戚戚焉。

文本分析和解读非常重要，我觉得不局限于文献学本身。我主要从事汉语史研究，汉语史研究实际上是离不开历史文献的，但历史文献作为语料的时候，如果不做进一步的深层分析，不做深入分析解读的话，实际上是很难或者说很难准确作为语料来用的，所以我觉得文献学研究所强调的文本分析对很多学科来说都是非常有帮助的。我觉得这一点，北大文献学研究做得非常好，像程苏东老师，他这几年非常关注文本分析，我从中也学到了很多。

范常喜老师介绍了中山大学古文字教材的情况，令人艳羡，也非常令人期待。我们浙大也有强基计划，所以等中大的教材出版后，我们也可以用。但是目前文字学方面的教材实际上有很多了，汉字学、汉字史的教材现在市面上也有不少，但是近代汉字目前还没有一本专门的教材，所以张涌泉老师和我正在主编一部《近代汉字学》教材，王立军老师也是我们编纂委员会的顾问。这部教材，主要讲述汉代隶变以后的近代汉字，介绍近代汉字的相关知识。目前基本上已经写成了，作进一步修改后，再请各位专家提意见，预计2024年能够出版。希望古文字和近代汉字方面的教材，能够进一步统合起来。好的，以上就是我非常粗浅的一点认识和体会，请各位老师批评指正。

论坛三　新形态教材建设及其他研究

第一场　　主持人　钱志熙（北京大学）

如何加强文学教材立德树人的功能

报告人：清华大学 马银琴

尊敬的钱老师，尊敬的各位老师，我之所以想到要用"如何加强文学教材立德树人的功能"作题目，主要也是基于我这些年从事教学工作之后的一些思考。上午的讲话当中也提到文学教育教材关联到为谁培养人、培养什么样的人的问题，我觉得这个是非常重要的，这一点在人文学科当中尤其突出。我自己始终认为，人文学科对于个体成长最大的意义，应该体现在帮助个体取得更多的社会性这个方面。通过对人文学科的学习，每一个人能够以最具人性的方式融入社会，以健全的人格、高尚的品质、温雅的言语、得体的举止成为社会的一分子，我觉得这应该是最重要的一个功能。但是从这些年来人们对于教育成果的种种批评，比如像最典型的"有知识没文化"，比如说"精致的利己主义者"等等，再加上高校出现的学生抑郁倾向越来越严重，有心理问题者占比越来越大的现象，从根源上讲，我认为都和人文学科没有能够充分发挥立德树人的教育引导功能，没有能够在人的成长当中提供足够的思想支撑，没有提供足够的精神滋养有直接的关系。这又和我们现在如何定位人文学科的价值和功能密切关联。

今天是讲文学教材，虽然包含了语言和文学两大门类，但是我自己是做文学研究的，我就局限到文学这个方面来说。中国古代实际上非常重视以《诗》为代表的文学所具有的教化功能。古人所说的教化，用现在的话说就是立德树人。像《毛诗序》说"正得失，动天地，感鬼神，莫近于《诗》"，直接把《诗》当成了"经夫妇，成孝敬，厚人伦，美教化，移风俗"的工具和手段。《管子》也说："止怒莫若《诗》，去忧莫若乐。""止怒""去忧"的这些功能，在漫长的文化发展中形成了一个源远流长的诗教传统。但是，这个传统在百年前的新文化运动当中随着经学大厦的瓦解，也在实质上被打断了。在这个过程当中，"文学"观念本身也发生了狭义化的转向。百年来，对文学的定位当中，人们越来越重视文学审美、娱情的功能。这样一个审美化、娱情化的转向，实际上非常大地消解了文以载道的传统。而在消解了"文以载道"的传统之后，从教化社会的角度去认识或者强调文学的意义，曾经一度被认为是庸俗的文学社会学等等。而当人们再三强化文学的审美和娱乐价值的时候，文学在现实生活中就变成了一种可有可无的存在。这个时候，文学的意义和价值，就远远无法与"载道"时代的"文"相提并论。就像"文学青年"这个名词，现在甚至成了一个带有一定贬义的名词。有一次跟几个学生在一起，我问了一个问题：现在如果有人说自己是文学青年，你第一反应是什么？结果学生的第一反应是："他是个愤青？"这样的观念和认知，可以说直接把文学从古代"经国之大业，不朽之盛事"这样一个非常崇高的位置拉入了凡尘。这也说明，文学在失去维系社会价值导向的精神力量之后，被边缘化就是一件很自然的事情。我们中国人很喜欢讲"体用"，而且通常情况下是重"体"轻"用"。但是，对"用"的轻视达到一定程度之后，"体"的意义和价值就也就跟着削弱了。文学在失落了维系社会的道德精神力量之后，无论怎么去强调审美的价值，无论怎么去强调修辞的意义，最终被冷落一旁就都是不可回避的事情。中国古代强调"文以载道"，实际上就是在强调"文"作为载道工具的功能。在重视"文以载道"的时代，作为载道工具的"文"自然是具有崇高地位的。但是当人们消解了它作为"载道"工具的意义，进而把审美当成具有本体意义的价值进行推崇的时候，文之于人的价值就没有那么重要了。"言以足志，文以足言。不言，谁知其志？言之无文，行而不远。""文"的终极意义，是为了让"足志"之"言"得到更为广泛的传播，也就是"载道"。失去了"载道"的意义追求，曾经在中国文化史上占据主体地位的文人的地位跟着一落千丈，同样也是不可避免的事情。

因此在传承和弘扬优秀传统文化的背景下，面对要加强高校文科教材立德树人功能的时代需要，我觉得首先还是要在观念与认识上有所改变，应该让朝着审美化、娱情化方向发展的文学重新回归到"文以载道"的传统当中,让文学重新承担起教化社会、教化人心的功能。我有时候觉得历史的发展还是会呈现出某种螺旋性、回归性的上升发展态势。当前我们所面临的环境,有点像初唐时期。在经历了六朝时期人们对"诗言情"的极致的追求之后,《毛诗正义》整合了"诗言情"和"诗言志"两种观点,对于诗歌创作,提出了这样一个看法,"论功颂德之歌,止僻防邪之训,虽无为而自发,乃有益于生灵","作之者所以畅怀舒愤,闻之者足以塞违从正"。这是在充分肯定"抒情"功能的前提下强调"止僻防邪""塞违从正"的社会功能。只要回归到载道的传统当中,只要充分发挥止僻防邪、塞违从正的教化功能,文学自然也就承担起了立德树人的功能。

所以,在这样的认识基础上,我认为能否让文学重新回归到"文以载道"的传统当中,实际上不仅仅是文学创作者的责任和使命,更是文学研究者的责任。因为从某种意义上来说,文学研究者掌握着话语权,具有思想引领的导向性作用。百年前的文学大转向实际上是文学研究者所带来的巨大的改变。文学教材可以成为文学研究者发挥思想引领与导向性功能的最重要、最关键的一环,文学教材的重要性,不管怎么评价都是不为过的。所以对于文学教材的编写,除了我们通常重视的,上午好几位先生都提到原则,比如专业性、知识性、学术性、普及性,乃至于科学性、简明性等等,这些都是非常重要的。但是,在这些原则和要求之外,更重要的就是要直面文学应该承担的社会功能。把文学作品感化心灵、塑造德行的功能,放在教材编写时需要首先考虑的位置上,让古今中外优秀的文学作品能够真正成为滋养学生情感和思想的精神力量,真正发挥"正得失,动天地,感鬼神"的教化功能,从而真正实现以文化人、以文育人的目的,让文学在立德树人的教育过程当中承担应有的责任。

以上是我的非常粗浅的认识,请各位老师进行指正。

文学教材需要怎样的新形态

报告人：南开大学　沈立岩

实事求是地说，我虽然也编写过教材，但那已经是世纪初的事了。那时编的教材基本上都是纯文字的。从那时到现在，已经很多年没有编写过教材了，但是新形态的教材也见过一些，有些感触，简单说说我的想法。

我觉得现在编撰教材，面对的读者主要都是 2000 年以后出生的，那么我们得知道这一代读者的阅读习惯。我非常同意马银琴老师说的，教材的编写，包括以教材为载体的课堂教学，确实承担着改造人、塑造人的任务，但在面对大量新时代的读者阅读形态和阅读心理发生了显著变化的时候，我觉得教材的形态也应该有所变化，至少有一点应该注意。我记得自己当年开始教"文学概论"的时候，那教材真是厚得吓人，不下几十万字。我作为教师，备课时就不胜其苦，其论题之芜杂，概念之枯燥，论述之繁琐，语言之平板，自己都觉得索然无味。由此想象学生阅读时的感受，免不了十分沮丧。我想这可是"文学"概论啊！难道真如歌德所说的那样，只有生命之树长青，理论就注定是灰色的？我觉得不应该。所以我当时就立志要编写一部"有趣"的文学理论教材。当然，这个理想至今也没有实现，不过也不是毫无收获。我在备课时就特别注意发掘理论本身的趣味，这也许可以叫作"理趣"吧。

文学理论的功能实在很多，首先是把我们杂乱无章的感性经验简约化、条理化，让我们在纷纭万状的文学世界中发现秩序，使我们能够对它进行观察、整理和分析。其次，理论能够挑战我们的成见，为我们揭示被成见所遮蔽的世界，就像精神分析解释哈姆雷特的犹豫不决，叙事学发现五花八门的民间故事的分析方法一样。结合生动有趣的故事，讲出理论内涵的趣味，学生的反映立马大不一样了。第一次主讲"文学概论"之后，陈洪先生在全院大会上表扬我，说"文学概论"多少年来都无法让学生感到兴趣,但是立岩的课改变了这种状态。陈先生的话让我备受鼓舞。回想这些,我觉得新形态的教材第一要点是要精粹,也就是少而精。我想这里有一个少与多的辩证法:说出来的东西不一定要长篇大论,更不能高头讲章,今天的学生不喜欢这个,你这么讲,他形在课堂之内,心在九天之外,其效果可想而知。这并不是说要无原则地取悦听众,而是要重视教学的效果,要讲求教学的艺术。要少而能多,浅而能深,循循善诱,引人入胜。讲课如此,编教材也应该如此。

我教了30多年"文学概论",与三十多届的学生交流,我强烈主张教材一定要精粹,字数一定不能太多。但在精粹的同时,另一方面是要借助现代技术让它在某些方面多起来。多哪些地方呢?我想有几个方面,一个就是延伸阅读的材料要丰富。讲到某个重要问题的时候,比如说"模仿说",那么这个问题在学术史上有哪些重要的研究成果,你应该提供给学生,供他们进一步阅读和研究使用。既可以是文字版的参考文献,也可以借助数字化手段提供一个二维码、一个链接,也能很方便地把文献目录乃至文献本身,甚至是一些生动直观的音像资料,提供给学生。这在以前无法想象,但在今天已经成为现实,我们不充分利用岂不可惜?另外还有知识图谱,可以把学科的发展历程、知识结构,包括最前沿领域都清晰地呈现出来,也就是所谓的信息可视化。这些乍看似乎只是形式问题,其实却深刻地影响到教学的内容和效果。我只是在这一点上有所感触,所以刍荛之见,供方家之哂。

关于新形态教材的几点思考

报告人：北京大学　赵　彤

各位老师好！我们这个会议的议题，其中有一项是关于"新形态教材"的，不知道我的理解是不是准确。我理解的新形态好像是相对于传统的以纸质书籍形式为主的教材形态而言的。那么，新形态应该是不单纯依赖纸质书籍这一种形式，还包括数字的、网络的等等。相关的问题刚才沈（立岩）老师也讲到了一些，我非常赞同。我想主要谈三个方面：第一是编写新形态教材的必要性，第二是新形态教材的一些优势，第三是新形态教材需要面对的一些新的问题和挑战。

首先就是必要性。我想其实我们现在的课堂教学形式已经跟我们传统的教材不相匹配了。传统的课堂教学是以板书为主，而据我观察到的，包括我自己在内，现在可能绝大多数教师都是以 PPT 为主，板书是作为辅助，这是一种最常见的形式。而像我们本科的基础课，如果说课堂的教学跟教材本身差距太大的话，可能对于本科生的学习掌握不是太有利。拿我主要承担的"古代汉语"课来说，一般来说这门课的定位是培养学生阅读古书的能力。那么，我们课堂教学的形式也是以这个目标为中心，通常是通过课堂上讲读若干经典的篇目，培养学生对古代汉语字词句的理解，包括相关古代文化知识的理解，通过这样的形式去培养阅读古书的能力。但其实我们要真的读懂一篇古文，里边涉及的问题非常多，既包括语言文字的问题，也包括很多像历史、地理、天文这些古代文化知识。我们现在的教材，文选当中的注释涉及这些问题有时候会比较繁琐，包括老师自己在备课的时候，看教材的阅读体验非常不好，经常要前后翻注释去理解原文。其实很多知识在后边的相关通论中也会有涉及，但是通论好像没有跟文选很好地结合起来。现在的技术条件下这个问题通过相关的链接是非常容易实现的，读到某一个位置，相关的知识点把它都链接过来，这应该是非常方便的手段，这也是我们在新形态教材里应该考虑的一个方面。这是关于知识点的问题。还有前面沈老师也讲到的,很多像声音、图像等立体化的信息,都是我们现代的教学手段,比传统要更先进,在教材当中也应该有所体现,新媒体或者说新形态应该在这方面把它的优势发挥出来。这是第一点,我们现在的教材——传统形态的教材可能跟我们课堂教学本身是不太匹配的。

第二点,从学生的角度来说,当前学生的学习习惯、阅读习惯,以及获取知识的途径,也跟我们现在的教材可能无法完全匹配。我观察到的学生现在可能都是以阅读电子书为主,阅读纸质书的也有,但是好像没有电子书普及,这应该是一个大的趋势。电子书有它的优势,阅读携带方便,互相之间的关联也比传统书籍要先进很多。另外现在网络资源非常丰富,我记得我们读书的时候有一个说法叫知识爆炸,跟现在的大数据、人工智能相比已经是微不足道了。学生通过网络能够学到很多知识,包括现在人工智能的辅助,这也是需要我们在教材的编写当中、教学当中应该去面对的一个挑战。那么无论从教来讲还是从学来讲,我们当前的教材好像都不太能够跟上教学的发展,所以教材需要改变。这是第一方面,就是新形态教材的必要性。

第二就是新形态教材的优势。其实刚才已经谈到了一些,比如更加便于把各种相关的知识整合在一起。像刚才说的,我们在文选当中,可以很便捷地把各种相关的包括语言文字、历史背景这些知识都快速地链接过来,这是我们传统的手段不太具备的。其次就是它的更新会更加方便,我们现在的教材改版一次需要重新印刷,这个其实是很麻烦的。而电子媒介的话,更新就非常方便,我们一旦发现有错误,或者有需要更新的地方,几乎马上就可以作出更新或更正。再者就是成本方面,长期来看应该是节约的,刚开始可能在技术方面会有比较大的投入,但从长远来看的话,它的成本应该是会更节约的。这是第二方面,就是新形态教材的一些优势。

第三是我们需要面对的一些问题。首先是教材跟教师的分工,如果像我们刚才说的,好像各种知识教材里边都体现了,那么教师在教学过程当中的任务又是什么?这是我们在后边要去考虑的一个问题。

其次就是教师跟学生的分工，哪些是学生自己需要去准备的，哪些是我们要替学生去准备的，这也是要考虑的一个问题。另外就是成本的问题，刚才讲的是从我们编写的角度来说的，涉及出版方面可能会有一个经济效益的问题，传统的纸质媒体更新一次会有出版的收入，但是数字化以后，一个是如何去预防盗版，一个是数字化以后的收入是不是会有一些影响，这可能也是我们需要面对的问题。

  最后还要说，我们讲的新形态教材也不是一个非常新的话题。前面沈老师讲到，其实很早之前，原南开大学、现任教于首都师大的洪波教授在将近 20 年前就已经编写过一部《立体化古代汉语教程》。但是据我的了解和观察，好像这样的教材后来很少出现，而且并不普及，其中的原因是什么？也是我们需要考虑的。为什么有这样先进的手段，但是并没有得到普遍的应用？可能有我们老师自身这种习惯的问题，可能也有像刚才说的经济效益的问题，也包括我们文科出身的老师可能会在技术方面相对保守或者落后等等，各方面的原因可能都是我们将来必须面对的。因为总体上来说的话，肯定将来包括出版都应该是以数字化为大的趋势，我们的教材肯定是不能够绕过这个趋势的，我们必须要面对这个方面的变化。以上是我一些肤浅的想法，请大家指正。谢谢！

传统中文学科数字教材建设的机遇与挑战

报告人：武汉大学　裴　亮

谢谢钱老师的介绍，非常荣幸受到邀请并有机会向在座各位前辈专家来汇报武汉大学文学院最近几年关于数字教材建设的一些思考和实践，与大家一同交流学习。我们注意到，近期国家教材委员会就加强教材建设和管理开展系列行动，其目的在于聚焦落实立德树人根本任务、服务国家重大战略、完善教材管理体制、强化教材建设支撑等关键问题。该活动特别强调在"进一步加强思政课教材一体化建设、全面推进马克思主义中国化时代化最新成果进课程教材"的同时，要努力"加快推进教材数字化转型，促进教材建设服务国家重大战略和人才培养需求"。教材建设是学校开展教育教学、推进立德树人的关键环节，是国家意志和社会主义核心价值观的集中体现，是解决"培养什么人、怎样培养人、为谁培养人"这一根本问题的核心载体。为贯彻落实国家教材委员会关于教材建设的重要指示精神，武汉大学文学院及时研究贯彻相关工作重点遇到的新形势、新特点与新问题，在加强已有教材体系信息化管理的同时，在新编教材的规划建设上坚持价值塑造、知识传授、能力培养"三位一体"，突出教材的创新性和功能性。努力结合中文专业自身特点，落实课程思政要求，推进国家一流课程新形态教材建设，加强专业教材与课程思政一体融合，充分发挥教材的铸魂育人功能。

首先，新形态数字教材的提出背景是目前党的二十大报告中教材管理以及教材建设被提到了国家事权的高度。教材事实上成为了推进数字化教育、新文科建设以及基础学科拔尖创新人才培养的一个纽带。在"十四五"国家规划教材建设中，也明确对新形态教材提出了要求：首先思想引领非常重要，其次强调系统性、科学性、生动性与先进性的统一。尤其是在数字教材或者是新形态教材建设中，特别强调信息技术和教材建设的深度融合。目前，中国的数字教育或者数字教材，处在一个不断进步或者不断发展的阶段过程当中。大致分为四个阶段：第一是纸质教材数字化翻版的初级阶段；第二是数字化增强阶段；第三是定制化的阶段，会涉及教学系统的打造以及专门平台的规模性建设；最后一个是数字教材智能化发展阶段。目前中国的绝大多数大学数字教材发展仍处在第二阶段为主、多阶段形态并存，具体表现形式为"书+课程资源"或者"书+课程"或者"书+相应的平台"。武汉大学已于今年11月17日发布了《数智教育白皮书》，提出"五数一体"的数智人才培养体系。在这个培养体系里面，主要的理念就是通过数智思维、数智素养、数智课程，还有数智人才的培养通道全部贯穿起来，推动全校整体数智化教育的顶层设计。

以"一流课堂"建设为中心，推进"一流课程"新形态教材建设 课堂是立德树人的主渠道，课堂教学是人才培养的主阵地。武汉大学文学院始终将提高人才培养质量作为实现高质量、内涵式发展的重要途径。本着"高度重视、科学规划、顶层设计、长期投入、梯级建设"的总体思路，以培育和建设"一流课堂"为中心、以学生需求和国家重大发展需求为导向，深化本科课程改革，构建一流课程体系，营造一流育人文化，建设一流教学队伍，形成一流培养体系。截至2023年，武汉大学文学院教师主持开设的14门课程已被认定为国家级一流课程，在全国中文院系中名列前茅。

一流的线上课程如何转化为一流的数字教材是亟待解决的问题。武汉大学文学院积极尝试，大力推进"国家精品在线开放课程配套教材"的试点工作，推出了以"古文字学"为代表的高水平新形态教材。包括甲骨文在内的古文字，是中华优秀传统文化的根脉，值得倍加珍视、更好地传承发展。古文字学长期以来被称为"冷门绝学"，该教材既能作为专业教材使用，又能为一般社会读者所读懂，其编写过程呈现出三个典型特点。一是纸质教材和在线课程的互相补充、充分融合。该教材在相应的章节处，以二维码的形式链接了课程讲解视频。视频便于形象地理解，课文便于系统地呈现。将视频和课文结合，更有利于初学者的理解。二是内容呈现上的完整性和层级性。该教材在内容上涵盖了汉字形体演变中的甲骨文、金文、战国文字和秦汉文字,以期读者对古文字研究的领域有大致了解。三是注重实用性和趣味性的平衡。文字是记录语言的符号系统,学习语言文字,应该建立系统的观念,该教材设置"古文字文化内涵"章节,并附录常用汉字的字形表和本义汇集,通过大量的字形和字本义的系连,便于读者对古文字的样貌有较为形象的了解。

教育部在最新发布的《"十四五"普通高等教育本科国际级规划教材建设实施方案》中,对探索建设一批示范性新形态教材提出了明确指示,要求充分利用信息技术,创新教材呈现方式,建设一批理念先进、规范性强、集成度高、适用性好的示范性新形态教材。国家级一流线上课程的数字化教材建设是一个系统性的工程,需要根据新特点协同推进。其一,要注重多模态设计。将传统纸质教材的内容进行数字化处理,包括文字、图片、音频、视频等多种形式的内容。同时,需要注重内容的准确性和可读性,确保数字化教材的质量。其二,要强化互动性设计。数字化教材应具有互动性,通过交互式练习、模拟实验等方式增强学生的学习体验。这有助于提高学生的学习兴趣和积极性,同时也能帮助学生更好地掌握知识。其三,要尊重个性化学习。根据学生的学习情况和学习需求,设计个性化的学习路径和学习资源。这有助于满足不同学生的需求,提高学生的学习效果。其四,要追踪数据化反馈。通过数据统计分析,对学生的学习情况进行跟踪和评估。这有助于教师及时调整教学策略,提高教学质量。其五,要加强知识产权保护。在数字化教材建设中,对于原创性内容,应加强版权保护措施,防止侵权行为的发生。总之,国家级一流线上课程的数字化教材建设需要多方面的支持和合作,需要教育部门、高校、教师等多方面的共同努力。以"课程思政"建设为抓手,加强专业教材与课程思政一体融合。

本次国家教材委员会就加强教材建设和管理开展的系列行动中,重点工作之一就是提出要进一步加强思政课教材一体化建设。武汉大学文学院一直以来坚持顶层设计,根据中国语言文学专业特点,深入挖掘语言文字、文学文化各类课程所蕴含的思政教育元素和承载的思政教育功能，按照价值引领、知识传授、能力达成、人格培养的总体要求，围绕厚植家国情怀、守护文化根脉、倡导文明互鉴、注重经典传承等重点优化课程思政教材建设与供给，把思政教育工作贯穿专业教育教学全过程，重点打造并推出了"专业+思政"标志性教材。

武大文学院所推出的代表性教材之一，是在庆祝中国共产党成立100周年之际由李遇春教授主编、武汉大学出版社出版的《红色诗歌经典概论》。该教材的编选以习近平总书记有关红色文化、红色资源、红色文学艺术方面的论述为指导思想，努力挖掘百年中国红色诗歌中的红色经典、红色基因和红色情怀，彰显中国共产党的光荣传统、宝贵经验与伟大成就。该教材的出版，是文学院推动知识传授、能力培养与价值塑造有机结合，将课程思政建设作为积极落实立德树人根本任务的阶段性标志成果。此外，即将由武汉大学出版社修订再版的李建中教授主编的《中国文化概论》也及时融入党的二十大报告精神，在对"中国文化"的讲述中增加对中华优秀传统文化的整体论述。在哲学文化、政治文化和学术文化的篇章中，凸显中国人民在长期生产生活中积累的宇宙观、天下观、社会观、道德观。在"中国文化的现代化"部分，增加党的二十大报告对"中国式现代化"的相关论述，在加快构建中国话语和中国叙事体系，讲好中国故事，传播好中国声音，展现中国形象层面，阐述"关键词研究与中国文化的现代化"。

武汉大学文学院始终坚持马克思主义指导地位，紧紧围绕立德树人根本任务，注重在教材中充分反映马克思主义中国化时代化的最新成果，充分反映中华民族五千多年的灿烂文化、充分反映伟大的民族精神和时代精神、充分反映党的百年奋斗重大成就和历史经验，旗帜鲜明擦亮教材建设的中国特色社会主义底色。在此基础上，以厚植家国情怀、守护文化根脉、倡导文明互鉴、注重经典传承为目标，将课程思政建设与专业教材建设有机融合，推进课程思政与教材建设同向同行。把提高质量作为教育出版的核心任务，切实把"培根铸魂、启智增慧"融入教材建设与管理，努力培育中华文化的传承者，中国声音的传播者，中国故事的书写者。以上是我们正在做的一些工作以及以后的一些想法，也恳请各位专家批评指正。谢谢大家。

复旦大学中国文学批评史教材编写及其传承创新

报告人：复旦大学 罗剑波

谢谢钱老师。各位老师，下午好，非常荣幸能够参加这次盛会，也感谢这次会议主办方的邀请。因为我在复旦大学中文系归属于中国文学批评史学科，借此机会，想对中国文学批评史编著脉络做一个必要的梳理，文章还没写完，回去还要把它再进一步修订完善。今天我主要就复旦的文学批评史学科，尤其是教材编写的脉络作一个简要的汇报。

学科建制和教材编写互相生发，中国文学批评史已经有了百年的历史，现在看文学批评史的真正发轫之作应该是1922年5月发表在《青年进步》杂志上的一篇文章《中国的文学批评家》。我们都知道，在早期中国文学批评史教材起到奠定、基础地位的首先是陈钟凡先生的《中国文学批评史》，1927年由上海的中华书局出版，虽然只有7万多字，但它是国人自著的第一部中国文学批评史。接下来与复旦相关的就是郭绍虞先生和朱东润先生。郭先生是中国文学批评史学科的奠基者，上世纪20年代他在燕京大学讲述中国文学批评史的时候，就开始了相关的一些研究和编著，他的《文学批评史》上下卷分别由商务印书馆于1934年、1947年出版。朱东润先生是上世纪20年代末30年代初的时候，在武汉大学开始《中国文学批评史讲义》的编写，后经过多次修订，1944年就出版了《中国文学批评史大纲》，后来经过陈尚君先生的整理，复原了他从《讲义》到《大纲》的修订过程。这两部开创性的著作都是各有特点的，在这里就不展开了。同时在这一时期，还有方孝岳先生的《中国文学批评》、罗根泽先生《中国文学批评史》等等，还有一些文论选之类的教材。到了1935年，复旦大学中文系陈子展先生编著了《中国文学批评史讲义》，陈先生也是在复旦中文系最早开设文学批评史课程的。到20世纪50年代，1957年，朱先生就修订了《中国文学批评史大纲》，由古典文学出版社、上海古籍出版社出版。在 50 年代，建立中国自己的马克思主义的文艺理论和批评是当时思想文化建设的一个迫切需要，相应的研究和继承传统文论遗产的议题也被提了出来。随后，郭绍虞先生就负责主编《中国历代文论选》，刘大杰先生负责主编《中国文学批评史》，出版了上册。这两种著作的编撰和出版奠定了复旦大学中国文学批评史学科的重要地位。进入新时期，郭绍虞先生先后修订出版了《中国历代文论选》四卷本，后来被教育部列为高校的文科教材，又获得优秀教材一等奖。在这一时期王运熙先生、顾易生先生还带领文学批评史同仁共同完成了《中国文学批评史》中下两册的编著，后来也获得上海市一等奖和国家教委的优秀教材一等奖。从上世纪 80 年代中期开始，王运熙先生、顾易生先生共同主编了七卷本的《中国文学批评通史》，这部书被学界誉为中国文学批评史的集大成之著，后来获得上海社科特等奖和国家一等奖。这些都是咱们同仁比较熟悉的。到了 90 年代前中期，复旦大学中国文学批评史学科在黄霖先生的带领下拓展至文学学术史的领域，先后在 2006 年推出了《20 世纪中国古代文学研究史》七卷本，2013 年推出了五种十二册《中国分体文学学史》。

  回顾一下，复旦大学中国文学批评史教材编写有哪些学术的传统和特色呢？我们认为有这几个方面：一是重视文献的基础地位，二是理论探索的精神和师古的态度，三是开拓创新的勇气，四是合理的分工协作的方式，五是科研与教学并重，以科研带动教学和教材的编写。因为时间原因，就此我就不再展开了，也是借这个机会向各位先生汇报一下我们文学批评史教材编写的一个基本情况，谢谢。

文科通识课新形态教材编写的问题与思考
——以"汉字文化解密"课程为例

报告人:华中师范大学　王洪涌

自 2015 年起,根据学校的课程开设要求,我开始建设"汉字文化解密"核心通识课。2017 年开始运行,至今已有六年多。这段历程中,我经历了从节目嘉宾到课程开发者,再到教材编写者的多重角色转变,我自己也在不断思考,希望能够应对不断变化的新形势。

一、课程建设背景和运行情况

"汉字文化解密"课程的起源可以追溯到湖北广播电视台教育频道的一档"汉字解密"文化普及节目。我最初作为嘉宾参与录制,节目内容涵盖汉字知识、形体演变、书法写作以及古诗文诵读,每集仅 10 分钟,面向广大群众。节目播出后,反响热烈,其他高校专业教师也纷纷加入。中小学教师反馈称,学生们非常喜欢这个节目。受此鼓舞,学院提议将这一内容转化为面向全校学生的通识课程。我开始建构课程的体系和框架,录制课程视频,建设相应的课程资源。课程内容从解读汉字文化的基本方法开始,逐步分析与十二生肖类动物有关的汉字,植物有关的汉字,与人们的服装、饮食有关的汉字,再到汉字中蕴含的家国情怀,以及汉字中反映的中华先民对世界的认知等等。每一章都紧扣汉字文化,旨在通过生动的案例和丰富的知识,让学生学习和掌握汉字分析的方法,领会中华优秀传统文化。

从 2017 年开始,"汉字文化解密"正式作为核心通识课程面向全校学生开设。2021 年 2 月在中国大学慕课网上线,已开课六期。同时借助中国大学慕课网的慕课堂和 Spoc 平台辅助校内的线下教学。学生反馈课程内容丰富,教学效果好。2021 年被评为湖北省省级线上线下混合式一流课程。这进一步坚定了我编写新形态教材的决心。

目前各学校的新形态教材建设正在探索中，也有不少好的课程教材建设可以作为参考。结合"汉字文化解密"课程建设和教材编写，对文科通识类课程的新形态教材建设进行摸索的过程中，我遇到了一些问题，也进行了一些思考。

二、课程建设和教材编写中遇到的问题

在"汉字文化解密"通识课程建设和运行过程中，遇到了以下几方面的问题。

1. 通识性和专业性的矛盾

作为文科的通识课，"汉字文化解密"课程的教学对象是来自不同专业背景的学生，汉语言文字学的专业知识比较薄弱。然而，这并不意味着我们可以忽视文字学的理论和方法。如何保持课程通识性，在教学中融入跨学科的知识和视角，与学生的专业知识相结合，使课程更具包容性和吸引力，同时又能让学生掌握汉字文化的相关理论，获取汉字文化的新知，纠正对汉字"望文生义"的误解，规范正确地运用语言文字，是我们需要解决的问题。

2. 人文性和工具性的平衡

通识课强调其人文性，旨在培养学生的语言文化素养。而汉字文化课则具有鲜明的工具性，它是学生掌握汉语、理解中华文化的基础。如何在教材中平衡这两者，既让学生感受到中华优秀传统文化的多样性和广博性，又能提高他们的汉字分析能力和应用能力，是课程建设中面临的一大挑战。

3. 知识碎片化和系统性的冲突

在信息时代，学生往往更倾向于接受碎片化的知识。特别是对于这门课而言，是通过选择若干有代表性的汉字来讲解中华优秀传统文化，因而课程内容的知识点更容易显得零碎。然而，作为一门课程，我们需要确保知识的系统性和完整性。如何在教材中以知识图谱为基础，建立课程内在的逻辑联系，让学生既能掌握碎片化的知识，又能形成系统的知识框架，是我们需要思考的。

4. 文本性和图像化的对立

传统的教材往往以文本为主，有时候汉字教材中也辅以古文字图片。但现代学生更倾向于图文并茂的学习方式，尤其是当下的学生更容易被短视频吸引。那些快节奏、信息量大、表达方式新颖的短视频往往更容易传播。如何在教材中恰当地融入影像元素，使文本和音视频相辅相成，提高学生的学习兴趣和效果，是我们需要关注的。

5. 单向传播和交互性的缺失

传统的教材和教学方式往往是单向的，即教师传授知识，学生被动接受。然而，现代教学强调学生的获得，强调教学过程的交互性，鼓励学生积极参与、主动探索。如何在新形态教材中设计讨论、测试、反馈机制等交互性元素，让学生在学习过程中能够与教师、同学进行互动，提高他们的学习能力和效果，是我们需要创新的。

三、教材编写的解决思路

针对上述问题，计划在教材编写中做出以下具体努力：

1. 能力训练与知识融合

在新形态教材中本课程的教学目标定位于"纠正误解、增加新知，提高学生分析应用能力"。具体说来，在教材中设置专门的章节或模块，针对汉字解读中"望文生义"等现象进行详细解释和纠正。通过典型汉字的分析和互动练习，帮助学生识别和改正汉字理解应用中的错误。同时，课程中引入汉字研究的最新成果和考古发现，丰富教材内容。例如，增加关于甲骨文、金文等古文字的研究成果，使学生了解汉字形体演变及字形所记录的上古汉语的词义。在此基础上，鼓励学生运用所学知识进行汉字分析。例如，让学生分析某个汉字的构形特点，并根据这些特点推测其本义，对照《说文解字》判断其释义是否正确。还可以结合学生的专业特点，让学生主动探析专业术语、概念中的汉字及其含义，提高分析应用能力。

2. 构建延伸性与层进性知识框架

新形态教材拟采用活页形式，根据已有的课程内容构建知识框架体系，将汉字知识按照文化层次进行分类和整合。从文字学基本知识入手，逐步深入到动物类、植物类象形字，再到服装、饮食、制度文化和精神文化等方面，形成循序渐进的知识框架体系。同时，允许学生在这一框架体系下根据自己的兴趣和能力进行递进学习和拓展学习，鼓励学生将汉字知识与其他学科相结合，进行跨学科的学习和研究，扩大汉字文化的宣传和使用范围。往届有计算机专业的学生运用大数据对汉字的字频进行统计分析，研究能代表中华文化的高频汉字；也有信息技术专业的学生将甲骨文做成动画表情包，用生动活泼的形式传播汉字，展示汉字的象形表意的特点。

3. 充分利用知识图谱

利用课程运行资源平台，构建一个逻辑清晰、层次分明的知识图谱，通过图表、思维导图等形式，建立碎片化的知识点之间的联系，帮助学生系统地理解和记忆汉字文化相关知识，形成完整的知识体系。例如，将某个汉字的演变过程、运用"六书"理论的分析过程，以及反映的相关文化知识、现代汉字的规范应用等内容整合在一起，形成一个完整的知识模块，培养学生的系统思维能力。

4. 多样化呈现形式

新形态教材拟采用多种媒介形式，不仅包括文本教材，还包括图片、视频、动画等多种形式。例如，通过视频讲解汉字的书写过程和演变历史，通过图片展示汉字的不同字体和书写形式，辅以动画呈现汉字形体的演变过程。同时也通过超链接将教材内容与外部资源（如数据库、学术论文、在线课程等）连接起来，方便学生进行扩展阅读和学习。例如可以提供"殷契文渊""AI太炎"等链接，学生可以点击查看某个汉字的古文字形体或者相关的文献资料。

5. 强化交互性，改进评价方式

在新形态教材中融入互动元素，如测验、问答、讨论、实践等，关注学生的学习情况。通过新形态教材的超链接，引入最新研究成果，整合多种学习资源。通过设置在线讨论区，辅助AI学习助手，学生可以随时提问和交流。通过课程"学习画像"，了解学生学习情况，采用过程性评价和综合性评价相结合的方式，促进师生之间、生生之间的课程互动性。设置一些汉字文化设计等小组项目，鼓励学生分工合作完成任务；通过同伴评价和自我评价，提升学生的参与感和责任感。

"汉字文化解密"通识课程新形态教材建设是一个不断探索和创新的过程。需要继续努力，结合学生的需求和反馈，不断完善和优化教材内容，为更多学生提供优质的汉字文化教育体验。同时，我也期待与各位专家和同行共同探讨和交流，探索新形态教材的建设与应用。

第一场点评

点评人：西北师范大学　马世年

非常感谢北京大学中文系，感谢杜晓勤老师、宋亚云老师等给了我这样一个学习的机会。我把刚才听了各位专家发言之后的心得做一个简单的汇报。正如钱志熙老师开场的时候所讲，我们对新形态的教材可能还不知道怎么去思考。通过刚才的发言，我们在现场确实受到了很多的启发，有很大的收获。

清华大学马银琴教授主要讲到对文学教材立德树人功能的理解和阐释，她特别强调，要让文学教材回到传统的教化功能上去，回到文以载道的传统中，要让那种审美的、娱情的态势有一个转向。我觉得这确实是一个非常重要的思考，对文学教材提出了一个"使命"的问题。马老师讲得特别好，她把今天我们所说的立德树人，融入了传统的语境当中，也就是如何从传统的话语体系当中理解今天的教育理念。所以，这种讲法是很有意义的。

南开大学沈立岩教授讲到文学教材需要怎样的新形态。他强调两个方面：一方面，现在的读者群体变了，教材使用的对象变了，所以我们的教材形态必须要发生变化。其中讲到了教材中"精粹"的问题，讲到了少和多的辩证关系：教材的内容篇幅可能少，而它承载的内涵则要多，少和多又是与信息技术联系在一起的。另一方面，沈老师讲到了教材的趣味性。在我看来，趣味性在教材中是一个实实在在的问题，一个教材内容枯燥、索然无味，就是个高头讲章摆在那里，那么它本身的功能是要大打折扣的。所以对趣味性的强调，也是对新形态教材一个很重要的理解。

北京大学赵彤教授的发言是关于新形态教材的几点思考。赵老师主要给我们讲了新形态教材建设的必要性、新形态教材建设的优势，以及现在所遇到的问题和挑战，其中有很多值得我们思考的方面。我特别感兴趣的是赵老师所谈的几个不一致：当前教材和新形态教材不一致的地方，基本教材和学生阅读不一致的地方，课堂讲授和教材本身不一致的地方，等等。那么怎么去解决这些问题呢？他讲人工智能的辅助功能，以及由此所带来的教材、课堂、教师、学生关系的变化等问题，这些都值得我们进一步去思考。

武汉大学裴亮教授谈的是传统中文学科数字教材建设的机遇。裴老师给我们做了一个很好的讲解：传统的中文学科如何建设数字教材？他讲得非常好，讲到了数字化的几个阶段，而且明确目前我们所处是怎样的阶段。这是一种很清晰、很有知识体系的分析。他以武汉大学文学院为个案，探索其中的"书＋资源""书＋课程""书＋平台"等模式，这些对我们都很有帮助。裴老师还以古文字学课程为例，谈到未来新形态教材建设的方向，也很有启示意义。

复旦大学罗剑波教授主要讲复旦大学在中国文学批评史教材方面所做的工作，对百年来复旦大学中国文学批评史的历史脉络做了梳理。从中我们可以看出清晰的三代层次。剑波教授讲得特别好，充满感情。作为校友，我听后很有共鸣。我的理解，复旦大学的中国文学批评史有着显著的个性与特点：一是重文献，二是重理论，三是重创新，四是重合作，五是重教学。概言之，文献、理论齐驱，教学、科研并重。这几个方面也奠定了复旦大学中国文学批评史在国内的地位。这也就是大家所说的，我们的教材一定要有很高的学术价值，才能奠定它的经典地位。

华中师大王洪涌教授谈到文科通识课新形态教材的编写问题。以前开会时也听她讲过相关的一些问题，今天又听她以"汉字文化解密"这门课程为例，讲到了她在新形态教材建设当中所遇到的问题，比如人文性和工具性、通识性与专业性、系统性和碎片化、文本性和图像化、单向性和交互性等等问题，都让人很受启发。她的思考和对策对将来新形态教材的建设很有帮助。

受各位老师的启发，我自己也在思考新形态教材的问题。我们到底如何理解这个新形态的教材？我想可以从以下六个方面来考虑：

第一，教材性质。这就关系到人文性和工具性的问题，这也是现在所讲新形态教材必须回答的。我们到底应该怎么去理解它的根本性质？同时，教材性质还关系到学术性与普及性的问题。所以，要做好新形态教材的建设，首先要对其根本性质有明确的认识与界定。反过来说，对教材基本属性的把握不准确，或者游移不定，则所谓的新形态也就没有了实际的意义。

第二，教材内容。新形态教材的内容和传统的教材有怎样的区别？我们需要把握好的一个问题是：学科前沿知识和学科基础知识如何形成很好的平衡？也就是说，作为专门的知识与作为共识的知识在新形态教材中应该如何来呈现？前面老师们也讲到，把学科最前沿的东西写进教材，这是非常有意义的，然而，是不是学科前沿的内容都可以写进教材里？还是学科前沿知识只有在形成共识以后才可以写到教材里面去？如果这样，它还是学科前沿吗？传统的教材一直面临着这个困扰，现在，新形态教材也必须回答这个问题。

第三，教材形式。我们以前所理解的教材就是传统的纸质教材，就是书籍的形式。而现在的数字化、信息化、智能化所带来的教材形式的变革，已经颠覆了我们已有的认识水平。信息技术是迭代的，而我们的教材又是相对稳固的，这个矛盾如何解决？特别是在当前人工智能的冲击之下，新形态教材又将会是怎样的一种形式？AI 会取代传统的教材吗？我特别关注的一个问题是：传统书籍的纸质形态和现代科技形态之间，有没有一个结合的点？如果有，如何去找到这个结合点？它是不是就是我们所说的新形态教材？这些问题都是关乎教材形式的。实际上，形式本身也就是内容的呈现。

第四，阅读对象。一般来说，从教学的角度看，教材的阅读对象主要是两方面，一个是教师，一个是学生。当然还有一些中文专业的爱好者也是相关教材重要的阅读群体，但那是另外一回事，更多是专著与读者的关系。就新形态教材而言，我们要明确一个问题：它到底是给谁用的？我们不能简单地说教材就是给学生用的，否则，那就不需要教师讲授而只让学生自己阅读就可以了；同时，也不能片面地理解为教材是给教师用的，否则，它和普通的学术著作就没有什么区别了。教材的使用一定是师生相互之间的，教有所依，学有所据，师生双方通过教材的联系而共同完成课程任务。在某种意义上，我觉得老师读教材要比学生更加重要，因为他决定着教材理解的深度和广度。新形态教材尤其需要关注到这一点。

第五，教材使用。教材编写的目的就是为了使用。我们的教材到底要干什么？要怎么把它用起来？这是新形态教材必须面对的问题。与传统教材人手一册的使用不同，新形态教材的使用更有其特殊性。所以我觉得一部教材，教师和学生如何来读，怎样把它使用好，是教材的根本任务。刚才有老师提到，课堂讲授和教材之间的距离太远是不好的，我对这话特别赞同。同样，距离太近也不好。教材内容和课堂讲授既不能毫无关系，也不能完全重复、照本宣科。教材的魅力也就体现在这种若即若离、可远可近之间。这对教师的要求是非常高的，我们的教材使用，既要站在学术的前沿、站在个人的学术经验上，对教材有扩展、有补充、有审视，同时又要立足基础内容、立足教学实际，对教材有接受、有认同、有肯定。

第六，教材评价。这是一个教材使用结果的反馈和评价问题。一部教材到底好不好，不是几个专家评价好就可以，也不是编者自己说好就可以，归根结底还是要看一线教师和学生的感受，看它在使用中真正发挥的作用如何。有些名气很大、荣誉甚多的教材，实际效果其实一般，而像游国恩、袁行霈、章培恒等先生分别主编的《中国文学史》，却一再为学界所称道。这一点确实也对新形态教材提出了很大的挑战，让主编者在编写之初就要考虑到它的评价问题，从而对此充满戒惧、不得不慎。

以上就是我的一些浅见，更多是疑问与困惑，请大家多多批评、指导。

论坛三　新形态教材建设及其他研究

第二场　　主持人　程苏东（北京大学）

教材与学科建设

报告人：复旦大学 朱 刚

各位老师下午好，我其实上午已经发过言了，所以我想稍微简单一点，我就补充几句。上午之所以要讲到对教材的三点意见，希望注重分类，以简明为主，给个性化留下空间，主要还是出于对咱们中文学科的理解。这个学科本身呈现为一个学科的面貌，其实是在20世纪逐步形成的，就是说，一开始无非就是在高校里面把关于母语中文的研究放在一起，放在一个系或者一个学院里面，然后慢慢因为高校里面一个学院、一个系，它都是一个学科，那么我们也就模仿类似于数学、物理这种学科的话语体系，把我们自己也塑造成一个学科，在一级学科下分几个二级学科，这样一种面貌。但实际上就目前的情况而言，各个二级学科其实性质很不一样，有的二级学科像历史学，有的二级学科像哲学，有的像自然科学，方法跟观念都不太一样。那么多二级学科能不能综合出一个一级学科的统一理念？我觉得很难，所以实际上教材的分类是必须的。当然，作为一个一级学科，通过我们长期努力，它确实也呈现了一个比较客观的知识体系，但是个性化的文学感悟也是我们人才培养的一个目标，所以对于教材的简明化跟个性化的要求，主要也是考虑教师也好，学生也好，时间上要有比较多的自主。可能整个高校的教学课程设计，好像有一个目标，要把学生的时间全部占满。为什么不给学生一些优哉游哉的时间？所以我觉得在我们这个学科，还是要有一种特殊性，教师也好，学生也好，要有自主掌握的时间。那么相应来说，教材方面会提出一个简明化的设想。当然刚才沈老师的意见我很赞同，就是说教材是简明化的，但是通过链接，通过种种手段可以把更丰富的学术信息链接上去，这当然是利用现在的手段可以解决的一个问题。我就补充这一些，谢谢大家。

基于拔尖学生培养的中国语言文学教材建设

报告人：浙江大学　胡可先

非常感谢北京大学中文系和国家文学教材基地的邀请让我参加这个会议，也非常感谢各位，让我有向各位请教的机会。我发言的题目是"基于拔尖学生培养的中国语言文学教材建设"，就是中国语言文学教材的建设从拔尖角度考虑的一些体会。

我们浙江大学中国语文学科系统进行拔尖人才培养大概是在 2019 年，跟北大等兄弟高校是一样的，开始于基础学科拔尖计划 2.0 学生的招生，然后 2020 年的时候又获批了首批国家拔尖学生培养的 2.0 基地，在 2020 年的时候汉语言文学（古文字学方向）又列为国家的强基计划。随着拔尖人才的系统培养，我们就在学科建设和专业发展的基础之上，进行教材的规划和建设。根据拔尖学生的特点和强基计划要求，我们开始凝练"浙江大学中国古典学系列教材"。有关教材建设，我主要考虑三个方面。

一、基于核心课程的教材体系建设

教学教材体系建设的基础实际上就是核心课程还有主干课程的建设，对于拔尖人才来说，我们在拔尖计划或者强基计划培养方案的编制当中，就将凝练主干课程作为关键的问题。我们有两个相关专业，就是汉语言文学和古典文献学，这两个专业都是国家本科一流专业，在编撰规划的时候就形成了一种课程体系。我们后来就向学校申报了一个项目"浙江大学汉语言文学专业的强基计划系列教材"建设，并且根据"名师名课名教材"的指导思想，编撰一套教材，10 本到 11 本，大致有《古文字学》《出土文献研究》《敦煌写本文献学》《训诂学》《音韵学》《汉语史》《版本学》《文字学》《校勘学》《目录学》。我们是跟高等教育出版社合作，获得他们的支持，以后将陆续出版。所以我在这里还要感谢高等教育出版社北京的总部，还有上海的分社,对我们非常大的支持。考虑到系列教材的优势都在古代文学、古代汉语和古典文献,加以读者面的问题,再加上强基计划以外的古典教材,形成较大的系列,出版时凝练为"浙江大学中国古典学系列教材"。我们在课程和教学体系建构方面,突出一个宗旨,就是经典化,在总体策划的思想上突出经典,进而从三个方面展开:一是以经典为载体,让学生对传统文化或者是中华文化的精神有比较全面的了解。二是通过原典的阅读,增加学生根源性的学养,只有阅读经典,才有可能养成根源性的学养。三是在学习方法和态度上,强调从文本细读入手,这样才能养成看家本领,并将这一体系与教材建设融合起来。而在教材建设当中,考虑到教材的基本属性和读者需求,又以专业为基础,兼顾通识方面的因素。

二、拔尖教材建设的研究型内涵

我们将拔尖学生培养定位于研究型教学,这样就更有利于基础学科的深化和拔尖学生的成长。因此在编撰教材的时候,考虑最多的是三个因素。第一是组织坚强的中国语言文学教材的编写团队,比如我刚才讲的系列教材,立足于拔尖计划和强基计划,组织了十位老师,都是学有专长的学者,都有共同的学术追求,又能够把握学科中心,接触学科前沿,拓展学科视野,提高学科素养,而且能够把自己的知识和见解通俗易懂地奉献给读者。同时这些老师又有不同的风格,比如张涌泉教授搞敦煌文献的,汪维辉教授搞汉语史的,王云路教授搞训诂学的,冯国栋教授搞佛教文献的。有的注重实证,有的注重理性,有的注重感悟,有的注重经验。在编写教材时也适当地保留各自的风格,体现个性化,这样或许更能引发学生的思考和学习的兴趣。举一个例子,比如说像张涌泉写过很多敦煌学研究的著作,影响很大的一本是《敦煌写本文献学》,他以这本专著为基础,重新编写一本教材,书名就叫"写本文献学"。其他编者也是如此,都将科研融入教材中了,不管是有意、无意的,还是主观、客观的,都会融入,这就增加了教材的底蕴。第二是中国语言文学经典内容的个性化表现。

比如就我们编写的《唐诗经典》和《宋词经典》而言，就把编者的学术研究成果适当地转化为教学过程，更能适应研究型大学教学的要求，又能激发学生的探索兴趣、求异思维和批判精神，成为以学术导向性为指归，适合以大学师生为主的多层次读者需求的带有专题性特点的教材，也就是将科研优势转化为教学优势。第三是重视教材研究，与教材编写互相促进、相得益彰。这样可以促进教材的体系化建设。根据本学科与教材编写团队在教材建设方面的积累，系统化地研究汉语言文学拔尖学生教材宗旨、目标、内容、形式，以及与课程实施、教学活动的关联。总结编写经典性教材、新形态教材的经验，形成全校、全国的辐射，推进拔尖学生培养的进程。从而推进教材研究向基础性、经典化、高端化、新形态发展，突出拔尖学生教材的研究性、典范性特点，有助于拔尖学生培养因材施教的实施。

三、拔尖教材建设的新形态特征

最近几年，我们一直从事中国语言文学专业新形态教材编写的尝试，而且是以文学经典教材为主。已经出版的教材，我主编或参与的，有《唐诗经典》《宋词经典》，还有《李白杜甫十讲》《中国古典文学十讲》，这四种教材都由高等教育出版社出版。比如《唐诗经典》这部教材，它就是有效衔接在线课程、融合数字化资源的新形态教材。"唐诗经典"慕课在线课程，是 2014 年中国大学慕课平台首批上线的大型网络课程，也是 2017 年教育部认定的首批"国家精品在线开放课程"，2020 年被教育部认定为"国家线上一流课程"。"唐诗经典"课程是在浙江大学通识核心课程"唐诗经典研读"基础上建立的大型在线课程，并且与"唐诗经典研读"构成线上线下混合的课程改革的一个切合点。这部教材就是在内容和网络教学两者之间找到一个较为切合的平衡点。二者相互补充，将线上线下、理论课与讨论课、实地课与网络课、虚拟资源与纸本教材、课堂互动与网络对话、真课堂和微课堂等各种形式融合在一起。这本教材本身纸质的容量是不太大的，二维码、各种链接里面的材料比较多。这些都是我们所做的尝试。

  总体而言，我们从事中国语言文学专业拔尖学生培养的教材建设，立足于核心课程和主干课程的基础，并且与国家一流线上与线下课程联动展开，实现课程与教材的一体化，在建设过程中，努力进行研究型教材的尝试，将著名学者的科研优势转化为教学优势，同时努力做到与时俱进，大力进行新形态教材的尝试，立足于中国语言文学学科，融合新文科的建设和发展。感谢大家！

教材建设与管理的思考

报告人：北京师范大学　马东瑶

各位老师好，因我现在在学校教务部门工作，所以亚云老师邀请我来参加这个会的时候，我对自己身份的第一反应就是作为一个教务部门的教材建设的管理者和服务者，后来看到会议议程上专家们都在讨论中文教材的建设，我才觉得自己可能有点不合时宜，但是好在咱们这一组除了新形态教材建设，还有一个"其他"，所以我的发言就算是"其他"吧。北师大教务部是大部制，就是把教务处和研究生院合并在一起，我管理的业务主要是全校本研的培养方案、课程和教材，下面就以北师大的教材建设为例，给各位老师提供一点参考。

就在上个月（按：2023 年 11 月），教育部刚刚发布了"十四五"普通高等教育本科国家级规划建设教材实施方案。关于"十四五"教材，我们学校从去年就已经启动相关工作，开始进行有组织的建设。一方面，鼓励老师们把他们的学术成果融入课堂，融入教材建设；另一方面，进行校院各级层面的有组织建设。首先从院系层面开始培育。从今年开始，在学校层面实施"本研人才培养质量提升专项计划"，这个专项计划是院长负责制，每个学院提交自己的人才培养计划，课程建设、教材建设由各学院统筹规划实施，这是专项计划里的重要建设内容。到了校级层面，不仅统筹规划本研人才培养质量提升专项，还另外专项实施"十四五"校级规划教材建设，这个项目是建设三年三批，三个批次每年建设大概 50－100 部的本研教材。这些校级层面的建设指向国家级的规划教材，以及国家教材建设奖，为国家教材建设奖进行培育工作。具体建设中，分为重点项目、一般项目和院系自筹项目。重点项目和一般项目分别由学校直接给予经费支持，院系自筹项目纳入各学院的人才培养质量提升专项计划。

北师大的文科力量比较强大，目前在教材建设上，也比较明显地体现为文科的教材数量更多一些。在学生层次上，本科生的教材数量比研究生的教材数量更多。从有组织建设的学校层面的管理来说，校级教材建设的立项数目前是以限额下拨的形式，主要根据学院的学生人数和建设规模等，给予不同的名额。考虑国家"十四五"规划教材和教材建设奖的指向性的话，目前国家"十四五"规划教材只建设本科教材，但是全国教材建设奖的评奖是同时面向本科和研究生教材。我们也梳理了首届全国教材建设奖的相关数据指标。在首届教材建设奖中，北师大的获奖情况还不错，文学院获奖也还是比较多的，如王宁先生主编的《古代汉语》、郭英德老师主编的《中国古代文学史通论》等。后者是研究生教材，北师大的获奖教材里，研究生教材一共只有两种，这也大致体现了首届全国教材建设奖的本研教材比例。总数一共是400项，其中351项是本科教材，49项是研究生教材。从学科分布来看，工、理、医尤其是工科占比最大，文学还算可以，但在绝对数量上，比起工、理来说还是差得比较多。所以从教材建设奖的趋势来看，文学学科的教材建设还有很大的努力和进步的空间，尤其是研究生的教材建设。

根据以上分析和数据统计，在以后教材的编写出版一体化建设里，首先需要加强的是新形态教材，教育部"十四五"规划教材建设通知里明确提出要大力加强新形态教材的建设。此外就是交叉学科教材、"四新"教材的建设。"四新"跟中文相关的，是新文科教材，这也是面向"十四五"规划要求，需要去大力加强的教材建设。另外从层次上来说，研究生层次的教材还需要加强建设，这一点对于咱们整个的中文学科来说，可能都存在同样的问题。总之，根据国家"十四五"规划的指引去进行教材建设，以评促建，建设更多更好的精品教材，这就是我们的目标。

关于教材的稳定性

报告人：南京大学　董　晓

各位老师，我说一点感想，不占用太多时间。讲老实话，我们从学生时代到现在做老师，都清楚大学教材非常重要。其实编一部好的教材是一项非常困难的工作。今天上午听到陈平原老师说的话，还有张福贵老师说的话，包括刚才朱刚老师讲的话，我都很认同。朱老师说有的教材像哲学，有的教材像历史，有的像科学，是二级学科不一样。今天上午陈平原老师专门说到各个二级学科的不同。我专门谈谈外国文学的教材编写。我本人是比较文学与世界文学专业的教师，确实，外国文学教材只有中文系才会去编，因为在外国语学院，他们是进行国别文学教学的，英文系讲授的主要是英美文学，法语系讲授的是法语文学，只有中文系才有可能是从古希腊、罗马一直讲到当代文学。因此，统编一个完整的成体系的外国文学教材在一个学期或者一个学年内讲授，只有中文系才会这样去做。张老师说了，教材要有稳定性，但同时要考虑到一个时代的话语，政治立场是非常关键的。但各个学科又不一样，因为张老师做现当代文学，现当代这方面他尤其要关注。外国文学稍微好一些。

为什么一开始拿到这个通知，我脑子想到的是稳定性？因为各个高校教材编得很多了，但我们知道像北大、复旦这种层次的学校，绝大部分老师上课不会去依据某个教材，一定是根据自己的教案，而学生要参考某些教材，我们会推荐一些教材。我们南京大学一般是推荐三到五本教材，然后学生自己根据兴趣去挑，这样便于学生考研。根据我对外国文学教材的了解，有新的有旧的，但是我上课的时候推荐给学生的三到五本教材，首推的肯定是一个非常传统的教材，稳定性极强的一个教材，就是北大杨周翰编的《欧洲文学史》，这本教材经得住时间的考验。有人说，不对呀，这部教材里有很多信息是陈旧的。确实是这样。但是学生自己不会去补充吗？最新的科研成果当然没有涉及,但是学生自己,包括授课老师自己不会去了解吗?这个教材提供的一些最基本的框架和范式,我比来比去,还是比别的教材强,所以我讲的稳定是这个意义上的稳定。有些话语可以调整,时代变了,时代话语变了,但是显示出这个学科的学术高度是非常重要的,这就需要编教材者本身的眼光和实力了,这是非常重要的。所以我觉得评价教材应该以"稳定性"为一杆秤。有些材料、有些信息不断会变,杨周翰的教材为什么我觉得不错?他是那个年代编的,有些话语肯定是有那个时代的局限性的,但是他把欧洲文学史上最经典的作家编写进来,把那些作家的基本特点全部准确地呈现出来了,那些重要作品的重要特点都在里面了。做到这一点就很不容易。至于对某一个具体作家作品的评价,时代变了,评价自然也会变,授课教师和学生自己可以去调整,但是那些信息都在里边。所以我觉得教材在这个方面可能要考虑一点稳定性。就说这么多吧。

中国语言文学拔尖计划教材建设的设想与展望

报告人：四川大学 罗 鹭

各位前辈、同仁，我现在分管本科教学，主要负责拔尖计划、强基计划，想谈一谈对于拔尖、强基教材建设的设想与展望。我刚刚听了胡可先老师的报告，浙大已经在具体地卓有成效地进行教材建设了，而我们还停留在展望、设想阶段，所以说要向胡老师学习。之所以想到这个题目，是因为去年我有一个教育部教改项目的立项，就是面向中国语言文学拔尖学生的课程与教材建设研究。拔尖计划从2019年开始实施，到现在市面上的拔尖教材还很少，但是胡可先老师他们的教材编出来的话，就是我的研究对象，所以说我要好好地去研究胡老师你们教材的编纂。当初设计这个课题的初衷是既然实施拔尖计划，那么拔尖班的学生跟普通班的教材应该有区别。基本上核心课程都是一样的，古代文学、古代汉语、现代文学、现代汉语、外国文学、文艺学、古典文献学等等。但是，既然教务处的要求是拔尖班、强基班必须要跟普通班分班教学，不能够跟他们混在一起教学，分班教学应该呈现出什么样的特色，是不是还用同样的教材、同样的教学方式、同样的师资队伍？所以说这些问题可能都应该进行一些讨论。

在具体的实施过程中，我们在课程设置方面，有一些按照教务处的要求做了一些改革。比如说拔尖、强基的同学都要上"文史哲"平台课，连续六个学期，每个学期都有"人文经典导读"，过去是3个学分，现在压缩到2个学分，那也占了12个必修学分。这12个必修学分进来之后，就只能去压缩类似古代文学、古代汉语这些必修课了，否则这个课程体系就没法实施。而且在实施的过程中，会发现实际的教学与我们最初的设想很不一样。过去我们组织专家进行研讨提出的方案是，6个学期读30部经典，结果导读了一年下来感觉教学效果不好。我们当时是想当然的，专家教授们希望学生在大学四年能够读 30 部经典，然后就能够打下一个理想的坚实的学术基础。但是调研了学生之后，他们觉得一个学期导读五六本书太多了，根本读不完，因为平时的课程很多，一年级的课从早上 8 点 15 到晚上 9 点 55 全部排满了，他们根本没有时间读书，这是一个问题；另外一个问题是内容的组织，他们觉得每个老师导读一部书，一个学期五个老师导读五部书，每位老师只讲两三周就轮换一位老师，这样的教学效果并不好；还有就是导读的内容，因为是导读课，所以肯定就是按照传统的教学方法来教，涉及某一部书的作者生平、成书情况、版本流传、篇目框架、思想内容等等，还是比较传统、比较陈旧。有的学生会觉得这些知识内容通过网上检索可以得到，不需要这样去导读，所以说就倒逼我们进行改革。于是第二轮教学我们就从 30 部书减少为 6 部书，一个学期 1 部书，然后打算采用经典导读加学术史、学术方法这样一个思路进行教学改革。一方面指导学生如何精读原典，另一方面进行学术史的梳理，就是让学生明确某一部经典在历史上有哪些学者对它做出过哪些研究，目前的研究进展怎么样，还留下哪些疑难问题没有解决？以问题的研讨来培养学生的创新思维与研究能力。大概准备编撰并出版几本有关经典导读与学术创新的系列教材，就是围绕这几部经典，解决如何在阅读经典的基础上进行学术创新，大概有这样一个设想。

第二个设想，就是我们在跟学生座谈时，发现拔尖、强基学生普遍有学术方面的焦虑，因为普通班的同学时刻在盯着他们。从成绩方面进行比较，经过这几届毕业生来看，有时拔尖、强基班的排名最靠前的同学学业成绩，还赶不上普通班第一二名同学的成绩。从成绩的横向对比来看，拔尖班同学在学业上有很大压力。其次是学术论文写作与发表的压力。学校投入大量资源去推动这样一个计划，很希望能够在短期内看到成效，但人文学科的人才培养成效需要长时段才能得到检验。学生本科在读期间能够展现出来的只有竞赛获奖和论文发表。所以学生们普遍关心的是希望我们教导他们如何写作学术论文并指引投稿技巧。而拔尖班的同学与同龄的其他同学进行比较和竞争，觉得要多发表论文才能够体现出他们的拔尖。每年到年底的时候还有各种考核和数据统计，要汇报拔尖人才培养这一年取得了什么成效。比如我们去年能够拿得出手的一个成果就是有一名拔尖班的学生发了一篇所谓的 SSCI 论文，属于期刊分级中的 B 刊，这是在文科重点实验室里跟导师做实验取得的。刚刚有老师也说了，有的语言学，比如神经语言学就倾向于自然科学的研究方法。这样的科研产出当然要快速一些，我们目前只能够把它作为典型个案来说，但没法普遍推广。当学生让我们给他们指导怎么样写学术论文的时候，作为导师该如何回答？首先能够想到的就是建议学生把最新的《文学评论》《文学遗产》《文献》等杂志的代表性论文找来看看，大概就能学会写论文的基本套路了。但如果说要有这么一门课，要编纂一本教材的话，我想到的是在考古学方面，北大出版社 2006 年出版过一本《考古学读本》，就是把 20 世纪考古学的一些经典研究论文，编成一个读本性质的教材，学生读了之后大概对于考古学的治学方法、基本的学术论文写作，有了一个可靠的模板去参考。由此产生的设想是，可以分好几个板块，包括古代文学、现当代文学、比较文学、语言学、文献学等，由各专业的老师来挑选整个 20 世纪以来各学科的经典论文二三十篇，编成一个适合初学者的读本。每一篇论文找相关专家来进行一些分析评点，就像古代的文章选本分析古文一样，这篇论文的选题立意好在哪里，作者是如何发现问题、解决问题的，论文的证据是否充分，逻辑是否严密，等等。目前大概就是这么一个思路，探索性地去尝试怎么教不同专业方向的拔尖、强基学生进行学术论文写作。

最后就是我们学院长期出版有一份刊物（算是打个小广告），叫作《大学人物教育》，是一本教育学类的集刊，每年出版一至二期。欢迎各位专家来就我们今天讨论的教材问题（也不限于此）去思考并撰写论文。我们可以开设一个专栏，或者做一期专题研究。我想我们新成立教材建设基地也需要成果。今后我们继续加强交流合作，谢谢大家！

本文为教育部基础学科拔尖学生培养计划 2.0 研究课题"面向中国语言文学拔尖学生的课程与教材建设研究"阶段性成果。

汉语言文字学课程群课本编写之汉字文化圈理论意识

报告人：厦门大学　李无未

　　汉语言文字学作为中文一级学科下的二级学科，随着学术的发展，逐渐构成了一个相应的课程群门类，比如古代汉语、现代汉语、语言学理论等课程，这是中文学科最为基础性的课程群门类，当然，我们编写课程群课本，一般也要对应这三大门类。

　　在汉语言文字学这三大基础性课程群之下，许多学校还开设相应的二级学科之下三级、四级学科类别课程：古代汉语、中国语言学史、古代汉语词汇学、汉语史、古代汉语语法学、汉语音韵学、汉语古文字学、现代汉语词汇学、现代汉语语法学、现代汉语语音学、汉语汉字学、理论语言学、历史语言学、现代语言学、实验语音学等选修与必修课程，构成了一个特色鲜明的汉语言文字学课程群。为了开好这些课程，学者们非常重视汉语言文字学课程群必修与选修课程课本编写，出版了大量相应的教科书。如果把汉语言文字学博硕士研究生的课程群课本编写都纳入进来的话那就更多了。

　　由于时间关系，这里我们不去延展讨论汉语言文字学博硕士研究生课程群的课本编写问题，而是仅就中文系本科汉语言文字学课程群的教材内容编写谈一下自己的想法，即汉语言文字学课程群课本编写内容的确立是否就应该具有汉字文化圈理论意识问题。

　　站在中国汉语言文字学二级学科的角度去编写诸种课程群课本，把百年来已有的成熟的中国汉语言文字学学科课程群之相应范畴基本内容作为根本讲述对象，这是没有问题的，也是必须的。就目前来说，这个学术基础之根本不可能有丝毫的动摇，是我们确立诸种课程课本内容最为基本的原则。

　　但我们知道，中国汉语言文字学二级学科，无论研究也好，还是教学也好，培养人才也好，要知道，它不仅仅是属于中国的，也是属于世界的，在今天确立诸种课程课本内容安排上具有全球性的汉语言文字学学术眼光也是必须的。

在今天这个时代，全球性的汉语言文字学课程教学要不要考虑中国汉语言文字学课程群课本编写内容的全球意识的问题？中国式现代化在中国汉语言文字学课程群课本编写内容的确立上是否应该得到有效体现？这也是摆在我们面前的需要"释疑"、需要讨论的一个难以回避的问题。

确立中国汉语言文字学课程群课本编写内容的全球意识，涉及的问题十分复杂，在这里很难用几句话讲清楚。如此，我们必须面对现实，缩小学术视野范围，把汉语言文字学诸种课程群课本编写内容确立范围"拓展"之东亚汉字文化圈理论意识问题作为讨论的议题，从地理上、历史上说，则更为接地气，似乎可以把问题讨论得更为集中一些。

二十多年来，我们结合自己的国家社科基金规划重大项目研究实际，也把东亚汉字文化圈视野中的汉语言文字学课程群内容确立作为一个重点教学研究对象来对待，也作了一些努力，力图在汉语言文字学课程群教学课本编写内容确立上渗透进汉字文化圈理论意识，也获得了一些成效。比如我们出版了《汉语音韵学通论》（高等教育出版社，2006）国家级教材，在论述《切韵》《中原音韵》《韵镜》等基本知识与学术史内容时，有意识地把东亚各国学者，比如日本、朝鲜半岛、越南学者的研究成果与观点纳入教材编写，让学生拓展学术视野，明确汉语音韵学在东亚各国语言学史研究上的价值与意义。我们就是要通过渗透这种理论意识，告诉学习的同学，中国的汉语音韵学文献传入这些东亚国家后，对这些国家传播汉语言文字学知识，以及相应各自的"国语学"构成，产生了巨大的学术影响力，由此，可以体会到汉语言文字学的东亚汉字文化圈语言学的学术价值之所在。

与贯彻东亚汉字文化圈教学意识相适应，我们在中文系本科高年级"国际汉语史通论"课程中，也在汉语文字学、汉语训诂学、汉语语法学范畴内容安排中去讲述一些日本、朝鲜半岛、越南研究汉语文字学的经典性文献，尽力去拓展学生的知识面与思维空间，明确这些汉语文字学的经典性文献与中国汉语文字学的经典性文献之学术延展关系。

从我们的教学实际效果来看，还是比较好的，学生们对相关教学内容也十分感兴趣，也不觉得有文化上的隔阂。有不少学生，尤其是汉语言专业学生还由此走上了研究东亚汉语言文字学史的道路，考上硕士生或博士生后还以汉字文化圈理论意识研究汉语言文字学相关学术问题，并取得了很好的成绩。

由此，我们感觉到，在编写汉语言文字学课程群相关课本过程中，具有汉字文化圈理论意识，不仅不会冲淡汉语言文字学课程群之中国汉语言文字学主体学术范畴核心内容，还会对汉语言文字学课程群之中国学术范畴核心内容的理解起到新的阐释性与补充性以及拓展性的作用，会让学生自觉从更为广阔的东亚汉字文化圈历史学术背景下去理解中国汉语言文字学学术领域的许多问题，其中国汉语言文字学学科之伟力能得到有效呈现，学生们也会由衷认识到中华汉语言文字学影响力之强大的程度到底如何。中华汉语言文字学之辉煌、中华汉语言文字学之历史悠久、中华汉语言文字学之学术辐射力，乃至于中华汉语言文字学源源不断之创造力理解则更为实际与具体；其远大的学术图景就更为清晰而生动地展现出来，真正做到了在汉语言文字学相关学科群领域的本科教学上有的放矢。

一、汉语言文字学课程群课本编写与汉字文化圈理论意识关系理解问题

在汉语言文字学课程群课本编写中渗透汉字文化圈理论意识，需要从深层次上理解其学术研究与教学的价值所在。

其一，中华文明在东亚汉字文化圈中居于主导地位，这是几千年来历史积淀的结果，中华汉字文明从未中断，是世所公认的事实。汉语言文字学血脉也与中华文明绵延不绝"相辅相成"，迄今仍然生机勃勃，基本发展与繁荣的线路仍然没有任何改变。为何我们要强调这一点？这是因为，曾经有一个阶段，东亚其他国家有的学者曾人为地

制造了一个"东亚文明中心移动说"理论，对中华文明在东亚汉字文化圈中居于中心地位的可信实性有所怀疑。比如20世纪初日本著名学者内藤湖南就是如此（《新支那论》1912年完成，1914年发表）。

内藤湖南"东亚文明中心移动说"在东亚乃至世界影响力很大，许多人对此有过深刻论述。由此，"东亚文明中心移动说"也影响了许多学术领域学者的研究意识，许多人受这个学术意识束缚，已然成为事实。比如从东亚语言文字学角度上说，20世纪初至20世纪中叶，一些日本学者提出"东亚语言学"或曰"东洋语言学"理论，像日本东京大学上田万年《语言学》（上田万年讲述，新村初笔录，1896—1898；东京：教育出版，1975）以及《国语学十讲》（通俗大学文库，东京：京华堂，1916）就具有典型的"东亚语言学"、以日本语为中心的理论意识。后来，受此理论意识的影响，以日本语为中心而建构的"东亚殖民语言学"理论体系，"东亚文明中心由中国移动到日本说"更为突出，如保井克己《满洲、民族、语言》（满洲事情案内所，1942）、乾辉雄《大东亚言语论》（东京：富山房，1944）就是非常典型的"东亚殖民语言学"著作。"大东亚共荣圈语言理论"意识已经成型，由此，影响了许多学者的汉语言文字学学术研究与教学意识，汉语言文字学研究与教学中的东亚殖民语言学意识充斥其中，产生了许多与汉语言文字学相关的著作与课本，比如上奥留辅《日满会话：日满协和は先づ言语から》（满洲安东满蒙拓殖研究会，1933）、何盛三《满洲国语文法》（东京：东学社，1936）等就是如此意识之下的产物。尽管后来东亚各国许多学者对此问题进行了反思，但其残存的殖民语言意识根深蒂固不可忽视。对此，我们要有清醒的认识，应该认识到这种意识的危害性、虚假性。我们在相关文章中，已经涉及这个问题。

从中国汉语言文字学发展的历史来看，汉语言文字学学科的建立，最初是对应于中国传统"小学"学术范畴的。中国"小学"学术发展有几千年的历史，蕴含着非常丰富的学术资源。1906年，章太炎提出建立现代意识的汉语言文字学学科范畴问题，将其命名为汉语言文字学。由此，学者们才将中国传统"小学"学科逐步地改造为汉语言文字学学科，希望走出传统"小学"理论范畴，进入科学的现代的汉语言文字学范畴，也可以称之为现代的"小学"。一直延续到今天，构成了今天的汉语言文字学理论学术范畴。

与几千年来中华文明在东亚汉字文化圈中居于中心地位一样，中国的汉语言文字学迄今仍然是在东亚汉字文化圈国家诸多语言研究中居于核心地位的学科。而且，随着中国综合国力的提升，其在东亚汉字文化圈国家诸多语言研究中的核心地位愈加突出，愈加显示其决定性的科学阐释的重要作用，这也就促使我们必须重新审视中国汉语言文字学在汉字文化圈的语言学学术话语权及其主导意识问题。

其二，目前东亚各国主流语言学中，其国家代表性的主流语言学学术符号，有的称为"国语学"，中国1945年以前也是这样，在这一个阶段汉语言文字学也称为国语学。比如胡以鲁《国语学草创》(1912)就是如此。

日本、韩国、越南现在也都把自己的主流语言学学术称为"国语学"。一百多年前，日本、韩国、越南国家学者，出于民族主义自主意识觉醒，以及构建现代国家意识的需要，力图建立一个区别于中国汉语言文字学小学传统的国语学理论体系，有意摆脱中国传统小学的旧有束缚，与中国传统小学"告别"，并自觉置身于汉字文化圈语言学之外，走向所谓独立自主的语言学研究发展之路，彰显其有别于中国汉语言文字学的特性。比如被誉为日本国语学之父的上田万年教授在日本东京大学构建"国语学"(1894—1898)，最初就是怀抱有如此强烈之目的。

上田万年《国语学史》(上田万年讲述，新村出笔录，东京：教育出版，1984)认为，真正的日本国语文字学史应该从17世纪中叶的契冲讲起——契冲作为日本第一个正式的国语学学者，著有《和字正滥抄》《倭字古今通例全书》《和字正滥要略》等著作，建立和字与汉字的区别概念理论体系——认定这才是属于日本文字的学术史开端。上田万年对17世纪的新井白石《同文通考》文字体系也是大加称赞，即"如此卓见，令人吃惊"。

《同文通考》虽然在卷一部分也讲许慎《说文》六书说，即中国文字之沿革史，但在第二部分，则是另立一个汉字与倭字的分离体系，比如讲神代文字、肥人书、萨人书、真字、汉音吴音、篆书、八分白书、行书、草字、新字之内容，日本文字与汉字分离的学术意识显露无疑。其卷三之内容则与汉语汉字开始明显脱节，比如讲片假字、伊吕波字、梵字、符字、押字、点画、片假字释文、伊吕波释文、音类假字释文等（《同文通考》，东京：勉诚社，1979），更是倾向于日本国语国字理论意识，实际上，日本国语国字理论意识，背离几千年来形成的汉字文化圈传统，"剑走偏锋"，今天看来，还是有悖于汉字文化圈语言学实际的。

至于上田万年《国语学史》所述第二期国语国字历史，涉及村田春海《假字大意抄》《假字拾要》等日本假名标记则明显与中国汉字关系不搭界，就再也不见关于《说文》《玉篇》《字汇》等与汉字史有关的内容，这是有意而为之的日本国语文字学史意识，特别明显。

虽然许多日本学者如此张扬其国语国字个性特征，按照上田万年《国语学史》的论述"模式"去构造日本国语学史，但从宏观上的东亚汉字文明历史大视野考察，客观地讲，日本等国家的学者建构的国语国字学深层次内核知识结构形式及主体国语国字理论意识与汉字文化圈理论意识之交融关系、历史传承关系还是没有多少根本性的改变，中国汉语言文字学仍然是东亚各国之主流语言学理论体系的学术根基，无论是日本语言学，还是朝鲜语言学、越南语言学，要想深入研究其民族语言历史与现实，还是离不开汉语言文字学理论与实际的学术根基的支撑与帮助，这是一种东亚文明地缘与历史的宿命，不管是否承认，是否愿意，事实就是如此。

这可以从日本等国家学者所编写的国语学史中看到，中国汉语言文字学已经深深融入东亚各国主流语言学理论体系，这也是必须承认的现实。我们在研究自己的汉语言文字学史时是不是也应该意识到汉语言文字学的这种重要地位？是不是中国的汉语言文字学在东亚汉字文化圈中具有如此之历史使命？如果我们继续在汉语言文字学研究与教学中置身于汉字文化圈这种历史理论意识之外，是不是也有悖于东亚文明地缘与历史的宿命？

其三，在汉语言文字学课程群课本编写中渗透汉字文化圈理论意识有历史沿袭性与现实必然性。

1945年以前，胡以鲁、黎锦熙、罗常培、王力、张世禄等学者在这方面已经有所探索，他们所编写的讲义或多或少都体现了这一点。近几十年来，也有一些学者有意识渗透着这种意识，比如北京大学蒋绍愚教授就是如此，他主动介绍太田辰夫历史语法以及日本学者研究汉语词汇学的研究成果，让学生们开阔了视野，对我们的启发性很大。

我们讲述汉字文化圈学者成果也有着自己的考虑。

以汉语言文字学史为例，比如汉语音韵学史，我们讲中古音内容，以《切韵》音为枢纽，这是毫无疑问的。许多人有一个历史叙述的误解，以为这是瑞典高本汉创造的历史语言学研究阐释模式的必然结果，这其实是不客观的。

在高本汉之前，德国甲柏连孜《汉文经纬》（1881，姚小平翻译，北京：外研社，2015）已经具有了明确的历史比较语音学意识，也已经构拟了汉语中古音音系。后来，东亚日本学者吸取其成果，在19世纪末也尝试构拟汉语中古音音系，比如猪狩幸之助《汉文典》（东京：金港堂，1898）构拟《韵镜》中古音；20世纪初，小川尚义《日台大辞典》（台北：台湾总督府，1907）构拟《韵镜》中古音；中国学者胡以鲁构拟中古三十六字母，也都是如此。如果客观地为学生讲述这个历史，就需要吸收这些成果。

再比如汉语语法学史内容，东亚学者研究《汉文典》，即汉语文言语法，受到德国甲柏连孜《汉文经纬》的影响很深，但也有自己的传统，比如日本冈三庆的《汉文典》（1887）、猪狩幸之助《汉文典》（1898）、广池千九郎《支那文典》（东京：早稻田大学出版部，1903）、胡以鲁《国语学草创》（上海：商务印书馆，1912）、松下大三郎《标准汉文法》

（东京纪元社，1927）就不能不提及，他们与中国的《马氏文通》（1898）一样，为构建汉语文言语法体系贡献卓著，并直接继承了元代卢以纬《语助辞》（1324）、清刘淇《助字辨略》（1711）等文言语法传统。这是有关联的语法意识的一种必须论述的学术"循环"现象。至于太田辰夫等学者的研究成果更是如此，大家都比较熟悉，此不赘言。

再比如汉语文字学史内容，日本学者林泰辅《关于清国河南省汤阴县发现的龟甲牛骨》（《史学杂志》第20编第10号，1909年10月）发表后，邮寄给了罗振玉，对罗振玉研究甲骨文字触动很大。罗振玉说："去岁东友林学士泰辅，始为详考，揭之《史学杂志》。且远道邮示。援据赅博，足补正予向序之疏略。顾尚有怀疑不能决者，予乃以退食余晷，尽发所藏拓墨，又从估人之来自中州者，博观龟甲兽骨数千枚，选其尤殊者七百，并询知发见之地。""乃恍然悟，此卜辞者，实为殷室王朝之遗物。其文字虽简略，然可正史家之违失，考小学之源流，求古代之卜法。爰本是三者，以三阅月之力，为考一卷。凡林君之所未达，至是乃一一剖析明白。乃亟写寄林君，且以诒当世考古之士。"由罗振玉"序言"可见，他对林泰辅甲骨文创造性研究的评价甚高，肯定了林氏对甲骨文学建立的开拓之功。也由此在林泰辅研究甲骨文之基础上，进一步发掘，从而完成了自己的第一部甲骨文研究专著。

还有，林泰辅《中国文字源流》（东京大学博士学位论文，完成于1907年。东京都立图书馆与庆应义塾大学图书馆斯道文库），建立了与中国唐兰《古文字学导论》（1934）几乎一致的古文字学现代理论框架模式，也是需要引起重视的。

郭沫若、容庚等学者与日本学者浜田耕作、梅原末治古文字研究意识关系密切，而浜田耕作、梅原末治古文字研究意识又与高本汉等瑞典"艺术考古学"学术意识相关，这是许多人熟知的事实，也是我们回避不了的东亚古文字学历史。由此，中国汉语文字学史与日本汉语文字学史之关联是十分密切的。

二、基础性汉字文化圈国家汉语言文字学史研究是"新形态"汉语言文字学课程群教材编写的学术前提

在汉语言文字学诸种课程群课本编写中渗透汉字文化圈理论意识，构成"新形态"汉语言文字学诸种课程教材内容的前提是什么？我们认为，还需要我们对汉字文化圈国家汉语言文字学史史实的总体科学把握。只有充分而科学地把握汉字文化圈国家汉语言文字学史事实，才能更为准确地理解汉字文化圈内汉语言文字学内容确立的实质，并把它拿过来为中国汉语言文字学学科群课程课本编写服务。

实事求是地讲，我们虽然对中国之外的汉字文化圈内国家汉语言文字学史有了一定程度的了解与把握，也出版了与之相关的一些课本。但就现实情况来说，我们还没有达到理想的状态，这肯定与我们对相关国家汉语言文字学史的研究水平还存在着很大差距有关，当然也就谈不上做到准确地理解汉字文化圈内各国汉语言文字学史或其国语学史内容的实质了。

最突出的标志就是，我们还没有出版科学性较强的汉字文化圈之内中国之外的国家汉语言文字学史与其国语学史。以日本汉语言文字学史为例，我们没有科学性很强的日本汉语言文字学史。

日本汉语言文字学史范畴之内的次一个层级的《日本汉语文字学史》（李无未，待刊）、《日本近现代汉语语法学史》（商务印书馆，2018）、《日本汉语音韵学史》（李无未，商务印书馆，2011）、《日本汉语词汇学史》（待刊）、《日本汉语训诂学史》（待刊）研究也不够理想。至于朝鲜半岛汉语言文字学史，朝鲜半岛汉语言文字学史范畴之内的下一个层级的朝鲜半岛汉语文字学史、朝鲜半岛汉语语法学史、朝鲜半岛汉语音韵学史（李无未 2011）、朝鲜半岛汉语词汇学史、朝鲜半岛汉语训诂学史研究，以及越南汉语言文字学史，越南汉语言文字学史范畴之内的下一个层级的越南汉语文字学史、越南汉语语法学史、越南汉语音韵学史、越南汉语词汇学史、越南汉语训诂学史研究，也是无从谈起。

基础性的汉字文化圈之内中国之外国家汉语言文字学史研究不够充分，当然也就带来了在我们汉语言文字学课程群教学课本编写中渗透汉字文化圈理论意识所遇到的困难，由此，我们必须重视研究基础性的汉字文化圈内中国之外国家的汉语言文字学史，变被动为主动，引领汉字文化圈内中国之外国家的汉语言文字学史学术潮流，建立自己的东亚语言学学术理论意识，从而实现自主的汉语言文字学史学术研究与教学之理想目标。

尽管我们的汉字文化圈内中国之外国家的汉语言文字学史研究还处于不理想状态，我们还是认为，不能因为基础性的汉字文化圈内中国之外国家的汉语言文字学史研究或相关国家国语学史研究不够充分，就放弃在汉语言文字学诸种课程群课本编写中渗透汉字文化圈理论意识。

就目前来说，以我们所了解的汉字文化圈内中国之外国家的汉语言文字学史史实为基础，还是可以做一些工作的。因为，我们对汉字文化圈内中国之外国家的汉语言文字学史主要内容知识还是了解的，这意味着我们立足于现实而在汉语言文字学课程群教学课本编写中渗透汉字文化圈理论意识又有了可能。

比如我们讲古代汉语文选，能否把中国之外东亚国家学者研究《周礼》《诗经》《左传》《史记》等的成果吸取过来？像竹添光鸿《左氏会笺》（明治讲学会，1904；巴蜀书社，2008）是不是可以考虑有所介绍？我们讲《说文解字》，是否可以介绍高田忠周的《汉字原理》（吉川半七，1904年）、《汉字详解》（西东书房，1909—1912年）、《古籀篇》（古籀篇刊行会，1925年）成果？如果讲甲骨文金文研究史，比如贝冢茂树《中国古代史学的发展》（1946）是不是可以介绍？如果讲汉语训诂学，是不是也应该讲一下日本、韩国的汉文训点学史内容，推而广之，树立一种东亚汉字文化圈训诂学史的意识，而不是孤立地理解我们传统的汉语训诂学内容与视野范畴，把自己圈定在一个固定不变的学术与教学框架内。

三、在汉语言文字学课程群课本中渗透东亚汉字文化圈意识的意义

主动建设自主性的符合中国式现代化理论意识的汉语言文字学课程群学科与教学体系，立足于中国小学传统，以现代语言文字学理论为指导，并结合今天历史学、考古学、出土文献发掘的诸多成果是我们搞好汉语言文字学研究与教学，乃至培养具有广阔视野、具有前瞻意识的优秀现代汉语言文字学人才的根本。充分挖掘东亚汉字文化圈汉语言文字学课程群教学资源，是我们继承中华优秀文化传统的重要途径之一。就当前来说，我们认为，在汉语言文字学课程群课本建设过程中培育东亚汉字文化圈意识，还是具有十分重要的意义的：

其一，是我们进一步提升文学门类中中文一级学科中汉语言文字学二级学科群教学价值的需要。

其二，也是拓展"外向性"汉语言文字学课程群教学功能的需要，有意识地培养学生能够有效回应汉字文化圈诸多深层次问题的需要。

其三，也是充分发掘汉语言文字学学科课程群东亚汉字文化圈历史文化教学认知价值的需要。

其四，是汉语言文字学课程群教学"跨界"开拓而构成中文教学"新形态"的需要。借助于数字化手段，拓展空间与时间认知范畴，这一点也完全可以实现。

其五，重新认识汉语言文字学课程群教学历史与现实国家文化"走出去"战略之"定位"的需要。

其六，也是与汉字文化圈国家汉字学学者寻找"共同汉字文化之根"的需要，与汉字文化圈国家国语学国字学教学部分内容协调"同步"，互通信息的需要。比如日本学者马渊和夫《国语学》课本，就讲述中国古代小学文献《说文》《尔雅》《切韵》《广韵》《韵镜》等内容，与我们的汉语言文字学教学理念有共同之处，其"共通"的教学内容之意义十分重大，显示了汉字文化圈理论意识的教学魅力。我们

曾在日本一个本科生日本汉字音课上看到一个现象,讲了一学期中国的《韵镜》,认为对理解日本汉字音十分重要。

其七,在汉语言文字学课程群渗透东亚汉字文化圈意识,还对相关中文系语言之外的中国文学、中国文献学科群东亚汉字文化圈意识的配合与理解十分有益,比如东亚古典文献学、东亚古典诗律学、东亚古典文学史等,都是有关联性的。

其八,从站在提升国家语言能力战略的高度上看,为实现汉语成为国际通语的战略目标,就应该从汉语言文字学课程群教学基础布局做起,从培养汉语言文字学课程群教学的人的主动向外意识做起,建立一个更具有前瞻意识的汉语言文字学课程群课本格局,与国家战略相适应。因此,我们必须肩负的建立汉字文化圈汉语言文字学学术话语理论体系的历史使命。筑波大学汤泽质幸教授《增补改订古代日本人と外国语:东アジア异文化交流の言语世界》(勉诚出版,2010)曾描绘东亚各国以汉语为通语的唐代及其后代的图景,激起了我们对汉语言文字学历史的向往,"汉唐汉语言文字学气象"是不是能带给我们更多的遐想与回味呢?

大学中国古代文学史教材应该更加重视文体学内容

报告人：湖南师范大学　吕双伟

我汇报的内容主要有三点：

第一，谈下中国古代文学史中文体的重要性。第二，谈下中国古代文学史上一些代表性的文体学内容，举例说明。第三，说下我的建议。

中国古代文学史中文体的重要性，王运熙先生、吴承学先生都谈得比较多。中国古代文章大致分为散体文、骈体文两大类，这是我们的宏观印象。中国古代文学史其实是文体学体系，是在理论制度、政治制度与实用性的基础之上形成与发展起来的，迥异于西方的"纯文学"体系。这个问题老师们也谈得比较多，但是我们在编写中国古代文学史的时候，没有有意识地和西方文学进行区别，没有充分体现中国古代文学的本来属性，即文章学和文体学的属性，这方面做得不够。中国是礼仪之邦，凡事讲究得体，重视礼的重要性，在《礼记》中、在《释名》中都有说明。既然讲究文体学内容，那么何谓文体？刘永济先生在《十四朝文学要略》当中讲过"文"的六种基本含义，讲道："经纬天地谓之文；文，典法也；文者，古之遗文，文德之总名也；文，华也；文，文词也。"吴承学先生也谈到，古代的"文"，是一个由文教礼制、文德、典籍及文辞等组成的多层次构成系统；另外还谈到了文体的整体含义，就是体裁或者是文体类别，具体的语言特征或者是语言系统，还有章法结构与表现形式，还有体要、大体、体性、体貌、文章或文学之本体，等等。那么回到我们中国古代文学史的编撰中，我们说文体的内涵非常丰富，主要表现在文章的体裁、结构及其风格特征，特别是文章的体裁——为什么是这种文体，为什么是诗、是词、是散文，当然也包括曲为何为曲，还有小说，各种类别的小说也是。当代几本代表性的文学史著作，有游国恩先生主编的《中国文学史》，最早版本是1963年版；还有我们湖南师大马积高先生、黄钧先生主编的《中国古代文学史》，1992年版；章培恒、骆玉明两位先生主编的《中国文学史》，1996年版；以及袁行霈先生主编的《中国文学史》，1999年版。这些文学史，游国恩先生的、袁行霈先生的、马积高先生的，我这段时间还特意浏览温习了，我们前些年一直作为教材使用。这些教材基本上都是按照诗歌、散文、小说、戏曲的分类法，对不同历史时期不同作家作品的思想内容、艺术特色做了概述，而且每一章标题可以看出来他们涉及的主要文体。从大的方面来说，当然是非常好的，因为四分法是现代以来文学流行的分类法。小的方面也较具体，比如说楚辞，比如说通俗文学、民间歌谣、变文、辞赋、话本，还有古文、骈文，这些文体都有。马积高先生主编的《中国古代文学史》深受游国恩先生主编的文学史影响，但较有个人特色，教材中对于辞赋、骈文的强调比较多；对于讲唱文学，对于俗文学也非常重视。还有全书的内容也比较丰富，条理比较清晰。在1992年出版的时候就在每章后面用尾注来解释和补充一些文学现象，也有前沿成果，确实能够深化学生学习的内容，开拓学生眼界，后来别的文学史也使用尾注，应该受到了马先生的影响。袁行霈先生主编的《中国文学史》，根据我个人看法，是20世纪中国文学史教材编纂的集大成，也是迄今为止首屈一指的古代文学史，在全国高校使用很广，我们也曾经用它做过教材。它的文体范围也很广，楚辞、诗歌、辞赋、骈文、小说，唐传奇、四六等等，我就不一一细说。

既然这些教材都提到文体学，那么我还谈什么？我的意思是这些还不够。为什么还不够？因为对这些文体本身的内涵和特征阐释不够。对中国古代丰富多样的散文文体——比如姚鼐的《古文辞类纂》所归纳出来的论辨、序跋、奏议、书说、赠序等十三类文体的内涵特征，就关注不够，没有使用多少笔墨进行叙述。当然我也知道中国文学史是宏观的历史概括，它的文学性、它的历史的思维、它的体例限制等，不可能对每一种文体都推源溯流，也不可能对每一种文体进行专门论证，那么怎么办？我后面会讲，可以融汇一些进去。褚斌杰先生的《中国古代文体概论》对于中国古代文学体裁的论证和论述的方式，包括对文体进行范围的界定，内涵的阐释，还有列举代表性的作品进行论证等，我觉得可以为我们编写文学教材时提供一些参考。

那么强化的内容应该怎么来做？宏观而言也是要"原始以表末，释名以章义，选文以定篇，敷理以举统"。具体而言，第一在叙述代表性作家的文学成就时，可以区分该作家不同的文体成就及其不同的风格特征，我们讲李白、杜甫是以诗歌著称，那么诗歌当中又有哪一些体裁更擅长，哪一些相对成就低一点？他们的文章，相对于诗歌的文章，成就不彰，这些内容可以增加一些笔墨。第二就是在叙述代表性作家的散文、骈文，可以先阐述其文体来源和内涵，像诸葛亮的《诫子书》、李密的《陈情表》、王羲之的《兰亭集序》等千古名作，我们在编文学史的时候，比如说对书、表、序跋、游记，还有辞赋等的内涵进行解释，再结合文体的特点来对文章进行赏析，进行审美的分析，这些方面可以加强。最后一点就是增加教材内容在文体学方面的"两性一度"，即高阶性、创新性和挑战度。在现在这个环境之下，"两个结合"，还有传承中华优秀传统文化这些要求，也可以落实到文学教材的编撰当中，努力融入文体学的内容。

总之，在今天教育走向信息化、系统化、精细化的时代，在时代呼唤对于中华优秀传统文化进行创造性转化和创新性发展的当下，在国家大力倡导一流专业、一流课程、一流学科建设的时代，以及特别重视教学、教材、教法的时候，来完善我们的中国古代文学史教材，使教材内容更加好，更加具有前沿性，更加具有启发性，这是很重要的，正当其时，期待未来会更好。

这是我的一些浅见，不好意思。请大家指导，谢谢。

第二场点评

点评人：北京大学　宋亚云

尊敬的各位专家、各位老师，大家下午好。听了这一场报告之后，深受启发，受益匪浅，那我就简单地谈谈我的学习体会，和各位老师分享。我觉得这七场报告是各有特色，形成了一些共识，也点出了很多值得关注、研究、解决的问题。我觉得每个老师都有自己的一个关键词。朱刚老师的关键词就是个性化和简明化，人才培养的个性化和教材的简明化。胡可先老师的关键词就是体系化，体系化和建设研究型的教材，待会儿我展开说。马东瑶老师，她提出有组织地建设教材和教材的一体化建设的若干解决的方案思路。董晓老师，他的关键词很明显，就是要加强教材使用推荐，以及建设的稳定性。罗鹭老师，我给他弄了一个关键词，就是应该凝练经典，并且加强教材编写的学术化，不是简单地导一个导图，而是要把最新的和最经典的文献纳入到教材的编写当中去。李无未老师的关键词是说编写教材，应该开拓视野，要把东亚汉字文化圈的研究成果、教材编写，以及人家使用教材的一些心得体会纳入到咱们自己编写教材的过程中，所以这个关键词我觉得也挺好地启发了我们。吕双伟老师的关键词，就是教材编写过程当中的精细化。他强调要突出文体学的内容，这以前可能不是太强调，但是他觉得这个挺重要的。

由于时间的关系，我也不能每个老师再展开，再温习一下，我相信老师们听得比我还要仔细，因为时间关系，不可能每个人谈学习体会，那我就把今天下午这一场论坛体现出来的几个结合，最后做一个分享。

第一个结合，我觉得今天的这个论坛体现了宏观与微观相结合的特点，比如说马老师关于教材建设的思考规划。还有朱刚老师关于怎么去处理个性化人才培养和教材建设之间的关系，没有必要把学生的时间都占满，所以这个教材要简明。董晓老师也是很宏观的，有时间的跨度，谈到不同时期教材的特点，我们不能够一味地觉得新胜于旧，其实旧也有旧的好，要为我们所吸收，然后自己去主动变化，这是强调继承和创新之间关系的平衡，非常重要，这些都是比较宏观的一些。再比如说吕双伟老师，他就是很微观，就是专门谈古代文学史教材建设当中的文体学内容怎么去重视、植入。那么还有中观的研究，比如说关于拔尖学生的培养，教材去怎么编。

第二个结合体现了课程建设与教材编写相结合的特点。好多老师都强调，教材的编写一定要和课程的改革、课程的特点相结合，强基的教材、拔尖的教材，胡老师那边有十到十几部（还是多少），组织了十位专家来编写，那么课程建设和教材建设就有机地结合起来了。还有罗鹭老师谈到四川大学的拔尖学生培养以前是30本经典，那么课程占了12个学分，可是后来发现效果不好，于是就改革，每学期读一本经典，那就是六本经典，经典的编写也有一些创新，所以他们的课程建设和教材编写结合得很紧密，而不是两张皮，我觉得这是很宝贵的经验。

第三个结合，就是大家都非常强调学术研究要和教材建设紧密结合。特别是胡老师很重视研究型教材的编写，他举了张涌泉老师的例子，还有其他一些，比如说"唐诗经典"，这类专家们编写的一般读物也好，教材也好，都很有特色，很受欢迎。罗鹭老师强调经典导读类教材的编写也要有所创新，要加强学术的味道，不能只是简要的介绍。而李无未老师也特别强调要在汉语言文字学课程群里纳入东亚汉字文化圈的研究成果和教学成果，从而引导学生，拓宽视野，也进一步地激发他们研究东亚汉字文化圈的一些学术史，这就开拓了一个全新的领域。所以我觉得学术研究跟教材建设相结合，这也是一个坦途，非常重要。

第四个方面的结合，就是大家都强调了人才培养的个性化和教材编写的体系化相结合。我觉得朱老师的话跟北京大学陈平原老师有一句话是非常非常吻合的，陈老师就谈到一流的大学是要给中才定规矩，但也要给天才留空间，我们教材编写也不能说弄出来这个教材，学生学了几年之后，时间都在读教材了，没时间再看别的了。在教材编写上，老师们也做了很多有益的探索。

最后一个，我个人觉得就是本土的视野和全球的视野要结合，我们编教材不能只关注我们自己人的研究成果，也要关注使用这个教材的全球的学者、学生，他们使用"中国古代文学史"教材，外国学生用"中国古代文学史"教材，有什么想法？跟我们中国的学生使用"中国古代文学史"教材，有什么不一样的感受？外国学者是怎么评价我们本土的教材的？本土的视野和全球的视野如何相结合？

我想以后我们会把老师们在这次会议上提出的精辟的观点、创新的思想，以及老师们所做的各种探索，回去好好地根据录音、根据PPT和文字整理出一个厚厚的咨政报告，请各位老师再继续地精益求精。我们是一个团队，以后我们就是这个基地的研究员、顾问、大专家，所以我们争取能够引领教材建设。首先我们要有创新，创新完了我们要实现超越，最终做到引领，做出我们教材建设的北大标准，全国的标准，全国中文学科的标准，然后成为一个国家标准，这样的话就能实现各方的意图。好，我简要地说到这儿，谢谢各位专家。

国家教材建设重点研究基地
2023年度教育部规划项目重点项目
"中国语言文学学科教材历史、现状及对策研究"
开题会暨文学教材研究高端论坛

（会议记录）

主办

北京大学中国语言文学系

高等学校文学国家教材建设重点研究基地

时间：2024年3月15—17日

论坛一　语言文字教材研究

主持人　吴振武（吉林大学）

报告人　王立军（北京师范大学）

首先，目前高校的教材建设确实面临着很大的困境。回顾过去，自 2014 年至 2017 年，高校语言文字学科普遍重视教材的建设。在这段时间里，以北师大文学院相关学科为例，每年都会有七八部教材出版，但是近几年的教材编写数量却不容乐观，每年只能出版三四部教材，相当于原来的一半。为什么教材的数量大幅度下滑，几位先生已经分析得非常透彻。最核心的问题是，教材在学科的评价体系中没有一席之地，教材建设成果的显示度非常薄弱，远远低于学术著作的评价等级。这种现状对大家的观念产生了误导，弱化了高校教师对于教材编写的重视程度，甚至出现了将教材编写视为比学术研究低一等级的错误认知。

事实上，教材对学科发展的影响是非常重大的。一部好的教材，既是引领学术前沿、也是培养人才队伍的一个关键载体。因此，若要提升学界对于教材重要性的普遍认知，首先需要从评价体系入手，给予教材足够的显示度，引导大家重视教材建设的工作，提高编写教材的积极性。教材是集体产品，融汇整个学科顶尖专家的智慧，才能够产生一部高质量的教材，它的难度和含金量绝对不低于某一个人的学术著作。因此，如何调整学科的评价机制，让教材建设能够真正走出困境，是整个学科需要讨论、解决的问题，也需要学校和上级主管部门的支持和引领，带动并鼓励大家编写教材、编好教材。

其次，目前的教材建设也面临着很大的挑战。当今世界已经迈进了互联网和人工智能时代，学生获取信息的途径非常便捷，这无疑给教师的教学工作和教材编写带来了前所未有的挑战。如果我们的教材依然沿袭传统模式，仅仅传授普遍的大众常识，那么将难以激发学生的学习兴趣。因此，我们必须审慎地把握教材的基本知识体系与学术创新之间的有机平衡，确保教材的知识结构和内容含量要远超网络上的一般常识，从而避免让学生在网络上轻而易举地获取全部知识。唯有如此，才能提升教材的质量和吸引力，引导学生深入探索与学习。与此同时，信息时代的到来也为教材的呈现形式带来了全新的挑战与机遇。传统的教材是纸本教材，作为高等教育学科知识的载体，面对当前人才培养强调实践能力和拓展训练的新趋势，其支撑力度显然不足。我们如何守正创新，在保持传统纸本教材优势的基础上创新性地开发新的呈现形式，利用信息化的手段拓展资源展示的容量，这既是教材建设面临的重大挑战，同时也是一次重要的发展机遇。得益于先进的技术手段和交叉学科平台，我们能够更加高效地运用研究成果为学生提供丰富可靠的知识素材，比起网络上漫无边际的杂乱信息，教材所能提供的资源具有更高的准确度和权威性，这对于学生的知识积累和能力提升具有更为深远的影响。

过去，我们对电子资源的建设投入不足，未来需要在这一方面加大力度。这次，在修订王宁先生主编的《古代汉语》教材的工作中，高等教育出版社特别提出，不仅要出版纸本教材，同时要推出网络配套资源。在书中每一章的最后设置一个二维码，扫描二维码便可进入资源平台获取相关知识，包括练习、阅读扩展资源包以及音视频资料等。经过专家精心整合的资源，相较于学生个人在网络上搜索的信息，其可靠性无疑更胜一筹。这种方式是未来教材发展的主要趋势。

第三个方面是教材特色的建设需求，如何基于各个高校的学科特色和学术优势创建个性化的教材体系，也是我们未来关注的一个重点。北师大不仅承担着拔尖创新人才培养的任务，还承担着卓越教师的培养任务。所以，一方面我们致力于依据前沿标准建设一批高端的学术型教材，以满足高等教育的学术发展需求；另一方面，为了培养卓越语文教师，近年来我们特别开发了面向师范生的特色教材——"汉语言文学特色专业系列教材"，致力于围绕中学语文教育教学的实际需要，在中文学科的学术研究前沿与未来中学语文教学资源储备之间，搭建一个桥梁，为师范生量身打造符合他们未来教学需求的教材资源。这个教材体系既是文学院培养计划中师范类专业课程模块急需的配套教材，又是学院国家级教研课题"汉语言文学教育师范类特色专业项目"的建设内容。我们致力于把知识性、理论性、学术性和实践性的有机结合,作为教材建设的努力方向。针对不同类型学生的特殊需求,创建多个系列的特色教材,是我们未来的努力目标和追求。

以上是我几点不成熟的思考,请大家多多指教。谢谢大家!

报告人　董秀芳（北京大学）

感谢会议给我这个发言的机会，非常荣幸。前面发言的几位老师都讲得特别好，高屋建瓴，那我就谈一点具体而微的小体会。

我最近承担了一个本科生语言学概论课教材的修订工作，我着手在做这个工作的时候有一点体会，借这个宝贵的机会，来跟大家分享一下，向大家讨教。我主要想讲的是这样一个想法，好的教材当然有很多标准，我想其中比较重要的一点应该是教材要用理性之美吸引读者，这个理性之美包括逻辑之美和简雅之美两个方面，我今天的汇报就想从这两个方面来讲。

第一个，教材要展现逻辑之美，要把学科的内在逻辑展现出来，不仅要把学科知识写出来，还要把知识的形成过程写出来，把学科的研究目标和研究方法展现出来，让学生、读者理解学科的内在逻辑之后，他们才能够真正了解一个学科存在的意义以及探索的具体路径，并有可能喜欢上这个学科。在讲逻辑之美的时候，我想讲三个方面，就是树立三个意识——问题意识、证据意识和知识层级意识。

第一个是问题意识，我们要用问题来导入知识点，问题很重要，有了问题才会有研究和探索，有了一系列问题，做了一系列探索，才会形成一门学科。比如在我们《语言学纲要》当中，在介绍国际音标之前，我们就可以提出问题，我们该如何记录语音呢？人们想到过哪些记录语音的方法呢？在介绍语素这个概念的时候，我们也可以提出问题来导入，语言是如何编码语义信息的呢？用来编码语义的最小单位是什么？

第二个是要有证据意识，我们的教材每讲一个观点都要提供证据，要让每一个观点都落到实处，不说一句空话。我们编写的顺序可以是语言事实加论点，也可以是论点加语言事实，但是论点和语言事实这两个要素是缺一不可的。我举个例子，如果我们在教材里写一句话，"虚词在句子中起着重要的作用"，这个观点看似很普通。也可以完全不做论证就过去了，但是我们仍然可以给它提供证据，让这句话落到实处，比如说我们可以提供三组例句，第一组例句主要证明如果句子当中少了必要的虚词就不可接受，第二组例句主要告诉读者在不该用虚词的地方用虚词会导致句子不合法，而第三组例句告诉读者如果用错了虚词也会导致句子不合法，这样就会把"虚词在句子中起着重要的作用"这句话落到实处，给它具体鲜活的语言事实作为例证。另外就是要注意证据的多样性，对于语言学教材来讲，比较重要的就是要提供不同语言的丰富语料作为证据，我们不仅可以提供汉语的证据，也可以提供一系列其他语言的证据。在我们的教材里面，要尽量照顾到语言的多样性、丰富性，让学生接触到更多的语言现象。在语言学研究中发现的新的证据也应该及时补充进我们教材里。

非常重要的一点是，我们需要用论证过程本身的魅力吸引读者。其实做学术专著和做教材都是一样的，最重要的就是因果链条的推导。这个推导要严谨，要经得起推敲，我们要考虑周全，照顾到各种例外情况的处理，要在论证过程中展现逻辑思维的缜密性。其实，大学的教材也是一种学术示范，让学生知道学术研究是什么样子。本科生在学习过程中，大概研读最多的就是教材。我们要让本科生从教材的内容安排和行文表述中看到学术性表达应有的面貌，从中感受到学术研究的一些基本的东西。

第三个就是知识层级意识。我们的科学探索是由浅入深的，那么教材在呈现知识的时候，也要按照由浅入深的原则循序渐进。我们要先夯实基础，再适度提升。对于本科生的教材来讲，基础的部分要多花笔墨，写清楚，讲透彻；提升的部分要根据学生的知识状况，审慎选择，合理安排。我们可以有很多新的手段拓展教材的广度和深度，比如，我们可以在教材中提供链接来容纳那些具有进一步提升性的知识内容，让学有余力的同学们进一步学习。总之，我们在做教材的时候，要从读者出发，要让我们的教材与目标读者的知识结构和理解能力接轨，要让读者可以通过自学就能掌握教材的内容。

第二个方面，教材要展现简雅之美。简雅包括简洁性和雅正性两个方面。莎士比亚在《哈姆雷特》里面说了一句有名的话："简洁是智慧的灵魂。"教材一定要以简洁为原则，要尽量去掉一切可以去掉的话，要用最少的话把观点讲清楚。如果教材中的某一段写得过长，看起来就让人觉得很累。要尽量避免过长、内容过于密集的段落，要追求一种明快的写作风格。对于语言学教材来说，要让论述的部分和语言例证部分错落出现，这样就有一个变化。如果论证部分太长，就会比较抽象和枯燥。所以，一个段落里不要讲很多观点，一个段落只讲一个要点，下面就要给丰富的例证。抽象的论证和具体的例证错落出现，就让教材显得更有韵律，更容易保持读者的阅读注意力。

雅正性，可以分为学术上的雅正和语言上的雅正。学术上的雅正，第一点就是要聚集学科共识，也就是说我们要把学科中公认的核心知识传递给学生，特别是本科生的教材，要十分注意对知识内容的选择，不能贪多，不要在一本教材中容纳太多的流派和分歧的观点。在研究生的教材中，我们可以更多地涉及学科前沿和争议。在教材中传递学科共识这一点，其实并不容易做到，因为语言学、文学其实都是所谓的"软学科"，学科的共识相对比较少，不像数学、物理学等"硬学科"的共识性那么强。在硬学科的研究中，研究者基本都知道最重要的问题是什么，应该朝着什么目标前进。但是，软学科的分歧就非常多。以语言学为例，前面的研究似乎是留下了一大堆问题，好多问题都没有形成公认的答案，怎么凝聚出真正的共识其实非常考验教材的编写者。第二点，就是要注意学术规范。教材要注意参引标注的规范性，在图表标注、文字表述等方面都要严谨合规。

第二个就是语言上要雅正。教材所使用的语言要规范、准确，特别是在讲定义和表达重要观点时，一定要注意措词的严谨周密。另外，就是要精心选择例证，要注意例证的经典性、时代性和趣味性。比如，在讲语言结构的递归性的时候，我们可以用"庄子曰：'子非我，安知我不知鱼之乐？'"这个例子；在讲由于结构层次不同引起的歧义时，我们可以选择语言生活中实际出现的、更贴合时代的用例，比如新闻报道中实际出现的"三天后18岁的苏翊鸣夺金"这个歧义句,我们不一定总是要用"咬死了猎人的狗"这样的脱离语境的例子;分析语言符号的任意性与使用上的强制性的关系时,我们可以引用莎士比亚的这句话:"名字有什么关系,把玫瑰花叫作别的名称,它还是照样芳香。"总之,从论述文字到例证选择,都要用心考究,以工匠之心关注每一个细节,以成就教材的整体之美。

我就讲到这里,谢谢大家!

报告人　汪锋（北京大学）

我对教材没有专门的研究，在这里，我只是谈一点自己的感受，就是我自己在科研跟教学当中感受到的教材的作用。其实，教材应该是整个课程体系以及学术研究的一个重要部分，而不是单立出来的一个事情。差不多二十年前，我开始在北大中文系从事教学科研，最开始是教授一些传统的语言学课程，比如"理论语言学""当代语言学""历史语言学"等，后来，我觉得要把自己的研究兴趣以及当下语言学发展的趋势跟教学结合起来，于是，从2012年开始，我尝试开设了一门新课程，叫"人类沟通的起源与发展"，将语言放到人类沟通这一大背景下来重新考察，希望在新的时代下，在学生们的认知方式不断更新的情况下，探讨我们怎么样去发展我们的语言学相关课程，以及我们需要什么样的教材。

语言学界现在越来越多的人都赞同一个看法，即，语言是一个动态的复杂适应系统（Complex Adaptive System）（王士元《语言是一个复杂适应系统》，《清华大学学报（哲学社会科学版）》，2006），这个复杂适应系统是从动物的交际系统一步一步发展过来的，中间经历了象征性符号、音段、词句法结构等阶段，才最终发展到现在这样丰富多彩的面貌。在演化语言学的研究中，可以清楚看到语言学特别跨学科的一面，比如说，讨论一个元音的产生，首先得从生理的角度出发，了解到它的声源在哪里，然后考虑物理的振动是怎么回事，然后这个振动出来的声波经过声道的调制等，最终从唇间发出，经过空气的媒介，传到听者的耳朵，听者经过听觉的神经，让大脑产生一个音响印象。只要你仔细想一下这个过程，你就发现我们要理解语言学，并要让学生理解语言学，那必然要涉及生理、物理、神经等相关联的方面，考虑这些学科的知识应该如何在语言学中呈现，已经对语言学研究产生了什么影响。

在听话的时候，我们听的是声波，但心理学的实验告诉我们，其实并不完全是这样,比如你听人讲话的时候,看不看着说话人,效果其实是不一样的。也就是说,语言其实是一个综合系统,既有从听觉维度过来的东西,也有从视觉方面过来的东西,这就是语言学跨学科的另外一面。著名的 McGurk(麦格克)效应就展示了听觉和视觉信息在语音感知中的相互作用。当听觉信息与视觉信息不一致时,大脑会整合这两种信息,导致感知到的声音与实际听到的声音不同。例如,声波表现的是一个音素(如"ba"),但发音者唇形是另一个音素(如"ga"),听话者通常会判断为听到了一个折中的音(如"da")。(McGurk, H., & MacDonald, J. Hearing Lips and Seeing Voice, *Nature*, 1976)

就此,我们可以进一步想到,语言之所以能够得以运用,不管是文学的审美想象,还是话语的组织,以及逻辑思维,都离不开生理上、认知上最基本的器官——大脑,大脑怎么样运作对于我们理解语言学的本质有重要的影响和促进。王士元先生经常跟我们强调:我们是在用我们的大脑和我们的语言来研究我们的大脑和我们的语言。这听起来是一件特别有意思的事情。大概 20 多年前,大家开始讨论语言基因的问题,我们的语言除了在我们大脑里面,是不是还能够缩小到更小的部分,比如说语言的某一个基因对于语言的产生和发展造成某种影响。

以上这些都可以纳入语言复杂系统的研究之中。我沿着这个思路研究的时候,意识到这是一个跨学科的课题,这个跨学科的课题需要多学科合作,更需要把多学科的知识融汇到课堂里面,吸引多学科的学生来一起研究这个大课题。于是,就有了"人类沟通的起源与发展"这门新课,一开始选课的学生就来自全校各个不同的院系,中文系的学生大概不到四分之一,这就是一门通识性质的课程。

课程变化和研究变化跟研究的面向有十分重要的联系,正好学校也鼓励我们进行课程改革研究,我就根据"人类沟通的起源与发展"这个研究主题以及教学的结合情况,申请了一个课改项目,在这个项目里就开始探讨从多学科的角度来思考我们赖以生存的人类沟通系统的特征,通过跟动物沟通系统的比较来探讨人类沟通的特征,通过有声语言跟手势的比较来澄清人类沟通系统多种可能性以及比较的基础，通过各种演化的证据来探讨人类体质的发展和语言发展的关系，通过观察和实验来对比研究沟通系统的认知关联。具体来说，会涉及人类沟通的机制及其背后的特点，还有动物沟通、聋哑人的手语等基本的问题。在整个课程的建设当中，我们收集了一系列课程材料，比如梳理了人类沟通发展的核心议题和材料，汇编成一个经典文献述评，这样我们搭建的基本上是一个混合式的课程体系，在这种混合课程体系里，文本材料、视频材料，还有学校的网络课程系统，形成一个完整的课程服务包，所以这不仅涉及教材的问题，还要考虑建设相应的课程实践基地，比如幼儿园和动物园，还有这么多年来学生的成果库，包括他们上课时做的小报告以及讨论的表现、期末小组合作完成的视频作业，这些构成了之后上课的重要资源，而这些是传统教材难以容纳的。我们必须解决这个问题，以真正落实教材为课程、为学科服务的要求。这个问题现在应该是迫在眉睫的，尤其是现在年轻人习惯于刷短视频，阅读方式更多是基于电子形式，综合考虑这些情况，我们在北大出版社的支持下，为这门课出了一个电子教材，也叫"人类沟通的起源和发展"，它的呈现形式不是纸版的，也不只是PPT的，其中有老师的讲解，还有后面需要学生探讨的问题，其实是一个整合各个方面资源的课程包；另一方面，这个教材是在线的，老师可以去回答学生们的问题，跟他们互动，不受时间和空间的限制。因此，当课程资源涉及容量大的问题，尤其是对于多学科这样的向度，传统的纸本教材就明显捉襟见肘，而新型的基于电子媒介的教材却能得心应手，在传播上也更为方便迅捷。

可见，在当前这个数智时代的大背景下，面向跨学科的语言学教材从传统教材到电子教材有非常大的发展空间。

报告人　宋作艳（北京大学）

各位专家，各位老师，上午好！年前刚开的那个会上我已经提到增强教材可读性的四个方面，这次我就在某一点上展开一下。我当时提到要增强可读性，非常重要的一点，其实跟董秀芳老师的观点是一致的，就是要增强知识体系的逻辑性。就目前我们考察的教材来看，知识点大同小异，但怎样把逻辑建立起来呢？关键就是证据，所以我接下来讲的大概是给董老师做一个补充。关于知识的证据性，刚才董老师讲到了，要加强丰富性，尤其是其他语言的。那我想讲三个方面。第一个是增强语言事实证据的生活性，第二个是增强时代性，第三个是增强跨学科性。

第一，增强生活性。我们知道，语言源于生活，语言跟我们的日常生活密不可分，所以我们平时也说"语言生活"，国家语委每年都组织编写"语言生活皮书"。那怎样在教材的编写以及授课过程中，让学生切身体会到语言学的知识不是高高在上的，而是跟我们的生活密切相关的呢？这跟我们怎样去结合生活编写教材、设计课堂有很大关系。比如说，我们可以抓住一些生活中的热点事件。前两年有一次拼音修订在网上引发了热议，网友的反应非常强烈。说凭什么要改，当年费了好大劲才学会这个字的读音，然后现在说我错了，凭什么那些没学会的人反而成了对的。以前要说"荨（qián）麻疹"，现在改成"荨（xún）麻疹"了，学了好多年，感觉这是对自己付出的极大否定。还有人对此有痛苦的记忆，曾经因为某个字音错失了一次非常重要的机会，现在居然把错的改成对的了，感情上无法接受。总之网上议论纷纷。我就在课上组织学生讨论，引导学生从专业的角度去解读这一事件。这里面其实有非常重要的语言学理论知识。第一个是任意性的问题，这关系到它为什么可以改。既然符号的音义结合是任意的，其实是可以改的。可问题是为什么那么多人反对，我们再去看一看的话，就会发现反对的人基本上都是成年人，不会有小学生或者中学生特别反对这个，为什么？其实这就是语言共时性和历时性的问题。对小孩子来讲，他还没有开始学这个词，老师第一次教的是"荨（qián）麻疹"，那他就学"荨（qián）麻疹"。如果第一次教的是"荨（xún）麻疹"，那他就学"荨（xún）麻疹"。对他来说，学哪个是一样的，反正都是第一次接触。但对于成年人来说，以前老师告诉我读"荨（qián）麻疹"，现在你告诉我应该读"荨（xún）麻疹"，这就增加了记忆负担，而且会影响很多人，大家的反应就会非常强烈。网上关于语言现象的热议不少，背后其实都涉及非常重要的语言学理论问题，我们可以适时跟同学们分享、探讨。

第二，增强时代性。我们目前面临的最大的时代性挑战就是ChatGPT，这是无法回避的，对语言学产生了前所未有的冲击。ChatGPT如此强大，让我们不得不反思之前对于语言的某些理解是否合理，反思人对语言的理解和机器对语言的理解是不是一回事。我发现我们的同学现在每天都在用ChatGPT，我上课问这是一个什么现象，马上就有同学说"老师，我刚才问过ChatGPT了"，它说怎么样的。那既然是这样子，我们就干脆把它融入课堂。比如问ChatGPT"鲈鱼是什么"，再问它"木鱼是什么"，就会发现它说木鱼是一种鱼，生活在海里，身长多少，可以红烧，可以清蒸，肉质非常鲜嫩，等等。这就非常有意思，我们发现它在一本正经地胡说八道。我就引导学生要思考这是为什么。一方面它习得了一些知识，发现汉语词后字只要是"鱼"，那整体就是一种鱼，所以它就这样解读。这其实反映了汉语定中复合词构词的一种规律。另一方面为什么它的解读是错的而我们不会错呢？其实这里面有一个隐喻的问题，此"鱼"非彼"鱼"。总之，这背后有一些语言问题值得我们带着学生一起思考。

第三，增强跨学科性。语言学本身就是跨学科的，语言学理论特别需要相关学科的一些实证性证据，尤其是脑科学的证据。语言学教材编写也好，授课也好，要特别关注这方面的证据。比如说年前的会上我举过一个例子，就是2016年 *Nature* 上的一个研究，讲大脑的词汇地图，很有意思。这个研究发现不同的词汇在大脑里激活的部位是不一样的，那有什么特点呢？比如说英语中 top 这个词既可以指上衣也可以表排序，这两个意思在大脑中激活的部位是不一样的，它表示排序的时候跟那些数字词激活的部位是一样的，表示上衣的时候跟 clothes 这种表示衣服的词激活的部位是一样的。这实际上证明了同一个语义场的词在大脑中分布在一起，为语义场理论提供了很好的证据。在教材、课堂补充这样的证据，同学们会觉得特别有心理现实性，不会觉得它只是语言研究者提出的一个抽象理论，而是真真实实存在于我们大脑中的一种知识。

我就补充这三点，谢谢！

评议人　华学诚（北京语言大学）

　　刚才四位教授就语言文字学教材建设与研究问题发表了高见，给我们很多启发。王立军老师主要从宏观的角度谈了三个很重要的大问题；董秀芳老师、汪锋老师、宋作艳老师则结合语言学教材编写实践，分享了他们的一些经验和体会。他们的发言，对于我们今后从事语言文字学教材的编写都有非常重要的借鉴意义。

　　王立军教授的三个意见，第一个是，目前教材编写面临的困境和出路。他说到了一个现象，这个现象恐怕不仅仅在北师大，而是所有高校都存在，即教师对教材编写的积极性普遍不高。新教材特别是高质量的新教材越来越少，根本原因就是教师没有编写教材的积极性。这涉及背后的评价体系，评价体系会引导人们的精力投放，教材编写什么都不算，就没人愿意干了，所以说，出路在改变评价体系，大家要一起来努力，要改变现行评价体系。现在的所谓"破五唯"，实际上到哪里都破不掉，因为还在评，还在评怎么破？又评项目，又评奖，又评人才，还要叫你"破五唯"，这怎么破呢？第二个问题讨论的是挑战与机遇。他所说的挑战是指，在现在这种情况下，教师如何去编、如何去教，都面临着新的挑战。要对教学进行创新，就要面对这些实际问题，面对新的形势，面对新的情况，面对我们现在教育的对象和学习环境等，这些因素都要考虑进去。如何面对现实进行努力，他举了王宁先生主编《古代汉语》教材在修订过程中的一些做法，很有启发。第三个问题是谈教材编写怎样编出特色。他举了为了培养卓越教师而编写教材的例子。高校是可以分类的，师范类、普通高校类、工科类办的中文都不完全一样，研究清楚各类高校的特点并分类去做，就能找到特色。这是王立军老师谈的宏观问题。

　　董秀芳老师、汪锋老师和宋作艳老师关于语言学教材的编写有些共同的意见，也有一些不同的看法。我印象最深的一点是，董秀芳老师所谈的要用理性之美吸引读者，尤其是语言学的教材。我们都能看到，国外的一些语言学教材包括普通语言学教材，比我们的好读，也好玩。我们自己编写的理论教材大多不好读，太枯燥。董老师认为，语言学教材不仅要有逻辑之美，还要有语言之美、结构之美。汪锋老师重点谈到的是跨学科问题。语言学有跨学科的特性，所以常常需要多学科合作。语言学作为最基础的学科，不仅仅面对中文系学生，还要面对其他很多学科的学生；语言学及应用语言学虽然放在中文一级学科里面，但它覆盖的范围则大大超出中文学科，所以多学科合作应该是一个非常正确的方向。宋作艳老师在编写教材中获得的很重要的一个体会是，怎样追求教材的可读性。我觉得宋老师的体会与董老师所说的内容形成了呼应。这几位老师的意见在今后语言文字学教材编写中都值得借鉴，甚至可以与文学类教材相互借鉴。

前面是我对三位老师的发言所作的评议，不知道对不对，请大家批评指正。下面还有六分钟的时间，我想给自己一个发言机会。我当时报的题目是"中文学科教材的另类思路"，我还是想把这个思考说出来，但是无法展开了，因为略作展开恐怕就需要半个小时以上，我就把它提要一下，主要说四点。

第一点，要确立中文学科整体特色。这个思路其实与韩老师、黄老师他们所讲的整体关照有某种一致性，在这里我稍微作一点具体阐述。我认为中文学科的特色至少有两点，当然远远不止这两点。第一个是中文学科是关于人的学科，这是基础中的基础。中文学科虽然不能跟社会科学一样及时地、具体地回应社会问题，但我们也不能不去考虑与人有关的应用问题。人文性是我们学科的根本属性，我们的特色是人的学科，而且是基础中的基础，这个一定要把握住。第二个特征是，中国的传统向来是文史哲贯通的。而事实情况是，我们早就背离了这个传统，并因此带来了人才培养上的灾难性后果，怎么有效解决这个重要问题，值得思考。除了这两点之外，还有哪些是中文学科的整体性特色，需要深入考虑。这些整体性特色是中文学科教材建设需要认真研究的基本问题，它涉及中文学科所有二级学科教材编写的基本理念。

第二点，要研究中文学科的内涵和外延。中文学科的教材建设，首先要考虑学科的建设，学科的体系性决定了教材的体系性，所以我想，在新的时代利用这一次机会让我们来做一做这方面的研究和建设。首先，我建议北大中文系杜晓勤老师牵头对中文学科及所涵盖的二级学科这样一个现行学科体系做一次反省式研究，不是具体的学科教材编写，而是在反省检讨的基础上，修订、完善出一个基本的、作为前提的中文一级学科新的学科体系框架。在这个研究过程中，要借鉴中外办学的经验。比如欧洲有自己的传统，欧洲的大学从中世纪奠定了文学院的办学框架，主要框架一直延续到今天。当然，他们的所谓古典化，内容很复杂，但其中有一个根基，就是抓住拉丁语。从2012年开始，确定了一个名词叫"古典学"，其实古典化早就存在，古典学里不仅仅包括拉丁语，还有其他的古典语言，诸如此类，都是他们的特色。再比如说美国，现在对我们影响最大的是美国。美国语言文学类的专业主要是五个板块，包括语言学类、文学类、文化类、跨文化类，还有应用类，它的课程主要是围绕这些板块来设计的。民国时期办大学有我们自己的追求，确立了国学门，在这个方面北大中文系最有研究。1912年蔡元培做教育总长的时候，在中国的学科体系当中打破了经学的体系，划分成哲学、国文、史学、政治等学科。当时最具代表性的办学单位有两个，一个是北大的国学门，实际上比较偏重西方学术体系，还有一个代表中国传统的是无锡国专。关于无锡国专，我们到现在对它的认识还比较混乱，有必要把它作为课题进行深入研究，因为它培养了一大批人才，无锡国专作为历史现象值得好好研究。总之，我的意思是，研究学科体系的时候一定要回到办学历史上去，只有认真检讨、科学总结了这些办学方式的利益得失，才能创造出一个先进而科学的学科体系。

第三，关于新中文学科体系的构想。我有一个感性的认识，概括地说就是"一基础、一主体加两翼"。所谓"一基础"就是语言文字学科，所谓"一主体"就是文学，所谓"两翼"就是中国哲学、中国历史。我觉得新的中文一级学科的办学体系，一定要把史和哲有机融合进来。融合的方式不一定就是开设多少专精的选修课，有些内容采用系列讲座就能替代了。能不能从现有的选修课中挤压出空间，拿出一定课时量把中国历史和中国哲学的基本课程在中文系开出来，是可以努力的。

第四点，就是在学科体系指导下的课程体系。这里先就语言学学科来讲，我对现有的语言学课程体系很不满意。除了"语言学概论"，关于汉语我们开设了"古代汉语"和"现代汉语"两门基础课，把汉语分成古今而开设两门课是20世纪50年代完全照搬、模仿苏联的做法。苏联把语言课分成了古斯拉夫语和现代俄语，我们也跟着搞成了古代汉语和现代汉语，这是很荒唐的事。古代汉语和现代汉语是一种语言，而且是一脉相承的语言；古斯拉夫语是古代斯拉夫民族的书面语，而现代俄语与古俄语才是一脉相承的。苏联建立之后，决定把现代俄语作为国语，而古斯拉夫语则是阅读斯拉夫民族书面文学的语言，所以苏联开设出古斯拉夫语和现代俄语两门课是合理的。古汉语、现代汉语是一种语言的古今之别，由于七十多年来的课程分设，甚至现在讲古汉语都不管现代汉语，讲现代汉语不懂古汉语，人为割裂了一门学问，造成了恶劣后果。如果有可能重新架构整个中文一级学科的课程体系，我的意见是取消"古代汉语""现代汉语"这两门课程，而应该把汉语言文字学分设成5门课程：汉语文字学、汉语词汇学、汉语语韵学、汉语语法学、汉语方言学。这些课程都需要从古讲到今。按照这样一个思路，中文课程教学整个体系都要变化；如果这个思路可以借鉴，那么中国文学类课程是不是也需要作出体系性改革？比如是不是可以不再划分为古代文学和中国现当代文学，而按照文体分设课程、古今贯通？我的发言完全是另类思路，按照这个思路，整个中文的学科体系和课程体系都需要颠覆。

我就说这些，不再展开了，谢谢！

主持人　吴振武（吉林大学）

这次会议给我安排的活儿是主持，但我也准备了发言。前面所有老师的发言，都很有启发性，很多观点也都是有道理的。我所要讲的，就是拿一些故事来补充你们的发言。下面我就用几分钟时间，把准备好的图片过一遍。没有一个字，全是图片，我把这些图片里的故事讲完就好了。

讲到教材，因我自己没读过本科，所以教材对我就没什么特别影响。恢复高考后，我一开始读的就是研究生，到吉大跟于老（于省吾，1896—1984）学甲骨文、金文。于老上课是没有教材的。他在家里给我们上课，就两件事：一是读原始资料——甲骨文、金文拓本全都要读一遍。他让学生自己读，他觉得有可讲的地方，就讲几句，大家都不懂的，就放过去。二是拿他自己过去写的文章或者凌晨写好的文章，在课堂上讲讲。如是新文章，也算是征求我们意见。至于你要看郭老（郭沫若）的书、唐兰的书（唐先生有本有名的教材《古文字学导论》），还是陈梦家的书，张三的李四的，他从来不管，你爱看什么就看什么。他在课堂上也会讲一些学术掌故，但不会跟你讲各家各派观点和理论。他会强调你要看历史上最好的。读古书，做考据，他认为最好的就是高邮王念孙、王引之父子，赞不绝口。入学之初，他就开了书单，要我们去图书馆借来一屋子的线装书，让我们三年读完。除了甲骨金文等书籍外，就有"高邮王氏四种"。还有大部头的工具书，如《说文解字诂林》《太平御览》等，他老先生也很重视工具书的使用。于老的教学就这么简单，却大有好处：一是充分调动你的自学能力，包括潜能。二是让你一上来就接触各种原始资料，使你以后对原始资料的熟悉程度比任何人都厉害。业内都说于老培养的学生好，这跟他教出来的学生都能熟练阅读原始资料是有很大关系的。

我们这一场是转到研讨语言文字学教材。文字学教材，我可以肯定地讲，中国现在最好的一本，也是江湖地位最高的一本，仍然是裘锡圭先生的《文字学概要》。它获奖最多,也是被译成外文最多的。给大家看的《概要》图片里有:手抄影印的初版,后来的修订版,台湾的繁体字版,英文版,韩文版,还有疫情期间出版的日文版。日文版的翻译者中,崎川隆是我的日本弟子。除了《概要》,至今还没有哪一本文字学教材能达到这个地位和高度的。虽然是教材,这里面却包含了裘先生很多精心研究成果。这本《概要》1988 年刚一出来时,朱德熙先生就给裘先生写了一封信,说首先恭喜你这个教材的出版。因为裘先生从 1963 年开始在北大讲这门课,讲了二十多年,这部教材从起草到完善到出版,也用了二十多年,所以要祝贺的。但是朱先生接下来就说,你从现在起就要准备修改,因为你写得佶屈聱牙。朱先生居然还摘录了一段,示范性地修改了一下,说你看意思没变,读起来是不是顺畅多了?这就是刚才有个老师说的,教材要美。语言清通,也是美的标志之一吧。但要美到什么程度呢?这就很难说了。有一个故事,说裘先生在北大中文系讲文字学这门课,有学生反映讲得太深听不懂,有关部门或是系领导,就找裘先生谈话,意思是请裘先生稍微注意一下这个反映。结果裘先生很生气地怼了回去,说:学生听不懂是学生的水平问题,我不能降低北京大学的讲课水平。也许这个故事发生的年代,是工农兵上大学的年代吧,不太清楚。但是朱先生给他提的这个意见,裘先生是虚心接受的,这是裘先生在怀念朱先生的文章里自己写的。我记得,上海华东师大中文系教师詹鄞鑫——他也是北大中文系毕业的,也因为觉得裘先生这本教材从讲授到学生接受,都有点难度,就自己改编了一下,改得比较简明。他大概也拿了改编后的本子请教过裘先生,裘先生是否接受就不知道了。这就说明,一本教材不但要有思想,有精彩的内容,同时最好也要简明。要让讲者容易领会,学生容易接受,这也是一个很重要的问题,真正做到也不容易。

再讲朱先生自己的《语法讲义》。我年轻的时候,承蒙朱先生抬爱,他出了《语法讲义》,签了名,远道从北京寄来长春送我。那时我还在读博。朱先生的签赠本,我至今还收藏着,又另外买了一本用来阅读。这本《讲义》不厚，但公认水平极高，语法学界都认为是有很大创新的。我曾经在网上看见有一人写文章说，朱先生的这本《讲义》，除了朱先生自己讲得好以外，大概没有人能讲得好。他的言外之意就是他能讲得好，能理解书里真正的精髓或者背后的东西。这个人的名字我忘了，可能也是北大出身，或者是朱先生的学生，或者已经在海外教书。他讲这话，我虽然惊诧，但也觉得是有可能的，因为我自己曾碰到过一件事，可以类比。我在吉大读书的时候，校长是大学者，化学家唐敖庆先生，他一人获得过两次国家自然科学一等奖，至今还无第二人。我们看国家公布的自然科学奖，从前一等奖还经常是空缺的。他的学问在化学界里，被认为是最广博的。他的学生，学生的学生，很多都在吉大工作。吉大化学比较强，当然跟他有关系。可是复旦大学原校长，化学家杨玉良院士有一次跟我聊天，很自信地说：要讲唐先生的学问，大概除了我，没有人能讲好，包括吉林大学的老师和唐先生的弟子们。他还跟我举了唐校长之所以伟大的实例，可惜我是个外行。所以，吉大的"唐敖庆讲座"第一讲，我曾建议请杨校长来讲，他也说他可以来讲唐先生的学术思想和贡献。但是他不是唐校长的弟子，也没在吉大读过书，这就更厉害了。据说杨校长还在读研究生的时候，就已经跟唐校长联名发表论文了。遗憾的是，阴差阳错，最后这个演讲的事也没能成。这个例子说明，有些高水平的教材，也不见得人人都能讲好。另外还有一条规律，高水平的老师，自己有研究的老师，多数也是不肯用别人写的教材的。

教材还有一个适用性问题。有一次我跟北大的唐作藩先生一起开会，会中茶歇时，有好几个女生围着唐先生，问音韵学的教材有很多种，哪种最好？并要求唐先生推荐一种。唐先生一点没客气，说"要我推荐的话，我当然推荐我自己的《音韵学教程》"。这个教材当然非常好，一版再版，我也读过。但是我在吉大古文字学专业的课堂上，则不会推荐唐先生的这本《教程》。因为《教程》是针对中文系学生学习汉语音韵学这门课的，当然也非常适合做音韵学专业的入门教材。而古文字专业的学生，他们需要更多一点上古音方面的知识。所以我会推荐中山大学已故李新魁教授的《汉语音韵学》。李书最早是1986年北京出版社出版的。这本书跟一般的音韵学教材不大一样，里面有很多他自己的研究心得，尤其在上古音方面，讲得比较多。很多人跟我讲，一般在大学里讲音韵学课的人，多数只是能讲这门课，自己对音韵学的贡献并不多，而一般的音韵学入门教材，涉及上古音的内容又非常少。这也都是事实吧。李新魁先生则不同，他自己对上古音有特别的研究。他先出过一本《古音概说》，记得是在广州出版的。后来《概说》就变成了《汉语音韵学》里面"上古音"的相关章节。我发现他的上古音体系，似乎更符合出土先秦文献所呈现出来的语音现象，这对古文字研究者和古文字专业学生来说，自然就更有用。特别是他的上古声母表，跟比较常见的王力先生那一派的上古声母表不太一样，但更适合用来解释古文字材料所呈现出来的语音现象。所以我会向古文字专业学生推荐李先生的这本教材。这就是一个适用性问题，不同专业不同方向的学生，即使是同一门课程，对教材的需求也是不同的。因为我的推荐，中山大学出版社近年重印了李新魁先生的这本《汉语音韵学》。书前整理者写的序言里，还特别提到了我的推荐。

  文字和音韵都讲过了，现在讲训诂学教材。我们当然知道有一批训诂学教材或者通论性著作，数量也不算少。其中最具实用性的，对学生来说可以学会操作的，能去解决实际问题的，大概要数老杭大已故郭在贻先生的《训诂学》。这本书原来也是讲义。因为郭先生自己在训诂实践中有很多发明，是有名的训诂学家，所以他在这本教材中比较注重实战，当然也讲理论，也注意训诂条例的总结。过去讲训诂学，往往理论和方法讲得比较多，课堂上教完了，学生在阅读古书和古籍整理中如何运用这些知识，往往还差点气。所以为学生想，在讲了理论和方法后，如何提高他们的实战能力，是个关键。如果一门课学完了，学生对于理论和方法大体知道一些了，但实际操作时还不能真正运用的话，效果还是差了。郭先生这本教材就多讲训诂学的各种实战技术，而且都有他自己的研究经验和成功实例在里面，篇幅也不大，是非常适合教学的。说到篇幅大小，李学勤先生的《古文字学初阶》是一本薄薄的小册子，很多初学者都说从中获益多多，大概也是中华书局的畅销书之一了。所以简洁实用，也应该是一本好教材的标准。

最后总结上面所说，我对教材的看法大体是这样：一本教材，没有办法适应所有需求。现在有些教材附有参考文献的二维码，这个办法很好，学生可以自己按照指引去读。教材也不宜篇幅过大。王力先生主编的《古代汉语》有四册，现在很少有大学把这四册都讲完的。里边的古代文化知识部分，现在还可以单独成为一门课。教材就是一个"领进门"的工具，重在基础知识和方法的引领。前面讲过，凡是厉害的老师，也从来不肯用别人的教材。所以就不如写得简单点。甚至我主张，已经有了好的教材，就不必另起炉灶，只要讲授时由教师自己调整发挥，加进一点新进展就好，毕竟阳光底下也没有太多新鲜事。

我就讲这些，不一定对，供大家参考。谢谢大家！

（2025年3月7日据录音修改）

论坛二　近现代文学教材研究

主持人　傅其林（四川大学）

报告人　刘福春（四川大学）

这次参会感觉很不一样。昨天来了以后是晚餐，一进门一位也不认识，我参加过很多会，以为这次至少应该有两三位认识的。好在很快我就被大家接受了，虽然是来自另一学科，但还是很亲近，所以昨天餐桌上说话也随便，发了一点牢骚。今天杜主任说我可以继续发牢骚，那我就继续说一下。

我做的研究比较独特，在现当代做文献研究，在学界不大受待见，跟古代文献研究还是不一样。我退休之后2018年到了四川大学，到了以后，川大自主设立了中国现当代文献学这一学科。当时很振奋人心，因为在现当代文学里边做文献研究，一直都在寻求合法的地位，有了这样一个学科，学科的合法性得到了解决。然而接着新问题就来了，学科是合法了，但具体的实践可能未必是"合法"的。设立了现当代文献学学科，名义上可以带现当代文献研究的博士、硕士研究生，但有一个问题无法解决，如果我带的学生像古代文献学一样，做一个纯粹的文献的题目，我没有能力保证他一定毕业。

回到现当代文献研究这个学科尴尬的历史。1949年之后，现当代文献研究可能大致分四个阶段。第一个阶段是70年代以前，那个时候叫"材料"；进入80年代，更多的叫"资料"。跟"材料"和"资料"相连的有两个动词，前边叫"整"，后边叫"搞"。前边的"整"，我们年纪大的大多都知道，无论是正面还是反面的材料都要"整"。"整材料"就要主题先行，要把你"整"成劳动模范，那就要编造夸大，把你"整"成反革命，就可以断章取义，一切都靠"整"，"整"成就行。"材料"对知识分子伤害很大，因此到了80年代就开始叫"资料"。资料用的动词是"搞"。这个"搞"现在也在使用，比如说跟一个伟大的词相连，"搞革命"是庄重的，但"搞资料"可能就有问题。我们那个时候常常被人称之"搞资料"，但是"料"一定要儿化、要轻音，"搞资料儿"。80年代末开始换词，换的主要是"史料"，可能"史料"要比

"资料"显得有学问一些，我总觉得从"资料"到"史料"背后隐藏着进入学术的焦虑，所以1989年成立了中华文学史料学学会，史料后面加了"学"，就更显得有学问了。到了本世纪，更多的是用"文献"，其实"史料"和"文献"很多人都混用的，我也是，现在坚持要用"文献"，而不用"史料"。"史料"很明确，是为历史研究服务，它有非常明确的服务对象，而"文献"可能更符合学科的独立性，所以我用"文献"。

前面说了，我不让我带的学生做纯粹的文献研究，因为我经历了40多年，我深知这里面困难太多。我做现当代文学文献研究多年，也出了书，昨天晚上我也讲过，我的《中国新诗书刊总目》出来后，中国社会科学院评奖评了一个三等奖，当我拿到奖金的时候，发现还不到同等奖一篇论文奖金的一半，我就去找科研局，科研局回答我："你那个是'其他'。"2013年，我的《中国新诗编史》出版，影响很大，我觉得很得意，是人民文学出版社出的。评鲁迅文学奖的时候，出版社就报了，初评过了，终评下来了，他们告诉我原因就是他们评的是"理论"，这回我的书连"其他"都不是。当然我没有办法跟他们分辩，关键我弄不清楚，既然我这书不是"理论"，这样一个有明显的、严重的硬伤的东西是怎么混过初评的？我也不知道。因此，我不能让我的学生做，如果做的话，匿名评审时可能会遇着某个学者说"我们评的是论文，他做的是年谱，年谱不能算论文"，三四年的时间就白费了。我不敢让我的学生试险。现在我的文献课讲的是"文献与问题"，不能讲纯粹的文献。我还是属于现当代文学研究，虽然有了文献学科但我也不能独立，独立不了。还有听课的学生90%都是做现当代文学研究的，我自己的学生是文献专业，我都不让他们做文献，让其他学生做文献更说不通。新增的学科在名义上是合法的，但是具体所做是不是合法，还是任重道远。

可能大家觉得我们现当代文献这个学科具有特殊性，我后来一想，现在还有类似的学科大概也会遇到这类问题，比如创意写作，如果学生写了一个非常有创意的长篇小说，能让他毕业吗？实际上还是要让学生对创意写作进行研究。对类似的新增学科，我觉得真的是任重道远。好了，谢谢大家！

报告人　陆胤（北京大学）

各位老师下午好，非常荣幸有机会来我们关于中文学科教材的盛会学习。最初接到这个会议通知的时候，我以为是要就中文学科教材的整体来谈的，最初设计的题目是"中文学科教材的想象力"。类似的问题早上很多老师都已提到，跟我们所讲的，教材能不能有原创性、教材的可读性，还有教材的通识性、本学科和跨学科之间的平衡等问题，都是相关的。我们谈到教材的时候，会认为教材不是一个特别有想象力的东西，因为教材总是对已有成果的总结，它反映的是共识、共性，甚至早上有老师提到一流老师可能不用教材。但是，我想现在随着媒介的发达，是不是教材能够提供更多的想象力？这是我原来想谈的一个问题。但是昨天我看到议程以后，发现我们是放在学科里谈的，而且把我放在现当代里面，其实我是古代文学教研室的。对应这个学科分类，我想顺便介绍现在我们北大几位老师一起在编的一部近代文学的研究生教材。

先回到大的问题——教材的想象力。我们谈到想象力的问题，要先回溯历史。近现代以来，整个中文学科教材发展的起点，我想可以定位在120年以前，同样是甲辰年。1904年1月，癸卯学制颁布以后，要在大学堂设立中国文学门，其中有一门课程叫作"中国文学研究法"，这个"中国文学研究法"奠定了同一年出现的一本教材，就是林传甲的《中国文学史》。这本《中国文学史》，表面上叫"文学史"，其实是一部伪文学史，因为它跟我们现在的文学史完全不一样，它就是按照癸卯学制的"中国文学研究法"里面规定的项目，来铺展的关于中国古典语文学的综合教材。它的内容非常多，一上来是文字学内容，包括书体学（书法）；然后是音韵学的变化；然后是训诂学；再是文章学；还有修辞学、文法学，这个文法既包括中国传统的文章作法，也有西方语法学知识；还有文体学，其实这个"文体"也有一点文学史的概念在里面。如果用现在我们熟悉的概念来讲，这部教材所说的"文学",其实是"中国古典语文学",对于我们今天提倡中国古典学返本归宗有非常重要的指导意义,这是一个综合的开始。

民国以后,文学学科开始分出各种各样的分支。在这个过程当中,也出现了各种各样的教材编撰模式,比较早的是模仿古体,比如清末民初的姚永朴的《文学研究法》,其实就是模仿《文心雕龙》以及桐城派文章学著作。有的是随堂讲义,我们知道老北大上课要油印讲义、发讲义,鲁迅的《中国小说史略》就是这种随堂讲义的一个成果。50年代以后,教材可能越来越多是集体编纂,以1955级红皮本《中国文学史》为代表,学生也可以来编经典的文学史。进入新时期以后,随着学术的发展,有很多的教材丛书,比如北大中文系当时在新世纪前后出版的"中国语言文学教材系列"。

与模仿古体、改编讲义、集体编纂、合作丛书这四种模式相关的,是教材结构上的四种类型。第一个类型是最常见的,或者说我们现在一般的教材都会采用这样一种模式,就是分章析节。实际上这是晚清以来从西方,特别是从日本,导入的一种教材模式,必须有完整的体系,还要有通史的观念。我们所熟悉的各种文学史、文学概论以及各种专业的专门教材,一般都是采用这种模式。它会强调历史的线索,或者是作家、作品流派的线索,文体的线索,思潮的线索,还有学科的线索。但这样的教材有时候也会陷入图式化的陷阱,因为有时候过分追求面面俱到,追求教材要成为一个传世之作,但就像早上很多老师提到的,它可能不太适应现在学生和整个大学课程设计的要求。学生要选大量的课,我们这个课哪怕是专业必修课,也只是学生100多个学分当中的2到3个而已。第二种是篇章选篇型,比如比较基础的大学语文教材、古代汉语的教材,还有文学史的作品选,都属于这一类。这一类文学教材特别重要,因为它是中国传统词章之学的延续。古人学文多从总集选本入手,但在我们的教学实践当中,读作品选这一块好像现在越来越淡薄了,对于作品、对于文学性的体会,好像离古人越来越远了。

这两类都是我们比较熟悉的,我今天要讲教材的想象力,会着重讲下面两类。一类是 90 年代以来大量出现的讲义实录型教材，还有一类是我们现在准备要开始去做的、针对研究生的研究指南型教材。

讲义实录型的教材，我观察是近 30 年以来大量出现的。它有一个文化史的背景，就是 20 世纪 90 年代以来出现的民国学术热。很多民国讲义得到重印，慢慢也有一些出版社开始鼓励当代学者来做一些"多少讲"之类的书，比如说三联书店的"三联讲坛"，北大社的"名家通识讲座"，复旦大学出版社有"名家专题精讲丛书"。一般这些书都是十五讲、十六讲，为什么？这就是我们大学一学期课程的周数。这类教材有一个很有趣的现象，就是非常追求课堂实况的还原，比如说我读书时候上过的陈平原老师一门课，叫"明清散文研究"，后来整理为三联书店所出《从文人之文到学者之文：明清散文研究》一书。书是根据课堂录音整理的，里面学生笑的地方甚至也要括注出来，比如"大笑""鼓掌"这样的内容。它会特别强调口语的体式，还有一些即兴的发挥。以前很多教材是集体编纂，而这一类课堂实录类教材则强调学者的个性。但是，现今这类教材却开始受到挑战，现在在线课程、跨媒体课程越来越多，对现场性的追求跟 20 年前相比又是另外一种情况。

最后，我要回到研究指南类的教材。在我看来，这类针对研究生的教材现在还是非常稀缺。近年随着学科扩张，研究生数量在变多，但你会发现很多研究生不知道怎么去做专业研究，甚至他读完了硕士、博士都还没有入学术的门。这类书早就有，但是其中可能讲学术规范的比较多，真正细到一个方向去金针度人的书，还比较少。对照我比较熟悉的日本学界的情况，你会发现日本有很多"研究入门"类的书，而且编得非常精细，有整个中国史的入门，还有近代中国研究入门，还有性别研究史的专科入门，而且它们不是浅近化、概论化或者教材化的专业著作。它强调的是读者导向，去体贴那些学术上的初学者的需要。应对这样一种需求，北大中文系发起了"古代文学研究前沿"丛书。这套丛书里面已经立项的一种，就是由周兴陆老师、张剑和鄙人一起主编的《近代文学地图》这一册。这套丛书立足于研究生的学术实操，教他怎么去进入学界，怎么去做研究。除了知识地图以外，更重要的是提供一些学术的超链接，拓展学术能力。当然具体到这本近代文学教材，有一些特殊的问题，你会发现这一段过去在文学史上比较低调，或者说大家都觉得好像没有什么特别经典的作家、作品，不从文学性的角度去理解它。这些"近代文学"的特性，会使得我们这个教材的编辑策略跟其他时段不太一样，我们可能强调文章、文体的问题，更强调学术研究的问题意识。最后呈现出来的目录，前面几篇是总论，中间是文体论，最后是围绕着近年研究中的一些具体问题来组织的，比如中国文学跟外国文学的接触，白话文的问题，文学教育的问题，文学与城市，文学与性别研究这样一些问题。这个教材现在正在编，24年夏天截稿，然后尽快出版，向学界的各位同人来讨教。

这就是我今天报告的主要内容，谢谢各位老师！

报告人　丛治辰（北京大学）

今天名家云集，让人紧张；很多我想说的，前面的老师也已经表达过了。我就聚焦当代文学学科，谈谈我的一些困惑和焦虑。

很多年前刚上大一的时候，我和我的同学们对大学毫无了解，开课前像高中生一样集体去买教材，上课的时候就端端正正放在桌子上。结果老师走进来很蔑视地看了一眼我们的桌子，说："把这玩意儿收起来，我上课不用教材，如果我讲的和教材出现矛盾，以我讲的为准。"然后他给出了很有说服力的解释，他说："任何知识只要进入教材就已经至少落后我们学术前沿五年了，在大学要去探索最前沿的知识，所以我们不用教材。"后来自己当了老师，才知道很多老师不用教材，不仅仅是因为自信和自矜，可能也确实是现实所迫，有很多困难使然。就以我现在在教的"中国当代文学"课为例，对于当代文学学科来说，文学史是非常重要的也是最基本的课程，但是中国当代文学史的教材，以我所见，好像还没有任何一本可以包打天下，可以介绍给同学，说"以此为准"。不是说这些教材写得不好，而首先是因为文学史讲述其实涉及方方面面，它不仅关乎知识的完备与否，还关乎审美，关乎立场，甚至关乎意识形态。站在什么样的立场，以什么样的标准去选择文学作品，勾勒历史轮廓，凸显历史重点，是人见人殊的。这就导致了，同样是写当代文学70多年的历史，描述的状况可以完全不同。

由此我们或许必须思考，在编写教材的时候，如何处理以上各方面之间的关系：如何处理文学和历史的关系，如何处理不同立场的关系，等等。而这又或许可以归结为一个核心的问题，那就是到底如何处理教材和专著之间的关系。到现在为止，我们使用的当代文学史教材，专著性都很强。比如最经典的当然是洪子诚先生的《中国当代文学史》，很多地方都在用，但说句老实话，其实用起来并不方便。因为洪先生写得极其简要，这就对教师要求很高，要求教师在授课的时候补充很多东西。难度还不止于此。洪先生这本书我觉得更像是专著,他用"一体化"这样一个概念,尤其对 50—70 年代的文学生产机制予以关注,可以说是开创了一种研究范式。但是这也造成了教材本身的割裂:到了 20 世纪 80 年代之后,逻辑线条无法贯彻,知识就显得比较碎片化了。还有一部重要的当代文学史教材是复旦大学陈思和先生的《中国当代文学史教程》,这部书的专著性质更强,陈先生强调民间立场,强调隐形书写,强调对于文本的分析,使得这部教材成了文本分析和历史讲述的结合。这当然对于学生只读文学史不读作品的情况有所矫正,但是很容易挂一漏万,并且其中对于历史的描述和大部分人对于历史的认知相差很大,所谓民间隐形书写的钩沉,与当时历史的显在的文学场构成了极大反差。目前为止,当代文学史写得最厚实的大概是陈晓明的《中国当代文学主潮》了,但问题恰恰在于太厚实,这部书理论性很强,文本分析的量也很大,但是太厚实详尽又很容易漫漶掉脉络,很多使用这部教材的学生如果不具有比较强的理论能力的话,就不大能够把握书中对于作品的具体分析和历史主线之间的关系。所以,每一个学者自己的风格和立场与教材之间的关系,一直让我感到困惑,不知道如何处理,甚至我觉得,有时候作者个人的学术立场会造成对于历史的严重遮蔽。譬如说我曾经读过一部中国现当代贯通的文学史,由于写作者对于 50—70 年代的文学观念非常不认同,以至于给这整整 30 年的篇幅非常有限。我觉得这是不大合理的,我们可以不认同一个时间段的文学探索,但毕竟要承认历史的存在,要去回答这 30 年到底发生了什么,那样的文学到底产生了什么样的影响,又是在什么机制中产生的。所以专著性过强,某种程度上会使得知识板块有所残缺,导致我们对文学史的认识非常片面。

当然,教材写作是一回事,使用是另一回事。这让我又想起读书时代的另外一件往事,那时候历史系的刘浦江先生给我们讲中国古代简史,他其实是按照张帆老师的《中国古代简史》来讲的,但我们问他咱们这课用什么教材的时候,他很"狡猾"地说用樊树志的那本——这两本书的思路大相径庭。后来刘先生跟我们解释为什么这样做,他说:你去看跟我上课讲的同一思路的教材有什么意义呢?推荐樊树志那本，不代表我认同，但是读书恰恰要去了解不同立场不同思维的意见。刘先生的话是对学生的学习能力提出要求，但平心而论，在编写教材的时候，我们不能先存一个希望，期待学生会去比较阅读多种教材。好的老师、好的学生无论用什么教材都可以教得好、学得好，可是不能够因此偷懒，说我们教材怎么编都可以。在这个意义上，我认为有必要向各位老师请教，这种专著性的、立场强烈的学术描述和知识性之间的平衡，到底做到什么程度才更合适？

从学生接受的角度来讲，我对现在的教材，尤其是当代文学史的教材有另外一个建议或者说焦虑。我以为现在的教材是非常不完备也非常不系统的。文学史是中国现当代文学的基本教学内容，甚至可以说，除此之外就没有别的内容了。可是在教学过程当中，我不知道各位老师有没有发现一个问题，学生们的基本能力较为缺乏。我一直觉得中文系的基本能力是文本分析，可是现在的同学能谈大问题，不能够做细分析，宏大命题谈得很好，一接触到文本就深入不下去。而至少到现在为止，我们的核心课程里面并没有针对文本分析这种基本能力的训练，这实际上跟刚才陆胤老师讲的研究指南型的教材缺乏有关系。我们应该有培养科研基本能力的教材。我们的文学史是在讲授知识、讲授立场、传递世界观，但在此之外，我们对学生也应该有一些技术性的训练。包括最近创意写作变成了一个二级学科，创意写作的教材，人大、北师大出了很多，各出版社出了很多，但基本上是翻译国外的创意写作教材。这些教材一方面给我启发，一方面也让我不满足。启发在于，我们发现他们真的可以从技术上拆解文学写作这样一件我们很长时间以来认为难以教授的事，我们的教材就做不到。不满足的是，其实中国的创意写作和西方的创意写作恐怕根本不是一回事，我们使用国外这些教材，未必能够完成或者满足我们的创意写作许可建设要求。总之，在文学史之外，我认为至少就当代文学或者现当代文学来说，文本分析能力的训练，包括刚才刘福春老师所谈到的如何处理史料的训练、创意写作的训练，这样一些研究指南型的教材不知道是不是也可以有？

我就讲这些吧，谢谢！

评议人　张丽华（北京大学）

其实在这里评议三位老师的发言有一点惶恐。三位老师的发言都非常精彩，他们从各自不同的角度提出的问题也都非常重要。

我先从刘福春老师的发言说起。刘老师对现当代文献学学科的建设，以及这个学科在现有体制里得不到重视的焦虑，特别真实，我也深有体会。上午听了各位老师的报告，我深受启发，觉得把文献学用一个"现当代"的概念来截开，某种程度上也是受到现有学科体制束缚的结果。记得在上午的讨论中，华学诚教授提到中国文学也许可以用文体去打通，这是全面质疑了现有的学科体制。我在想，有没有可能文献学其实也有这样的一种可能性，就是把古代和现当代打通，不是说要在现当代文学的范畴中去独立划出一个文献学的领域，而是说文献学本身就应该是古今贯通的。有一些基本的文献学问题，甚至古今中外都是贯通的。我本身是现代文学专业的，上学期开了一门现代文本校勘的课，我的确发现在现当代文学研究领域，文献学基础是很薄弱，没有什么权威的著作可以作为参考书目。我在课程中带领学生读了清代段玉裁的文章，还有英美新目录学学者如格雷格（W. W. Greg）、坦瑟勒（G. Thomas Tanselle）等人的著作。新目录学是以莎士比亚作品的校勘为基础发展出来的一整套现代的文献学。我发现，其实在段玉裁和坦瑟勒的理论之间没有古今的隔阂，反而有很多问题是相通的。这样的话，所谓现当代的文献学，有没有可能像英美的新目录学一样，在继承古典文献学的基础之上，以现代文本为基础，推陈出新，形成自己的理论和方法。这样的话，刘老师的学科焦虑也许可以得到缓解。文献学本身就是学术研究里面最核心的一个成分，其实不需要再去重申它的意义所在，这是我对刘老师的一点回应。

陆胤老师和丛治辰老师对具体的文学教材做了很精彩的分析和评论。陆老师对国文的创生这方面有自己专深的研究，他今天的发言也令我们耳目一新，给我们很系统地梳理了近代以来文学学科教材的体例和结构,并介绍了一部非常具有操作性且当下正在进行的研究指南型教材,让我们充满期待,也特别有指导意义。丛老师提出的问题我也特别感同身受,因为我本身也是在中文系的这种一上课老师就说"我不会用教材"的教育模式下出来的,我自己后来走上教学岗位之后也不用教材,这么十几年的教学下来,我的确发现在研究和教学之间是有一些缝隙的,二者不完全是一致的。

我这次本来向会议提交的发言是想讲一场发生在20世纪40年代的历史争议,是程千帆先生提出的一个问题。当时程先生写了一篇文章叫《论今日大学中文系教学之蔽》,"蔽"不是"弊病"的"弊",而是"遮蔽"的"蔽"。他提出两点,在他看来,当时大学中文系的教学有两个误区("二蔽"),一是持研究之法以用于教学,一是持考据之法以治词章。他提出的问题特别有针对性,针对的是近代的考据学风,特别是从新文化运动以来关于古代的(研究),可能他指的是胡适、傅斯年所引领的民国文史研究的考据学风。他说考据求新求异,其实是不适合在教学里去使用,研究求新异,而教学必须平正通达。以求新求异、烦细琐碎的考据之文施于教学,学生难以获得平正通达而又能提纲挈要的知识。程先生虽然是20世纪40年代提出的这个问题,但我们今天在教学上仍然存在,也值得警醒。他提出的第二个问题就是说持考据之法以治词章,词章他用的是一个传统的概念。我今天也跟丛老师很有共鸣,我觉得学生文本分析能力的欠缺也是我们作为老师迫切需要去面对的问题。那么有什么改良的办法,或者说有怎样的出路呢?其实我从程千帆先生这里想到,也许教学或者教材不是一个次一级的工作,也许从这些问题意识出发,教学会倒逼我们研究者来(思考),有没有可能从文学现象里面去提炼出文学研究的方法和文学理论,这样的话才有可能真正从根本上去培养学生文学的感觉和文本分析的能力。实际上,目前学生文本分析能力的缺乏,作为老师的我们是负有一定责任的,其实我自己在十几年的教学里面也是不断地把前沿的东西教给学生,但是可能忽略了基本功的训练。能有这个认识,也是我今天在这次会议上特别的收获。

我的评议就到这里,谢谢大家!

主持人　傅其林（四川大学）

我是文艺学专业，刘老师说感觉很孤独，没有见到熟人，今天我见到的文艺学参会者更少。周兴陆老师研究古代文学和文学理论，而我只做文学理论、文艺学，所以我今天更孤独。但我从各位老师这里学到的东西就更多，是我学科领域所没有的新思想、新观点、新方法，我很受启发。我提交了发言提纲，因为时间关系，我就概略谈及我的观点。我的题目为：文学理论教材编写的知识体系建构。主要从四个方面展开。

一是习近平总书记关于哲学社会科学自主知识体系的重要论述。2016 年习近平总书记在哲学社会科学工作座谈会上的讲话提出三大体系建设，加快构建中国特色哲学社会科学。他指出，哲学社会科学的现实形态，是古往今来各种知识、观念、理论、方法等融通生成的结果；只有以我国实际为研究起点，提出具有主体性、原创性的理论观点，构建具有自身特质的学科体系、学术体系、话语体系，我国哲学社会科学才能形成自己的特色和优势；中国特色哲学社会科学应该涵盖历史、经济、政治、文化、社会、生态、军事、党建等各领域，囊括传统学科、新兴学科、前沿学科、交叉学科、冷门学科等诸多学科，不断推进学科体系、学术体系、话语体系建设和创新，努力构建一个全方位、全领域、全要素的哲学社会科学体系。2022 年 4 月 25 日习近平总书记考察中国人民大学提出，加快构建中国特色哲学社会科学，归根结底是建构中国自主的知识体系。近年来，学界围绕建构中国自主的知识体系进行了深入研究阐释。在新时代，构建中国语言文学自主知识体系成为重要课题。这个问题在中国现在的语境来说还没有圆满解决，北京大学牵头来做中国语言文学的教材编写，来推动这个问题的解决，我认为具有重要的时代意义。

二是中国文学理论教材编写形成了较为完备的知识体系。文学理论作为中国语言文学学科所属的二级学科是现代学科体系所奠定的。

其知识体系体现了马克思主义文论知识、中国文论知识和国外文论知识的历史性融合，有着学科的自律性。在古代和民国时期，中国就有文学理论或文学批评，但是我更多关注新中国以来的文学理论教材，比如像今天黄校长讲的。在（20世纪）50年代、60年代，中国文学理论研究者集体编了很多教材，很有代表性的是蔡仪主编的《文学概论》和以群主编的《文学的基本原理》。到改革开放以后的80年代、90年代，文学理论教材蓬勃发展，随着解放思想、市场经济和大学普及化进程，文学理论教材编写纷繁众多，良莠不齐，形成了知识体系的大转型，代表是童庆炳先生的《文学理论教程》。进入新世纪，特别是2004年之后，中央实施马克思主义理论研究与建设工程，新时代高等学校教材被提到人才培养极其重要的高度，《文学理论》作为中文学科最基本的教材，一直延续到现在。我认为在建设、改革和新时代三个典型的时代，文艺理论研究者通过教材编写来建构文学理论这个二级学科的知识体系，这个体系有它内在的自律性，就是文学理论、文艺学作为一个二级学科的合法性，它应该具备哪些知识体系。此知识体系具有他律性，既融合了哲学、心理学、社会学、经济学、自然科学等学科知识，又受到文学活动的影响。具体而言，文艺学的知识体系涉及文学本质论、文学价值论、文学创作论、文学生产论、文学作品论、文学接受论、文学发展论等知识亚系统。这种基于中国语言文学学科中的文学理论知识体系具有中国特色。

三是文学理论教材知识体系的稳定性与创新性。一方面文学理论教材知识体系具有稳定性，其基本概念、核心命题、主要领域保持着理论的抽象性和普遍性，超越具有特殊的文学活动的时间和空间。另一方面，它因理论研究的深入展开，知识体系发生嬗变，新概念的提出，新理论的构建，新文学活动的涌现，新的政治社会结构，新的科学革命等推动文艺学教材的知识体系更新。

四是文学理论教材知识体系的合法性构建。文学理论教材知识体系构建需要经受合法性的检验。第一，要具有科学性、逻辑性、系统性。这是对真理性的要求。我特别认同今天上午董秀芳老师讲的逻辑性,不然的话,它作为一门科学,一门知识性的、有学理性的东西,怎么能够吸引学生?第二,它具有阐释文学实践的力量。如果文学理论不能阐释,那文学理论就成为大家所讨厌的东西,作家也讨厌的东西。第三,它要经受学术共同体的检验,尤其在中国语言文学学科共同体中获得共识。作为教材,它还要接受教师和学生的检验。

论坛三　古代文学与文献学教材研究（一）

主持人　过常宝（北京师范大学）

报告人　钱志熙（北京大学）

林传甲的《中国文学史》作为现代形态的文学史撰述的开山之作，既被文学史家们不断地提起，同时也因其观念、体例、内容与后来诸家的文学史大有差异而备受诟病。各家对林氏《中国文学史》的评论，如游国恩、董乃斌等，虽然批评的程度有所不同，但基本观点都是认为林氏之书，昧于中国文学史的对象，是一本体例不纯、对象庞杂的文学史。这些对林著的否定性的看法，提出了"文学史学"的一些问题，其实也提供给我们如何理解林传甲，以及与林著性质接近的一些具有古典学意蕴的早期文学史的一些视角。尤其是关系到从20世纪文学及文学史观的发展与演变的问题。可以说是一个比较复杂的、难以简单地定其是非的问题。

虽然现代形态的文学史撰述，甚至"文学史"一名为古代所无，但是文学史的叙述与研究，却是古已有之，并且因文学观念与流派的不同，形成不同文学史观与文学史体系的建构。这种古代性质的文学史述，源于刘向、班固，成于钟嵘、刘勰，而唐宋时代则以作家的文学史建构为主，至明清近代，传统的文学史及如诗文辞赋等专题之史的叙述，殆近成熟的状态。而在学术的体系方面，自唐宋以来，经史子集之结构渐趋完善，而义理、词章、考据作为中国古代学术的基本内容与方法的观念日趋明密。所以，早期因西方文学史观启发而撰写中国文学史之教材与著作的诸家，无不自觉地继承、择取上述中国传统"文学史学"的观念、方法、体例与观点。而后续的文学史家，尤其是深受新文学影响，并因各种外来与内部思潮影响的文学史撰述，一方面是后出转精，内容不断地完善与完备，但另一方面，传统的，或者说古典学内容的"文学史学"日趋模糊。虽然在具体的观点甚至某些大节上，仍有源于古代文学史家之说，甚至完全依赖古代之说的地方，但整个的学术结构已然"现代化"。

无疑，撰述"文学史"的结构及文学史的研究方法、结论，今后仍将不断地变化。但这变化之中，应该是有"以复为变"的一种，即复古以变今，既在现代的学术形态中，回复古典性质的文学史学。这并非是为了复古，而是为证古，并释古以明今。林传甲《中国文学史》是第一次以现代"文学史"的形态对古典的文学史进行叙述，作为一种"试验"虽不一定很成功，作者自己后来也没有继续从事文学史的系统的研究，对其体系做出调整与完善。他的这种具有古典学术性质的文学史建构的"试验"基本上被后来拥有更现代的文学观与文学史观者完全抛弃，失去了完善的机会。

我们可以援用古典学的概念，称之为古典学术性质的文学史学，其内容十分丰富，并且有自身的系统。现代的文学史叙述，虽然体例、观念来自西方，但就其具体的内容，甚至史观来看，其承自古人之论者，斑斑可见。所以我们在叙述文学史时，不应该将这古今两段完全割开，更不能完全看不到古代的这种古典性质的文学史学。

我们说林著是一部具有古典学性质的文学史著作，但相对古代时期的纯粹古典形态的各种"文学史"文学著述，包括林著《中国文学史》在内的现代形态的文学史著述，仍然是一种新型的学术研究、学术讲授、学术撰写的形式，可说是以新体述古学。这种新型的文学史产生的思想文化及学术的背景，当然是很丰富的，但直观地看，现代的学术与教育的体制是其产生的主要条件。说得明白一点，就是为各级学校编写中国文学的教材，是诸家撰写文学史的基本动因。林传甲《中国文学史》是作为京师大学堂师范科"文章流别"课程的教材而编写的。这个时候的教学，类似于我们今天的"普识教育"，目标不是培养专业人才，而是要培养仕进人才，这从京师大学堂设"仕学馆"之名也可以看得出来。促使林传甲《中国文学史》教材编著的，则是1904年京师大学堂实施分科教学，并重定《京师大学堂章程》，其中对文学教学发展最重要的是林氏所说的"列文学于教科"。查《京师大学堂章程》其"中国文学门"下共列"文学研究法""《说文》学""音韵学""历代文章流别""古人论文要言""周秦至今文章名家"以及"世界史""西国文学史"等课程十六门。林氏所任者为

"历代文章流别",其性质接近于文学史。所以林氏编此门课程的教材,题为"中国文学史",其名目则取于日人。

林传甲《中国文学史》中作为关键词的是"词章"。他一方面立足于"义理、词章、考据"这样的概念,运用经、史、子、集的基本的叙述结构,但同时突出"词章"与"文体"两个重要概念。这是林氏自己结构文学史的一种方法。从词章或文章的意义上看,构成文学的研究对象,一是作为文学的材料的"文字""音韵""名义(训诂)",二是修辞法、章法,三是文体,就横向来说,是经、史、子、集的各种文体,就纵向来说,是历朝文体。这正是林传甲《中国文学史》的基本内容。除了上述三方面的要素外,尤其突出"词章"的性质,而在文体方面,又对古文体与骈文体特加重视。这都反映了晚清桐城派与扬州派等文学流派的文学观念,其中有冲突,有调和,但以调和为主。林传甲《中国文学史》就是古典学术性质的"中国文学史"体系的第一次具体的尝试,但很快被主流的学术所"淘汰"。这不能不是说古典学术与现代学术递嬗之中的一个重要事实。

林氏又说他编《中国文学史》是取日本笹川种郎"中国文学史"之意。但我们将林氏文学史与笹川种郎《中国文学史》对比,发现其体例上有巨大的不同。笹川氏的文学史观虽然依照西方的文学史观并自创体例,但事实上还是带有中国古典学术的色彩,尤其是文学的范围判定上,实际上兼取中西双方的"文学"观念。林传甲虽采笹川其书的名义,却完全不用其体例。或者我们会认为林氏并没有认真研究过日人文学史之作,当然存在这样一种可能。但林氏是读过笹川种郎的《中国文学史》的,对于其将小说、戏剧郑重地写到文学史中表示不满。林氏舍弃单一的按历史时间顺序来叙述的作法,而是将文学史的内容抽象出十六个重要主题,即文字史、音韵史、训诂史、辞章史、义法史、文体史等十六篇。与林氏相比,笹川种郎《中国文学史》则是属于《资治通鉴》那样的通史体。后来的文学史,主要采用通史之体。但这两种体例,其实是互有短长的。从这个角度来看,林氏草创的、后人多讥其庞杂的采用"纪事本末"与"通鉴纲目"合用的体例没有被后人所采用并改进、发展，不能不说是一种遗憾。我们今天重新撰写文学史，是可以从林氏的体例中得到启发的。事实上，林氏文学史具有我们今天所说的专题文学史、文学史论的特点。

林氏将文字史、音韵史、训诂史列入文学史中，并非不知文学史的体例，而是从"词章"这个基本的范畴来看，造成词章的基本要素正是文字、音韵与训诂。诚然，林氏没有紧扣着词章来叙文字、音韵、训诂，这是因为其为草创而体例未精，研究未细，掌握未周全。但却不能说他的立足点有什么问题。文字、音韵、训诂后来虽成专学，其对象自然与文学史有所不同，但却不能说文学史可以脱离文学、音韵、训诂之学而存在。在后来撰写的文学史中，是以时代、作家、作品为主要要素，而对于构成文学的重要因素，即文字、音韵、训诂，却完全忽略，或者说在后来文学史的体例与视野中，无法将实际存在于文学发展中的文字、音韵、训诂的发展要素纳入其中。这不能不说是20世纪文学史研究的一个缺陷。当然这与其背后语言、文学的专业完全分开也有直接的关系。现代语言学界的一种作法，多从训诂、音韵方面研究文学作品，正与林氏文学史叙文字、训诂、音韵之义相合。

林氏文学史主体，在于词章。文学的基本性质就在于词章，这也是唐宋以来专指"文学"之名词（已见前述）。林氏是以中国固有的"词章"来理解他所了解的古今中外文学，对于西方文学，他也认为是"彼中的词章"。显然，林氏是以中国固有的"词章"来阐述中西共有的"文学"这一概念。以词章论文学，与"文学作为语言艺术"这样观念，实为相通之处，可以会归，但具体落实到对文学史的处理上，两者之间又有很多差异。我认为这差异，不在于概念本身（概念可以伸缩变化，但应有其"百变不离其宗"之"宗"），而在于文学传统之不同。

林传甲以治化与词章梳理文学史的基本脉络，以治化为文、词章为文之比重来论定历代文学之高低得失，其基本的观点与方法，正是承自宋人之论而辩证之。就治道而言，文学以治化为本；就艺术而言，文学以词章为本。这也常常体现为两种不同的观念，而林氏的观点，则主张两者的统一。在治化与词章的关系方面，林氏其实更多地继承从班固到刘勰以及清人章学诚的学术观点。林氏《中国文学史》的核心概念是"词章"，其基本对象则为"文体"。但他的词章，是桐城派的义理、词章、考据三因素中的"词章"，所以兼重治化，或者以词章与治化的平衡为文学的要义。其学术取桐城派义理、词章、考据，而更加以经济，其以"治化"论文学，正是"经济"之义。但林氏的文学史观，与阮元等人扬州派的文笔之说中的"辞章"也有关系。其以词章说文学，又重视骈偶之体，正是继承阮元（文达、仪征）之说。是可见其合桐城与扬州两派之文学观为文学史，实开后来京师大学堂桐城派与选学派之先驱。而林氏融合两派，后来则两派相争。此其有所异。即此一端，亦可见林传甲于京师大学堂及北京大学早期文学史学的重要地位。可以说他是兼取两派的，所以其《中国文学史》中，唐宋古文与六朝骈体各为核心，由唐宋古文上溯经史子之文，下沿元明清各代之古文。骈文也是这样，以六朝骈文为核心，上溯《易经》文言，下叙唐宋元明清各代之骈体、四六体等。

由早期京师大学堂到北京大学中国文学门，桐城派与选学派相继代兴。林氏的学术也是介乎其间。故其于唐宋与六朝两派各有所取。其承自阮元而有所改变者，是强调单行亦为文之一种。此种观念，当然是从桐城派来的。可见林氏之文学，确是合桐城与选学两者而来。此其"中国文学史"的重心。故林氏此书，实深关于北京大学的早期的学术。

林氏的十六篇文学史专题讨论，内容实包括了文学史所研究的许多问题。由于不采用普通的分期、分段的叙述方式，难免造成对文学整体的照应不周，其弊或亦如中国旧史之文学传、文苑传之叙文学史。但即以今日的文学史界囿来看，林氏在建构文学史的全史上，仍有很多创获。但是，在林传甲的文学史叙述体系中，不仅戏曲、小说基本上没有叙述到，就连作为中国文学的主要构成部分的诗歌，也没有给予更多的篇幅。这是林氏选择上述叙述体系的一个缺陷。但这不代表林氏不重视诗歌，他的词章范畴中是包括诗歌在内的。以今天的眼光来看，林传甲的文学观念无疑是比较保守的，即使以当时普遍流行的义理、词章、考据三派来分，林氏不属于典型的词章派，从他一生的学术与事业来看，他更注重的是义理与考据，并且在文学上他也是崇尚事功，强调治化之文的。但是，林氏虽轻小说，但未将其排除在文学史之外，其于小说史非无关注，虽未系统梳理小说、戏曲之史，但其在涉及相关的作品时，对于"小说"常有指出。这说明他虽然轻小说，但仍有一种小说史的观念。就小说、戏曲的研究来说，甚至也可以说，林传甲其实有一种先导性。这当然还是因为"文学史"这样的范畴与观念的促成。这也启示我们，恐怕不能完全从旧学的角度来理解林氏的文学史观。

林传甲《中国文学史》是典型的以新体述古学之作。后来的文学史按时间顺序分期叙述，并以现代文学的四分之法为基本叙述单元、突出流派、作家、作品等结构，以此来衡量林传甲之作，自然会觉得其不像一本文学史。这里面其实反映了古今学术观念与方法的变化的许多问题。我们尝试从一种林氏"现场"古典学场境中的"中国文学研究法"来对其进行分析，强调林氏这一个率尔并且是应教而作的"文学史"与其所体现的古典学术的固有体系及其价值，并且不无对后来的文学史观与建构体系的反思，希望引起学者们的讨论，甚至必要的争议。

(全文可参《从古典学视野来看林传甲的〈中国文学史〉》，
《文艺理论研究》2025 年第 1 期)

报告人　康震（北京师范大学）

各位老师，大家下午好！非常荣幸参加这个论坛，刚才听了各位老师的发言，很受启发，我也有几点思考，拿出来与大家分享，请大家批评指正。

刚才几位老师都提到了林传甲。我查了一下，林传甲这本文学史教材是在京师大学堂优级师范学堂使用的教材，优级师范学堂就是北京师范大学的前身。这本教材作为授课讲义时名曰"历代文章源流"，后来正式印刷出版后名曰"中国文学史"，名称不一样，观念内涵差异也很大。文章源流这一类学问始自西晋，对象是文本，重点是区别体制风格，其根本目的是指导诗文创作实践。而文学史则重点研究文本的生成环境、文学的本体内涵与意义，其根本目的不在于指导创作实践。林传甲这本书的真实内涵是"文章源流"，却冠以"中国文学史"这样一个时尚之名，内外不一，有些不伦不类，他自己恐怕也没意识到这个问题。

1938年，国民政府教育部制定大学中国文学系科目表，将文学史作为正式课程列入。虽然它是个正式的课程，但这门课从来没有统一的标准，更不用说统一的教材。我查了一下辅仁大学的中国文学史课程，顾随先生主要就是从过去传统旧学的角度阐发句法诗兴，而孙楷第先生的中国文学史就是讲小说史，而当时像钱基博、胡适、郑振铎的文学史教材，都不是我们现在所界定的文学史教材，特别是像钱基博的文学史实际上是在讲现代作家的旧体诗文，这个差异性就非常大。而且他们大都是将自己的专著当成一部文学史教材。

新中国成立以后，集体协作和知识普及成为社会主义制度下精神生产的一大特色，文学史教材写作也不例外。比方说我们最熟知的游国恩等先生领衔的文学史教材，我就一直在想，为什么游国恩文学史使用的时间这么长，不仅是中文系的师生在使用它，很多文学爱好者也在阅读。因为它既体现了参编学者的学术观点和学术贡献，也兼顾到了各部分文学史知识的均衡分布。也就是说，相对于之前的著作之文学史，它才是真正成为一部教材的文学史，这是教材文学史很大的意义。

那么，我们到底需要一部什么样的文学史教材？我觉得对古代文学来说，一部具有指导性、对话性、研究性和知识性的教材还是很有必要的。同时在几个方面也需要进一步加强。比方说要强化文学史的时间和空间坐标观念，特别是区域和地域观念。很多学生对文本很感兴趣，但是对于文本的时间与空间属性没有概念，所以也就很难对文本包括作家有立体的、深刻的认知。还要强化社会学观念。过去总是批评社会阶级观念，其实每个人都属于一个社会层级，这是客观事实，社会阶级的、阶层的分析也是最直接最本质的方法。陈寅恪先生研究文史，其方法归根结底也就是家族的、文化的、阶层的分析。但是目前教材里这些观念方法体现很不够。还要强化相对的观念。现在教材里选列的都是经典作家的经典文本，而没有非经典的作家、文本。其实，这不符合文学史的真实。经典的作家、文本都是从非经典来的。不了解非经典，就无法真正理解经典。还要加强对话观念，即便是一个优秀的文本，总也有正反两面。但我们的教材里既少有非经典类文本，也很少有对立性的、批判性的评价。我的意思是，教材应该是一个既定性＋开放性的结构文本，它着眼为文学生成和文学场景的可能性提供一个多维坐标的舞台。老师能讲授的内容其实很有限，学生从教材中一方面获取静态的知识，一方面获取有关文学史观、时空结构、评价系统等维度搭建起来的开放性信息，只要这个结构足够科学，学生们就能在这个结构的舞台上演出自己对于文学史的理解。

归根结底，事实的文学史是静止的，但是观念的文学史永远在运动。有多少文学观念和立场，就有多少部文学史。文学史应该是一个开放性的、对话性的结构体。从教材的角度讲，它最大的智慧在于给学生提供一个寻找对话和评价的导向性结构，这个结构比一个既定的事实可能更加重要，学生可以根据教材的指引，去寻找自己心目当中的文学史的概念。

报告人　赵敏俐（首都师范大学）

我没有什么准备，开这个会就想学习学习，顺便也谈一点自己的想法。这个题目其实讨论起来问题特别多，我觉得这样的讨论应该多开展几次，这样我们将来的教学可能会更好一些。

关于文学史的课程建设是个老问题，教育部一直很重视。1998年，教育部曾经设立了一个重大教改课题："面向21世纪高等师范院校中文学科课程体系改革"，由北师大的王宁老师和童庆炳老师负责，按二级学科成立课题组，我是古代文学学科课题组的负责人。为了搞好古代文学教学体系改革项目，我们下了大功夫，兵分东北、中原和南方三路，到全国去调研。我们调研的对象包括高师中文系古代文学任课教师、中文系学生和全国重点中学的语文教师这三个群体。收获了很多材料，回来之后非常认真地写出了结项报告，主要分析当时的文学史教学面临着哪些问题，并且提出了我们的改革方案。

全国高师中文系的古代文学课程基本包括两个方面：一个是古代文学作品教学，还有一个是文学史教学。我们的教材其实也包括两部书，一部是文学史，一部是作品选。当时高师的中国古代文学教材，主要是游国恩先生的《中国文学史》和朱东润先生的《中国历代文学作品选》，两套书配合使用。我们上大学的时候，古代文学的课时特别多，我记得我们学校入学第一年先开古代文学作品选，精选一些古代文学的经典篇目。从第二年开始再讲文学史，文学史一直讲到毕业。到了高年级之后，还有古代文学的选修课。那个时候古代文学的课时加起来好像比现在应该多了不止一倍，而现在的课时已经大大减少了。当时我们调研所得到的最深切的感受，就是大家普遍认为在大学课堂上文学作品学得太少。这一点在中学语文教师身上表现得最为明显。因为他们在中小学教学时，一般来说很少讲文学史，主要讲作品，这个时候他们才发现当时大学的古代文学在课程设计上存在的问题，主要是文学史讲得多，作品学得却很少。所以我们当时就得出了一个重要的结论,就是在大学课堂上经典的缺失。记得当时我们还专门设计了一套问卷,调查当时的大学生们都看过哪些古代文学名著。通过调查发现,当时的大学生有相当多的人没有认真地读过《三国演义》《水浒传》《西游记》和《红楼梦》等经典原著,至于《诗经》《论语》《左传》《史记》等经典著作,认真读过原著的人就更少了。大多数同学最多只看过作品选中的相关章节。没有认真读过古典文学名著,光靠记文学史上的条条框框,怎么能学好古代文学呢?所以我们得出的结论是大学中文系课堂上存在着"经典的缺失"这一重大问题。为此我们在结项报告中提出一个改革方案,强调古代文学课程在高师中文系中的重要性。它是我们中文系的专业基础课,也是中文系课程的重中之重,课时量一定要保证,总计不能少于 360 课时。我们把这个写到调查报告里,有好多学校的中文系以它作为"尚方宝剑",为保证古代文学的课时,和学校据理力争。因为这些年来高等学校的课程越来越多,一遇到增加新课程的时候,就要把古代文学课时减掉一些,俗称"吃大户",因为其他课本来课时不多,很难再砍,所以只好拿古代文学开刀。每逢这个时候,有的学校就把我们的教改报告拿出来,跟主管校长和教务处长说:"你看人家搞的教育部教改项目调研报告,明明说的是古代文学这门课的课时不能减么。"据说我们的教改报告在一些学校还真多少起过一点儿作用。

　　既然发现了"经典的缺失",那我们应该怎么办?我们当时也想了一些办法,比如我们自己就又编了一套古代文学作品选,作为教材的补充,在中华书局出版。除此之外,为了让学生了解更多的古代文学作品选,我们还搞了一个中国古代文学电子史料库。那个时候电子图书刚刚兴起,我们就进行古代文学的电子文献研发,联合南京师大、四川师大、鞍山师院和首都师大,我们四所院校合作研发,搞了一个中国文学史电子史料库。这个电子史料库把游国恩主编的《中国文学史》里所提到的重要作品都收到里面了,加在一起差不多有上亿字,这是当时规模最大的一个古代文学的电子文献库。我们把它制成光盘,提供给学生们使用。记得当时我们四所合作学校,每个学校各分 1000 张光盘，另外还给老师们配备了内容更丰富的光盘，每个学校 300 张。可以说，为了搞好中国古代文学的课程体系改革，我们当时做了很多工作，也取得了一些成绩。但遗憾的是，我们阻挡不了现代社会发展的大潮，这个课程改革也没有坚持下去，比如说课时的问题，我们自己就坚持不住，最终还是给砍掉了不少。时至现在，古代文学和文学史在中文系的课程当中到底占什么样的地位，这个问题好像还得需要讨论，要不然中文系的课程越设越多，有些传统的基础课所占比例越来越小，这是一个大问题，我们真的需要认真思考哪些课才是中文系最基础最重要的。

　　第二个问题，我想再说一下文学这一学科的性质问题，这个问题前些年我们还没有遇到，但是现在实际已经提出来了，很重要，是关系到我们学科建设和发展的大问题。那就是"什么是文学"的问题。因为我们现在所坚守的这个文学学科，实际上是从五四以来才逐渐定型的。这个文学学科有明确的内涵与外延。从内涵上讲，强调它是语言的艺术，注重情感、想象；从外延来讲有明确的文体意识，诗歌、小说、戏曲和形式美的散文是它的主体。所以我们的文学课堂上，主要对这些文学体裁进行思想的分析和艺术的赏析。但是这样一个文学的定义与中国古代的"文学"的实际状况是有差异的，是把中国古代许多文体排除在外的。这些年，我们的文学研究正在由过去狭隘的定义走向泛化。比如说刚才钱志熙老师说到林传甲的"文学史"，这本文学史所论述的文学就是泛文学，这和当时中国人的文学观念基本是吻合的，章太炎当时给"文学"下的定义就是"有文字著于竹帛，故谓之文；论其法式，谓之文学"。新的文学观提出之后，20 世纪二三十年代所有的文学史研究者，在他们的著作当中，几乎前面都至少有一个章节或者一编讨论什么是文学，然后再展开自己的研究。可见对文学本质重新定义的重要性。文学观念越来越泛化的结果是我们今天面对的古代文学的内容越来越多，可是现在的古代文学教学课时却在逐渐减少。我不知道北大现在的古代文学课时一共有多少，有很多学校的中文系就是 100 多课时，最多 200 课时。不管讲到哪里，都是蜻蜓点水，给学生教什么？教一个文学史的线索？教不教作品？让学生看什么？这些问题我们真的需要考虑。同时，新的文学史教材怎么编？到底怎么把握文学史的本质？我们讲《诗经》，讲《左传》，讲《史记》，到底讲给学生什么？这些问题看起来似乎是老生常谈。但是新的时代变化，这些问题实在是需要我们重新思考。

另外值得我们关注的是，这些年，文学研究有个很大的转向，我们在课堂上讲的文学，似乎主要还是以艺术和思想的分析为主。可是老师们当下所进行的文学研究的重点却不在这里。你如果要写一篇关于《左传》的思想艺术分析的文章，基本没有刊物给你发表。现在的学术热门是文献学。我们课上要讲的却是文学，这两者是错位的。我们这次论坛的主题是讨论古代文学与文献学的教材问题，可能也是一个无意的安排，把这两者合在一起，其实两者还是有很大区别的，我们这次会议没有专门讨论文学的本质问题，我认为这个问题在当下是非常重要的。

第三个问题就是，有限的课程时间里，我们的古代文学到底应该怎么讲。现在的大学生负担太重了，课程特别多，在这有限的时间内，我们到底讲什么？我们的讲义、教材和学生们上课之间是什么关系？比如说，我们课堂讲的可以很少，但是我们给学生提供丰富的材料，我们提供厚厚的几本文学史、厚厚的教材，让学生去看，老师在课堂上少讲一些，给学生们提供学习指导，这是一种方式。或者，我们的文学史课程重新改革，因为课时只有这些，我们编个文学史大纲就可以了，然后再开许多专题课，这也是一种方式。现在很多学校要求都很严格，课程必须得按照大纲来讲，老师不能讲自己独到的见解，那我们的文学研究、教学还怎么搞？我们的教材建设能不能对这种现象有所考虑，授课既有一个基本的指导原则，同时又给老师们一个更大的学术自由发挥的空间，让他们把真知灼见都讲出来。我觉得我们现在进行新的教材建设，这些具体的问题也是值得认真思考的。

我就说这么多，谢谢！

报告人　叶晔（北京大学）

各位老师下午好！非常荣幸今天和三位前辈教授一起，被安排在同一个专场。三位教授珠玉在前，我就谈一些自己不成熟的看法。

我今天要谈的是如何在教学中完善中国文学的经典序列。说得更具体些，是如何在教学中完善溢出于"一代有一代之文学"阐释模式之外的中国文学经典序列。有了这个限定，讨论的方向就会更清晰一些，特别涉及宋、元、明、清诗文的细读与经典化问题。完善文学经典序列的目的，最终是为了让更多的读者对中国古代文学的优秀作品有更全面的了解，形成文学研究、文学教育和文学普及的三位一体。

严格来说，教材和教学是两个不同的议题，我们先谈教材的情况。已有的多数中国文学史教材，其编写大多基于"一代有一代之文学"的文学演进逻辑。另有些教材如我们经常读的《中国历代文学作品选》，书中介绍宋代以后的作品，基本上可分成两个区块：一是我们比较熟悉的小说、戏曲，但叙事文学作品的篇幅普遍较长，在作品选中只能以节录的形式呈现；元、明、清诗文的篇幅倒是很短，但是在整个中国文学史里，这部分作品的地位不是很高，入选的数量也很有限。现在当然也有各种宋诗选、明诗选、清诗选等，但总的来说还是侧重于选篇，也就是说重心放在"选哪些"上面，具体作品该如何去分析、阐释、评论，其实留给作品选或教材的空间很小。这在文学史的备课中其实很容易感受到，当要介绍宋代以后的诗文作品时，网上能找到的对作品深入分析的文字不多，甚至通过专业的数据库，能找到的成果也屈指可数。宋诗选还稍多一些，元、明、清诗选就偏少了，这在很大程度上增加了老师们的备课工作量。那么，如何在整体的文学史视阈而不是在特定的断代分体视阈下，提升这些作品在文学教育与普及中的能量，我觉得是可以考量的一件事。

再来谈一谈教学中的实际情况。首先我们得承认，现在的文学史教学越来越依赖中国文学史，而不是历代文学作品选；其次，在导读历代文学作品选的时候，我们如何在实际的教学环节中，让学生明白完整、立体的中国文学正典序列的重要性，依然存在继续向前推进的可能。我觉得，在教学中为作品细读分配适当的时长还是有必要的。至少就中国古代文学研究而言，无论是在专业人才的培养上，还是在学术论文的生产上，宋代以后诗文已经占据了相当重要的板块，成为当下学界最活跃的学术增长点。相关教材如果跟不上科研和人才培养的节奏，多少有点拖后腿的遗憾。那么，应该如何去做呢？根据我以往的教学实践，最理想的方式，应该开设一门有关宋代以后传统诗文赏读的必修课程。如果这个方案没法落实，退一步的做法可以是在"中国文学史"的有限学时之内，比如说原先有3个学时，那分出1个学时来布置文本细读的作业。这个作业不是阶段性的期中作业，也不是1周、2周的偶然为之，应该是一种高频次的、对经典作品的分组讨论。高频次就意味着每周的三节课里都得拿出一节课来进行作品导读，而且是教师提前布置、学生提前准备、课堂上互动讨论的那种模式。别说是宋、元、明、清的诗文作品，就算是那些已经成为经典的小说、戏曲作品，在寻常教材与课堂上呈现给学生的，仍是一个节录的精华片段，比如《牡丹亭》这样的作品，大多数本科生读过的也就是"惊梦"等少数几出而已。既然没有时间做到整本书阅读，那就通过分组讨论的方式，来作某种程度上的弥补，形成一个同学之间相互教习的效果。可能未必所有同学都有积极的响应，但只要有一个具体的、高频次的分组作业，把整个课堂分成5～8组，每一组都设计出明确的专题，指示具体的操作路径，那么，在同学们的共同努力之下，1+1＞2，可以让师生对宋代以后的传统诗文有更清晰、更深刻的认识。我以前做过一些尝试，比如说钱谦益的诗歌，我就挑出钱谦益的8组重要的组诗，分给8个小组，同学们在课后去做相关的作业，这周是钱谦益，下周可以是吴伟业、《聊斋志异》、《儒林外史》。虽然未必每组都有机会作课堂展示，但重要的收获是，他们在课外投入了充足的时间、精细的态度去接触钱谦益诗歌的全方位样貌，较之于抽象的史之梳理，或蜻蜓点水式的拂略而过，这是对宋代以后传统诗文的更有益的接触过程。

　　总的来说，通过教学来更好地完善中国文学的正典序列，我觉得至少有四个层面的具体效果。第一是让同学们了解更多的优秀作品，而不只是我们相对熟悉的元、明、清的小说、戏曲等以往早已进入大众认知范围的经典；第二是提升学生的文本细读能力，特别是在缺少前人笺注成果之下的细读能力；第三个可能比较重要，提升学生捕捉那个时代文学特质的能力，同样是诗歌或文章，唐诗的时代特点与宋诗、元诗、明诗、清诗是不一样的，如果只是把对唐宋文学的理解方式或研究方法移用至元、明、清，那是一种比较肤浅的认知，只有涉及具体的、特定的文本解读，同学们才有可能对相关领域有更深入的了解；第四个层面，一旦通过高频次的分组讨论来展开文本细读，同学们大概率会形成一种对方法与路径的总结，这种方法上的习得，必须通过扎实的文本阅读和分析来完成，通过读别人的论文或老师的灌输式教导，都是隔了一层。

　　以上是我就以往的教学实践所形成的一些粗浅想法，请诸位老师多批评，谢谢大家！

评议人　左东岭（首都师范大学）

以上四位老师的发言，让我很受教，中间有共通的地方，也各自有各自的看法。钱老师主要通过林传甲的《中国文学史》从古典学的角度来看两种不同的文学史，一种是现代意义的文学史，一种是中国古代状态的文学史，也就是文章学。我觉得可能是目前大家很多人都有的共同想法。康震老师补充了这一点，他指出林传甲的文学史原来叫"历代文章源流"，这就更清楚了，他是从中国古代文章学的角度来写文学史，同时康老师提出了自己对文学史编写的看法，认为应该从时空概念上给学生以固定的、平行的看法，同时他更重要的观点是提出了开放性结构这样一种文学史编纂方式。赵老师讲了三点，一个是文学史和作品选的关系问题，一个是文学观念的转型问题，另外一个是讲课方式问题，我觉得都很有启发。叶晔老师主要是从文学史的后段谈的，以前我们的元、明、清文学大多讲的是戏曲、小说，叶老师谈了他自己的教学经验，就如何加强元、明、清诗文的学习和训练提出了四个目的，让学生更好地了解作品、提高文本细读能力、捕捉时代特质和获取方法论的习得，这几个方面我觉得都各自有自己精到的见解，我只是将各位的观点概括出来而已。

从上午和刚才四位老师的发言中，我想表达一下自己的几点看法。首先，目前我们课题组的文学史调研任务是什么？我觉得任务就在于如何做到既符合我们中国文学史的学科特点，又符合当下的时代需求，这两点折中在一起，是很重要的。现在讲中国文学本位，我觉得从游国恩先生的文学史到袁行霈先生的文学史，一直到最近的"马工程"教材，有一个方向是可以做的，就是回归或者说更重视林传甲这一系的关于文章学的讲述。日本的学者写过中国文章学史，也就是说，无论从什么样的立场出发，强调中国古代文章学的特性是最重要的，既符合我们现在的时代需求，也符合中国古代的——用钱老师的话叫古典学也好，文章学也好，——就是更合乎我们中国古代的实际，我觉得这一点北大中文系这个课题是可以做的，使之更符合我们中国古代的实际，又符合我们现在的时代需求，因为只有符合时代需求的事才能做成，但是我们又不要把它做成只符合一时的形势需求，而失去了学科本身的属性，把这两点折中起来，我觉得才是我们能够做好的宗旨。

第二点，是我根据自己的教学经验感受到的，我觉得千万不要以为一本文学史可以包打天下，任何人都做不到。我非常同意我们这一天的讨论，就是要有一个区分，文学史书写和文学史研究是两回事。文学史书写尽量像康震老师讲的，把最基本的，比如时空地点、多家精神等知识性的东西讲清楚，简明扼要，使学生条目清晰，能够掌握。同时，也会有大量的文学史研究著作作为后台支撑，刚才上午说到二维码扫描，我觉得都是很有必要的。更重要的是，文学史的教学课程压缩了以后，怎么来应对？我采取的是开选修课的方式，开专题课，比如《左传》《史记》的专题课。实际上文本分析、专题研究、开放性的结构、各种能力的培养是在选修课中实现的。我觉得把文学史大纲和选修课的经典阅读结合起来，可以既满足我们现在体系应用的教学需要，又能让学生得到文学研究能力的培养。我们过去有一段时间做的规范化，其实也比较形式化。就是学校教务处要求出题库，并且要求每个学期考试不能重，要出六七百道题，考试的时候教师没有出题的权力，就让教务从题库里边抽题。这样的方式怎么来让学生获得非常好的阅读能力与感悟能力？解决的方式就是组织选修课，多讲作品与研究专题，同时跟古文字、音韵结合起来，变成一个体系，我觉得这可能是最重要而且也是可行的。

最后一点，一定不要有统一的文学观念和文学史观念。现当代文学史、外国文学史、少数民族文学史、中国古代文学史，应该各自有自己的编写方式和编写套路，我觉得这可能是打破本质主义最有效的途径，如果拿一个模式去套，很可能把大家都框"死"了。

我这是谈一点个人的体会。

论坛四　古代文学与文献学教材研究（二）

主持人　李浩（西北大学）

报告人　徐兴无（南京大学）

各位老师，各位老朋友，很高兴来到北大跟大家交流，上一次召开中文教材基地启动会的时候，我们也来过，很多意见大家当时发言时都有涉及或讨论。关于中文学科的教材，我只能随便讲一点感想，也没有特别好的准备。我个人认为教材和教程是两个概念，如果要将教材贴近于课堂教学改革，那我比较主张做教程。但是人文学科跟社会学科不一样，也跟工科、自然科学不一样，它一做教程就"死"掉了，而且也不适合教师个人的发挥，所以我们中文学科的教材建设，教程的路是走不通的，那还是做教材。教材有两种，一种是一家之言，或者说某个学科的特色。比如说现当代文学有那么多的文学史，复旦也有，北大也有，南大也有；古代文学，像我们南京大学就只有编讲义的传统而没有编教材的传统，我们教材用北大游国恩先生的，作品选用复旦朱东润先生的，也教了这么多年，所以我觉得即使不编教材也是可以教学的。

我想讲一点我们南京大学文学院这几年中文拔尖人才培养中教材的问题，因为人才培养计划里面肯定有教材建设的内容。大概在20年前，我们就有所谓"研究型大学"的说法，文学院的汉语言文学本科专业规定了七门主干课，我们当时就规定：第一，不给学生发教材；第二，不许老师用一本教材来讲，可以综合很多教材自己编了讲，但是不允许用一本教材从头到尾讲；还有一个，可以向学生推荐教材，比如我上课的时候讲中国文学史，可以向学生推荐几种教材，把每种教材的特点跟学生介绍清楚。这样一学期的课下来，基本上是就你的研究长处重点讲一些课。我们的老前辈就主张文科一通百通，文学通了，史哲都通，李白都懂了，杜甫也能懂，所以说到底还是个方法问题，不是知识的问题。所以我个人认为，教材的主体性到底在哪里？这是值得思考的问题。当然这是一种自由状态，现在我们的教学体制不允许过于散漫不成体统，如果现在要搞课程建设，要搞基地建设，像我们这个中文教材基地建设，要拿出成果，甚至要报教学奖，那就必须编教材。刚才我看项目书里面也指出要注重知识网络的建构，现在学生不需要你在课堂上花很多时间给他讲常识性的东西，他都能懂。以前在课堂上有的时候我还背点作品，显摆显摆自己的能力，现在年纪大了，有的时候卡壳，卡壳的时候底下的学生马上就接上来了，并不是他会背，是他手机在那等着你，马上就给你接上来，这时你就觉得自己是个演员。以后我就不干这个事情了，就得努力讲些新的东西来。

就教材建设而言，我们前几年就做了一个"研究型大学中文专业核心课程研究导引教材系列"，上次开会的时候我送过北大一套。这个《导引》是什么理念？做的是什么？比如中国古代文学史的课，我们总结出 20 个问题，这 20 个问题基本上能把文学史里面主要的关节都涉及，每个问题由编者写一个比较长的导论，这个导论基本上能包括这个问题所涵盖的一些文学史基础知识的研究目标。然后选五六篇大家的、经典的论文，把这个问题说清楚。每一篇论文后面都做一个解析，这个解析文字要写得比较长，主要是解析这篇文章的研究方法和特点所在。一个单元结束后，再为学生设计一些讨论问题，这些讨论问题，有的本科生就可以拿去写毕业论文了。围绕这些问题，再给他一些链接，也可以由学生到知网或者其他地方查找链接。这个就带有一点点教材的性质了。但这个教材不可能在文学史课教，所以我们后来就对七门主干课实行助教制。南大中文本科每学期一般只招 70 多个学生。一般由两个老师各带一个班，一班三十几个人，我们也不统一备课，各上各的。但是老师最多只讲十来次课，也就是说老师必须上讲座课了，剩下来的时间，15 个人左右一组分给一个助教，助教主要由青年教师、博士后、博士生担任，一般讲一次课之后研讨一次，最后课快结束了，就由老师指导全班学生开一个学术研讨会，因此学生在学的过程中要选题，确定研讨会的名字，最后出一个集子。这样一来，这个教材就有用处了，因为它可以指导学生也模仿着去选一些相应的论文，找到题目来研讨。我们已经实行了 4 年多，去年获得国家教学二等奖，也是用这个项目来报的。当然这个教材不是说每个老师都必须用，我们也是作为参考教材，如果你不会组织这些事情就给你做些参考，学生也不需要买，大概我们就是这样做的教材建设的事。所以我觉得教材的形式，比如文学学科的教材形式，是不是也可以突破文学史、文学作品选的模式，有研究导引或者其他的形式，甚至根据不同学科的教学特点，比如语言学有点像理科，做各种各样的练习很重要，要有一种练习的概念，在练习当中，可能语言学的东西能训练得更好；对于文学，读一些原著以及学术性很强的注释也很重要，我觉得可以五花八门。

我就讲这么多，谢谢大家！

报告人　廖可斌（北京大学）

谢谢李浩教授！关于中文学科教材的编写，特别是其中比较引人关注的中国文学史教材的编写，在这之前的几十年里，研究成果非常多。关于应该怎么编写教材，过去的经验教训是什么，现在应该怎样做，我们现在如果要做这项工作的话，在正式动手之前，确实应该好好总结一下。我很惭愧，在此还是只能做一个即兴式的发言，没有看别人已有的研究成果，可能有些内容是重复说，而不是接着说，确实很抱歉。

我当时也为这次论坛报了个发言题目，是"编写中文学科的教材应尽可能做到一致性与多样性的统一"。我的真实愿望，是希望不要过于强调"一致性"，在遵守一些必要规则的前提下，应尽可能追求多样性，百花齐放，百家争鸣。现在有关部门可能比较注重一致性，这是可以理解的。关于一些基本原则，也不能不讲"一致性"。我现在讲"一致性与多样性统一"，只是希望不要搞成只有一致性，而没有多样性。

我特别认同康震教授的说法。文学现象是一个客观事实，它是不变的，但是我们可以从不同的角度、按照不同的思路去解读它，尽可能给大家提供不同的参考和启发。打个比方，就像中央电视台《新闻联播》的片头，是一个地球，上面有很多道弧线划过，有的弧线横向划过，有的弧线纵向划过。很多道弧线一遍一遍扫过去，就从不同维度把地球上的事情都扫描到了。我觉得我们编写文学史教材，就像画这种弧线，你从这个角度扫，我从那个角度扫，不同的研究者、编纂者不断从不同的角度扫描，就能使历史上的文学现象得到多角度的扫描、全方位的展现，就能给读者以各种启发，告诉读者，整个文学史，乃至不同的作家、不同的作品，既可以这样理解，还可以那样阐释，从而挖掘出更丰富的历史事实和内涵意蕴。

现在回过头去看，从20世纪初以来，我们中文学科的教材编写大致经历了三个阶段。第一个阶段是五四运动前后，这是一个非常重要的阶段，编写者开始按照近现代的学科体系来编写教材；第二个阶段是1949年以后，大部分教材都按照新的理论观念重新编过，构建了新的教材体系；第三个阶段就是改革开放以后，在新的历史条件下，很多教材又重新编写了。以"中国文学史"为例，这三个阶段都涌现了很多版本，也都形成了不同时期的代表性版本。

根据历史经验，如果要对教材进行变革，或者说要编出真正有新意的教材，三个方面的因素是最重要的。

第一个因素是思想观念，包括社会观念、政治观念、思想方法、文学观、语言观等等，它们可以说是教材的灵魂。例如，第一个阶段，为什么能够编出那么多的教材来？不管以现在的眼光来看它们的是非得失如何，当时确实是编出了一系列的教材，这些教材整体上是具有创新性的。因为随着帝制被推翻，实行共和，加上西方文化的影响，当时社会文化的主流是倡导民主与科学，中文学科教材的编写也总体上是以此为指导思想。大部分文学史编写者所秉持的文学观念，是平民的文学、写实的文学，这是一种前所未有的进步的文学观念，所以他们能够编出很多好的、新的教材。1949年以后，人们所奉行的基本思想观念是历史唯物主义，文学观念是人民的文学，根据这种新的思想观念，也能够编出一些具有新意的教材。不管现在如何评价这些教材，我们也不能否认这些教材的价值，如游国恩先生等主编的《中国文学史》等。第三个阶段即改革开放以后，人们的基本观念是改革开放，是追求马克思主义与中国实际的融合，中国文化与西方文化的融合贯通。在文学方面，因为对以往文学研究偏重思想倾向造成的偏颇进行反思，同时受西方文学理论的影响，文学研究和文学史编纂比较重视文学形式的重要性，不仅重思想批判、思想分析，而且比较重视文体、语言形式等。袁行霈先生主编的《中国文学史》，章培恒先生等编著的《中国文学史新著》，虽然各具风格，但有些倾向是相同的，就是与以前的文学史相比，比较重视文体和形式。那么，我们现在的思想观念、文学观念有没有什么新的重大变化？如果基本思想观念、文学观念没有较大变化，就不太可能开辟一个新的局面，很难编写出真正具有新意的教材。

第二个因素，就是学科体制。实际上，我们现在的社会管理制度决定了我们的学科制度，学科制度决定了我们的教学制度，教学制度决定了我们的教材体系，对此很多学者都做过分析。大学要分这么多院系，要设置这么多专业，开设这么多课程，这样就把一些专业、课程固化了，教材就相应地编出来了。现在这种科层制的学科体制好像牢不可破，一级学科、二级学科、三级学科、古代文学、古代汉语、古典文献等，都似乎牢不可破。这种画地为牢、界若鸿沟的学科分类体制，不利于交叉与创新，可能是我们现在学术发展、学术创新的最主要的障碍。但是历史的惯性很可怕。大家都求稳，都不敢尝试去改变，而且相应地也形成了一种利益机制，很多人从这种体制得到利益，比方说学术话语权等，因此也不愿意改变。所以，虽然很多人都对这种学科体制提出批评，但现在这种体制依然如故。北京大学中文系的领导曾经想淡化教研室体制，也就是二级学科分类体制，搞成三个学科群，在教学、研究方面打通相关学科，算是一种努力。我那时候是中文系的所谓学术委员会主任，对此极力赞成。我当时想，如果北大中文系想在新的时代对全国的中文学科发展产生一点积极影响的话，这倒是一个突破口。可惜也没那么容易，因为上面没有变，教育部还是一级学科、二级学科这么分，报项目、发表论文、评奖等等，都还是按这种体制来，不同学科之间互不认账，基层就很难变，具体操作也很困难。这种学科体制不变，课程体系不变，那么教材体系，包括分类、编写模式等也就很难改变，改了也不适应现实需要，难以推广应用。近 20 年以来，课程体系也不是完全没有变，主要的变化就是文学、语言的基础课课时量明显压缩，这对教材编写产生了一些影响。总之，学科体制、课程体系对教材编写有重要影响。如果现有学科体制、课程体系没有大的变化，教材也难有明显变化。

第三个因素就是教学方式。黄德宽教授刚才做的主旨报告，实际上把这几个方面都讲到了。我们的教学方式有没有什么变化？比方说过去是教师一个人主导，后来说要以学生为中心，要注重交流沟通，注重调动学生的主动性，这是一种变化。近些年来，教学方式上最大的变化，可能就是电子化、数字化，这方面的变化比较明显。我们现在编写新的教材，创新可能是在这个方面。在电子化、数字化时代，怎么组织教学，该编什么样的教材，可能是我们现在必须着重探讨的。

当然，除了适应电子化、数字化的需要以外，我们的教材编写还可以做一些其他尝试，这里的关键是不要强求一律，要容许百花齐放。比如，根据各位老师的介绍，我发现中国古代文学的教学，北大、北师大、复旦、南大的教法都不同。北大中文系现在还是按照"中国文学史"一、二、三、四这么教下来。刚才康震教授说，北师大文学院就没有"中国古代文学通史"这种教法，北师大是按一个一个的专题教下来的，开设"《诗经》研究""楚辞研究""陶渊明研究""盛唐诗研究""辛弃疾研究"等这样的课程。这与国外如美国大学的做法比较接近。美国大学里不会有"英国文学史""法国文学史"这样的课程，他们都是分成"莎士比亚研究""狄德罗研究"等这样的专题教学的。国外的大学有一种观念，就是如果能够把一口井打深，旁边就能相通，所以他们的课程都是专题性的，比较注重追求专深。而且专题的设置可以不断调整，所以他们的课程体系处于不断更新中。如果总是按"中国文学史"一、二、三、四这样教下来，课程体系可能就比较容易固化，也可能偏重知识的传授，而探索性、批判性不足。当然，北大中文系这么做也有其道理，就是比较注重知识的系统性。另外，北大中文系开设了大量专题研究的选修课，实际上是采用一种整体性课程和选修课相结合的方式。

我认为，不同的教学方式都可以并存，教学方式可以多样化，相应的教材编写也就可以多样化，各显神通，相互竞争，就能促进中文学科教材的优化和教学水平的提升。我自己一直想编这样一种教材，就是继承中国古代的"学案体"，比如《明儒学案》《列朝诗集》之类，每个部分前面就是一个对时代、作家的简要介绍，提纲挈领，不要讲得太多太细，后面就是作品选，在一定程度上把文学史和作品选结合起来。这样可以在一定程度上减轻固定的文学史模式固化学生思想的影响，同时也可以弥补讲作品太少的缺陷，点面结合，让学生能接触比较多的作品。

总之，我希望现在编写教材，能达到一致性与多样性的统一，一定要保持多样性。可以有各种模式、不同风格的教材。有通史类的教材，有断代的、分体的、分专题的教材。对每种教材都不要求全责备，只要有自己的特色就行。不能指望一种教材能成为定本，一统天下，解决所有的问题。众多教材并存竞争，才可能比较好地解决问题，满足教学需要，提高教学水平。

报告人　杨海峥（北京大学）

各位老师好！我也没有特别准备，想结合我们专业这几年教学方面的实践谈一下我们在教材编纂方面的一些想法。主要是在古籍数字化迅速发展的大背景下，我们古典文献专业如何在传统教材的基础上推出新的系列教材以适应时代发展的需要。

古籍数字化是近年来大家关注的对象，对其重要性及其意义的强调也已经是老生常谈。古典文献学专业的核心是古籍整理与研究，而推动古籍整理与研究的发展又是古籍数字化的重要目的。中国的古籍数字化工作，从20世纪80年代初开始，至今已有近四十年的发展历程。古籍数字化工作展开的同时，其概念和内涵也随着时代和技术的进步而不断变化。早期的古籍数字化是指将古籍内容保存、复制到数字载体上，主要体现为供相关研究者使用的各种数据库。随着信息技术的迅速发展，以数据库为基础，利用大数据、可视化、人工智能等技术对古籍文献进行深度加工的数字化（或称之为"数智化""数字人文"）已渐渐进入古籍数字化的舞台，成为未来古籍数字化十分有潜力的发展方向。

新时代的古籍数字化不仅仅是简单地将古籍扫描制作成各种数据库，如何将传承已久的古籍最大可能地、无损地迁移到数字世界中，如何延长数字古籍的寿命，如何利用最新技术向学者或公众展示数字古籍文献，如何从多种角度分析古籍数字化转型对研究者、公众的影响等等，都是古籍数字化的新内涵。广义的古籍数字化，不仅包括古籍数据库建设，还包括基于文本挖掘、GIS等数字人文方法对古籍数据的利用。在古籍数字化领域，尚有许多技术和文化层面的问题等待着我们去探讨和解决。

具体到古文献研究来讲，古籍数字化的发展使古文献研究的传统方法以及研究范式发生了很大的转变。作为培养古籍整理与研究专业人才的古典文献学专业，我们的目标也由传统的古籍人才培养转为古籍数字化人才的培养。而所谓古籍数字化人才是指伴随着古籍资源数字化开发、利用而出现的一类新型人才，不仅要掌握传统文献学的目录、版本、校勘、文字、音韵、训诂等专业知识，也要具备学习数字技术和信息处理的能力。

在这样的背景下，我们提出"数字古文献学"的概念，在传统的古文献整理研究的基础之上，在传统教材的基础之上，把古籍数字化的内容加进来，使其成为古文献教材的一个重要组成部分，以期进一步明确并完善数字时代古典文献学的学科体系，探讨古典文献学在数字时代的发展方向、新增领域，讨论其与相近学科之间的相互关系。

古籍数字化使古典文献学这个古老的传统学科和新技术密切结合起来，利用新技术、新流程来整理古籍是信息时代给我们带来的机遇和挑战。回顾历史上任何一个新技术的出现，在带来书籍载体和形制变化的同时，往往也带来知识或者文本的丢失。从简帛到纸书，从写本、抄本到印本都是如此。如今我们所面对的从纸本文献到数字化载体的变化，也和历史上每一次的变革是一样的。在古籍数字化初期，数字化文本的错误率其实引起很多学者的注意，到现在的数字人文阶段，机器对于古籍的深度整理，也引起了研究者们的关注及争论。

古籍智能处理系统已经具备自动句读、自动标点、专名识别等功能，对传统的目录、版本、校勘等的研究方法有了很大的突破和创新。技术的主导者如果不是专业的古籍整理研究者，那么在深度整理的过程中对于重点的把握及对最终的整理需求或目的的把握上都容易出现问题。而要完成这样的一个任务，其实需要专业的古籍整理和研究者，也就是说专门的古典文献领域的学者参与到古籍数字化的具体工作中，与技术人员合作，不被机器"误导"而是更好地"利用"机器。此前已经有学者指出，古籍数字化的理论问题比技术问题更为重要，因为一旦理论发生了偏差，技术越高明，则解决方案越是难以成功。

我们的学生毕业以后是要服务社会的。1959年北大古文献专业设立，主要目的就是给中华书局提供高质量的古籍出版编辑，现在中华书局下面成立了古联公司，也是现在我们古文献学生就业的一个重要选择。我们在2020年和2022年先后两次承担了中宣部古籍工作重点课题"新时代古籍数字化人才培养机制研究""古籍数字化人才培养方案研究"。为了解社会对古籍数字化人才的需求，我们对图书馆、博物馆、中华书局古联公司等对数字化人才的需求情况，以及国内外相关学科人才培养和课程设置等情况进行了调研。

在对中华书局古联公司的调研中得知，古联公司的古籍数字化方面业务主要分为五个部分：古籍音视频产品、古籍活化利用产品、古籍数据编辑、古籍数据库、古籍知识付费产品。其中，又以古籍数据库与古籍数据编辑和古籍数字化关系最为密切，而二者所需要的人才首先应该具备的核心技能仍然是与古籍整理和研究相关的专业能力（如版本学、目录学、校勘学、文字学等），其次是最好能够兼备一定的信息技术素养，有所了解即可，并不需要应聘者具备十分高超的技术性知识。也就是说，他们更看重的是应聘者的古文献学基础，如果能再兼备一些信息技术素养，固然是好的，但如果这方面不太通的话，他们也可以再去教你，也就是说并不需要应聘者具备特别高深的技术知识。

通过调研我们得知，即便是在当今这样的信息时代，古典文献学知识素养仍然是古籍数字化人才所必须具备的基础技能。因此我们提出了"立足于古典文献学专业，加强数字化知识学习"的数字化人才培养的总体构想。以古典文献学专业为基础，打通人文和技术之间的隔阂，培养兼备技术素养和古典文献基础的复合型人才。进入人工智能时代，更多古典文献专业出身的人才参与到数字人文建设的实际工作中去，是推进古籍整理、研究和出版沿着正确道路发展的关键。

基于此，我们思考如何实现从传统的古文献学研究向数字化时代背景下的研究方式的转变，思考如何在这个变革时期把握正确的方向，对学生进行引导。这两年我们专业的年轻老师李林芳开了一门课程，就是"古代文献研究中的数字人文方法"，这门课其实就是寻找古代文献研究和数字人文方法之间的结合点，也就是说真正要把数字和人文两方面结合起来,不是简单的黏合,而是深度的结合。这个课程本身也不是讲一些最精深的技术,而是让学生掌握一些数字人文方法,在今后的研究中提高效率、开拓思路,关键是要有一个意识,要在研究中利用多种方法解决问题,要具备这样一种能力。这也是林芳老师在介绍这门课程时提到的要"授人以渔",而不是"授人以鱼"。

合适的教材是进行教学的重要基础,特别是从古典文献学角度出发,探讨数字时代古典文献学学科体系、讲授数字时代古典文献学学科内容的教材。在传统文献学教材基础上进行适当的修订,编写出一套涵盖新时代古籍数字化和数字人文技术的古典文献学专业教材十分必要。目前已经出版了一些专门讲古籍数字化和数字人文的教材,这些教材大多都是由专业的技术人员写成的,所以他们对于科技的东西讲得很多。2022年,李林芳老师得到古联公司"教育部产学合作协同育人项目"的支持,编写《数字古文献学》教材,教材的主要内容包括文献载体、古籍整理与数字化、文字、音韵、训诂、版本、目录、校勘、相关电子资源等,是从古文献学学科的角度出发与数字化相结合的教材,这也是这部教材与目前已有相关教材的重要区别。

再有就是中文工具书教材的编写。中文工具书是我们文献专业开了几十年的一门课程,也是中文系本科生的基础课程,几十年来一直变化不大,都是《康熙字典》《辞源》《辞海》等传统的中文工具书分类讲下来。由于现在检索方式已经发生了太大的变化,所以我们尝试改变。从这个学期开始就已经是三位青年教师分头带三个班,采用全新的授课方式,纸书的检索是一个部分,更重要的是教学生怎样去利用电子资源和电子检索方式。

在调整授课内容的同时,我们也开始了关于中文工具书教材的编写。我们对于教材的设想主要包括以下方面:

首先,内容全面更新,涵盖数字资源。传统中文工具书教材多于20世纪90年代出版,内容相对较为陈旧。本教材对现有教材进行全面更新,囊括近年来出版的新工具书、修订版本;而且针对信息技术飞速发展、数字资源大量涌现的现状,重点增入了新的数字工具、网站、数字平台等,相关资源在学习和研究中发挥着越来越重要的作用,在本教材中得到突出体现。此外,针对国家对实践能力的重视,本教材专门设置了工具制作章节,为学生提供实践操作的学习机会。

其次,体系结构与学科发展相符,兼顾理论与实践。传统中文工具书教材以查检对象为纲目,结构相对单一。本教材则紧密结合古文献专业的框架体系,从读书时的核心问题和方法出发,并与古代重要文献直接对应。同时,本教材还注重与数字人文密切结合,构建了既包含扎实基础知识又具有前瞻性的学习体系。它兼顾现实方法和历史纵深,既有理论性,又富于实践性,能够满足学生多层次的需求。

最后,贴近古典文献及相近学科的现实需求。随着时代发展,工具书数量增多,形态也有新变,学者对工具及工具书的使用量不是减少了,而是大幅增加了。因应于这些新变化,本教材大幅拓展了对"工具书"的理解和定义,将其历史形态、当今新形态、历史演变都纳入进来,并深入探讨其来龙去脉。这种拓展有利于学生更深刻地理解工具和工具书,从而更好地使用和创制工具,并为相近学科的多元化需求提供服务。

以上是我们北大古典文献学专业近年来在古文献学科教材编写方面的一些实践和想法,请各位老师批评,谢谢!

报告人　王锷（南京师范大学）

诸位先生，下午好！

我是来参加刘玉才教授主持的重大项目"两汉经学佚籍的新辑与研究"开题的，后来杜晓勤主任和程苏东教授"命令"我参加"古代文学与文献学教材研究高端论坛"，原以为是给我旁听和学习的机会，没想到要发言，实在是不知道说什么。那我就顺着刚才杨海峥教授所说"古文献教材"问题谈一点粗浅的想法。

1986年大学毕业以后，我留在母校西北师大古籍所工作了18年，那时候没有教过什么课，主要在搞研究，也没有思考过教材问题。2004年调到南京师范大学文学院古文献专业以后，才开始上课，也开始思考与教材有关的问题。南师大古文献专业和北大古文献专业是高校古委会直属的两家古文献专业，目标是培养能够从事古籍整理和古文献研究的专门人才。南师大古文献专业经常被学院和学校提醒说，你们专业没有教材。多年来，我们专业对教材是抵触的，甚至是反对的。举一个例子，近十几年经常有一些高校古代文学专业、汉语言文学专业，包括非中文专业的学生来报考南师大古文献专业研究生，我们面试问他读过什么经典，比如说问他："你读过《论语》吗？"他说"读过"。我们问："你读的《论语》是什么版本？谁译注的？"他说不上来。我们追问："你告诉我，你读《论语》书封面颜色是什么样的？白的？黄的？红的？"他说"不记得"。我们发现这样一个问题，近年招收的部分研究生，考试成绩很高，但是没有能力阅读古籍，读不懂。

南师大古文献专业有八门导读课程，分别是《论语》导读、《孟子》导读、《诗经》导读、《左传》导读、《史记》导读、《老子》导读、《庄子》导读、《楚辞》导读，八门导读课程只有方向东老师讲授的《庄子》导读出过教材，其他都没有出。我在南师讲授了二十年的《论语》导读课，一直是遵循原来老先生们传下来的方式，就是把文渊阁《四库全书》本朱熹《论语集注》复印后发给大家作为教材。我第一堂课就讲这门课考试很简单，第一个作业是用繁体字把《论语》抄一遍，这个占平时作业的25%，电脑打的不要，只要手写的，解决认识繁体字难关；第二个作业是把《论语》前十篇背会，课堂上让他们背诵，背会一篇给10分，背会前十篇100分，两个作业加起来占这门课程成绩的50%，期末考试占50%。刚开始，学生抵触很大，后来越来越好！到目前为止，我教授《论语》二十年，即将毕业或已经毕业的学生，多数都知道《论语》孔子所言"博学于文，约之以礼"的道理，说明对他们还有用。在座的张学谦，当年参加山东大学保研面试，因能背诵《论语》，面试第一，优先录取。南师大古文献学生接受了这样的教育之后，能够自己去读古书。我们专业有一门课叫"经部文献导读"，我曾经给本科生讲过一次《仪礼》，一学期我讲了两篇，即《士昏礼》和《乡饮酒礼》，学生反映听完以后他们自己拿着《仪礼注疏》可以读。南师大古文献研究生有一门"经部文献专题研究"课，我讲过《仪礼》《礼记》《周礼》，讲授以"注疏"为主，讲三四次后，要求学生自己备课讲解，讲不懂，我再来补充，这样讲完以后，我们的学生说他自己可以研读《仪礼注疏》《礼记注疏》《周礼注疏》了，说明还是有作用的。尽管这样，我们还是时时接到学校和学院的建议，说你们没有教材，你们要建设古文献专业的教材。所以，我们也准备做一些教材。三年前，凤凰出版社找我们合作，我和苏芃教授主持做一套《十三经古注》的整理本，正在进行，大概今年能出一二种。另外，鼓励古文献教师将授课讲义不断修改，可以出版一套系列教材。

我们现在为什么这么做？就是感觉现在的教材知识性很强，方法论不够，读完教材的学生考试能力很强，但读不了原典，读不了古书。因此，我觉得如果编教材，要注重引导学生能够读懂古籍。我上《论语》导读时，会告诉学生杨树达《论语疏证》和程树德的《论语集释》区别在哪里，如果你去读这两本书，什么时间可以读，就是引导他们怎样通过这门课程的学习，能够自己去钻研，自己去研究，否则的话，只有考试能力是远远不够的。南师大古文献专业的学生，对老师也有一点意见，他们说考试的时候很紧张，问老师有没有什么可以参考的教材，我们说没有，也不划重点。虽然会让他们紧张，但是通过这样的训练，他们读原典的能力得到了锻炼，所以，我觉得编教材，目标可能还是要引导学生读原典，这个很重要！现在有很多原典导读性质的书，和古籍今注今译没有太大区别，它不去讲历史上关于这个书的重要代表作是什么样的，比如说儒家《十三经注疏》中郑玄《周礼注》是什么样的，贾公彦作"疏"，"疏"和"注"之间是什么关系，让学生明白读书的方法，能够自己钻研。现在原典导读教材是选一段，注一段，译一段，或最后点评一段，或者前面题解一段，学生读完以后，只是得到了部分知识，并没有学到方法。我觉得这些问题是我们编写教材时需要思考的。

这些是我临时想到的，说得不一定对，请大家批评指教，谢谢！

评议人　杜泽逊（山东大学）

首先，对各位老师讲的内容，我记得特别多，记得非常全，可以说我要准备回去再消化消化。我觉得非常好，各位老师从不同角度讲的我都非常赞成，我就不评议了。

我在这里谈一个想法，无论是什么课，文学史，包括现当代文学史、语言文字、文献学，我觉得都得抓住原始性的材料，读懂这些材料，领会内涵，获得智慧，传承精神，这是个根。把原始材料消化再叙述成为教材，是一种学术重构，是进步，但如果用教材代替教材的根源——原始材料这方面的学习，我认为就是进入了误区，架起了空中楼阁。搞古典的尤其要读懂古书，多读古书，所以说读什么书，用什么文本，怎样读，怎样思考，怎样解决问题，如何搜寻证据，这是一个根本内容。我觉得王锷老师说的是这个意思，其他老师也都表达了这个意思，得让学生读懂原书，哪怕你是现当代文学，不是文言文，也得多读原著。我就说这些，谢谢！

主持人　李浩（西北大学）

　　我们这个组有古代文学的两位老师，文献学的三位老师。我有一个感觉，我们这一场和前面一场的发言，其实大家已经有不少共识，其中一个共识就是我们对文学史既要重视，又不要过分重视。还是应该根据不同的学校，学校的不同层次，每一个学校自己的传统、习惯的做法，做一些调整，适度关注一下当下。还有一个共识就是学生要读原典，这个问题就我自己而言，在本科教学方面也还是规范性优先。只是硕士班和博士班的课程上，极力倡导或者说践行研讨式教学，也就是每次课都要讨论。如果是两节课的话，有一节课学生要先讨论，这次课结束了，下次要讨论的文献提前布置，下次大家一起讨论。这样的话，第一是逼着学生读文献，第二是逼着学生口头发表。学生不能一直是知识的被动接受者，我们希望下一代很快地成长起来，脱颖而出。不读原典又想成长起来，那太难了。

　　成立教材中心，在北大的带领下，在晓勤主任的领航下，过一段时间找一个话题大家议一下，能达成共识的尽量达成共识，能有所推进的尽量有所推进。估计杜主任也不想通过一次会议把所有的问题都解决，还是要不断地发现新问题，申报新课题，大家不断地探索。人类之所以讨论问题，是因为无知。所以我们才思考，才探索，我们从旧的无知进入了新的无知，在不断突破无知的过程中，人类就从非洲大裂谷走到了世界各地，从刀耕火种走到今天。就像杨海峥老师说的，我们还面临着一个更大的三千年未有之大巨变，就是数字人文，在这个数字化时代，整个传统的世界史，包括中国传统的印刷文明、书写文明，都面临一个大变动，下一步古典学究竟该怎么推进，这可能也是我们教材中心所面临的大的话题。希望杜主任经常召集我们，不断把这个问题朝纵深开拓。

　　这场讨论到此结束，谢谢大家！

"中国语言文学学科教材历史、现状及对策研究"开题会暨文学教材研究高端论坛会议总结

北京大学　宋亚云

尊敬的各位专家，各位老师、各位朋友：

大家下午好！

衷心感谢大家在万忙之中拨冗莅临北京大学中文系，参加高等学校文学国家教材建设重点研究基地2024年度教育部规划项目重点项目"中国语言文学学科教材历史现状及对策研究开题会暨文学教材研究高端论坛"。

今日惠风和畅，天朗气清，群贤毕至，少长咸集，尤其是在座的长江学者比较多，可谓"长江后浪推前浪"！今天的会议简洁高效，内容充实，一场专家主旨发言，4场主题论坛，22场精彩大会报告，还有一场高质量、严要求的项目开题会，收获良多，受益无穷。

上午，各位专家围绕多个重要话题展开深入讨论，如教材编写的必要性；教材对学科发展、教学质量提升的重要性；教材编写基本原则和注意事项；如何构建中国特色教材体系和教材创新知识体系，适应时代变化需求；如何紧跟科技进步，融入前沿学术成果；如何提高教材受重视的程度；如何体现教材的跨学科特征；如何增强教材的可读性、逻辑性，如何坚持文史哲贯通的传统，完善课程体系；如何把握教材编写的简明度和实用性，等等。

下午，各位专家就文学教材编写继续展开深入讨论，包括文学史料编纂不受重视；中文学科教材如何保持想象力；如何处理教材和专著的矛盾；如何构建新时代知识体系和文学理论的知识体系；如何确立教材的合法性；林传甲《中国文学史》存在哪些问题，游国恩文学史的价值何在；我们为什么需要一部具有指导性、对话性、知识性的教材；如何平衡作品选与文学史的关系和比重；针对宋代之后诗文作品的教学方式和教材脱节的问题，如何通过精读和讨论加以有效的解决；教材研究如何既符合时代特点，又符合学科要求；要区分文学史书写和文学史；如何将古典学、国学等传统文化内容落实到教材上来；教材和教程有何区别；教材的主体性在哪里；中文教材如何做到一致性和多样性的统一；如何在思想观念、学科体制和教学方式方面实现转变；如何加强古文献学科的稳定性，清晰界定古文献学，然后编写相应的教材；文献学教材建设应该把数字化作为其中一部分，但如何克服其负面影响，突出古文献基础的养成，还需要探索如何克服教材知识性强、方法性不够的弊端；教材如何引导学生开展学习和研究；课程要抓住原始性材料这个根本，不能用教材代替原始材料；文学史要重视，但不要过度重视教材，学生要读原典，等等。

在开题报告会上，各位专家针对2024年度教育部规划项目重点项目"中国语言文学学科教材历史现状及对策研究"提出中肯且富有建设性的意见，我把这些意见归纳为项目研究和编写教材过程当中应该具备的五种意识：

第一是要有历史意识，加强古代教材的研究；

第二是要有学科意识，加强学科的分类、比较、性质和历史发展概况的研究；

第三是要有强烈的对策意识，提高教材编写的话语力度；

第四是要有全球意识，加强中西教材的比较，构建自主知识体系；

第五是要有整体意识，调研报告既要有宏观视野和微观材料，还要进行理论整合。此外，还要进行教学团队的研究。

综合以上各位专家今天的精彩发言，主要观点我再概括一下，主要是围绕如何构建和完善中国原创性学术体系，特别是构建中国特色文学教材编纂体系而展开。具体而言。有四个方面的启发与各位专家分享。

一是要明确中国特色文学教材体系建设的指导思想；

二是要把握教材建设面临的时代挑战与基本原则；

三是要加强中国特色文学教材体系建设与教材的研究；

四是确立教材体系建设的工作重点和具体工作任务。

2024年度高等学校文学国家教材建设重点研究基地确立了五大方面、14项具体工作任务。最后我花一点时间跟基地的各位顾问、学术委员会委员和特聘研究员以及各位专家汇报一下，请大家审议。

第一方面是开展教材建设研究。第1项任务是杜晓勤教授主持的这个重点项目。第2项是展开文学教材的调研工作，我们把它分为17个学科方向的调研。第3项、第4项和第5项就是支持《中国文学研究手册》《近代文学研究》以及《古籍鉴定与保护》等三项重点教材的编纂工作。

第二方面就是提供咨询指导服务。第6项任务就是组织基地专家参加各类评审指导和培训工作

第三方面是交流传播研究成果。包括第7项任务是召开"基于中国文论传统和现实经验的文学理论国际学术研讨会"。第8项任务是召开"《中国文学研究手册》编纂筹备会"。第9项是与复旦大学联合召开"古代文学编撰和教学研讨会"。第10项任务与武汉大学联合召开"中国文学史书写研讨会"。第11项任务是宣传基地的政策文件，汇总基地成果动态。

第四方面是建设教材研究队伍。主要包括三项任务，第12项任务是各个委员会和团队建设。第13项任务是招收博士后和访问学者，培养一些专业进修人员。第14项任务是汇集各方面的文件、成果、案例、标准，以及教材建设和研究数据库，等等。

再次感谢各位专家的莅临,感谢大家贡献的精彩发言和建设性意见!

祝大家会议期间身体健康,返程顺利!

2024 年 3 月 16 日